LA TENTATION DE WENDY

CAMILLE SAINT-JUST

Hugo Roman
Département de Hugo & Cie
38 rue la Condamine
75017 Paris

Titre: Plus Belle La vie, *La Tentation de Wendy*

PLUSBELLELAVIE

D'après une idée originale d'Hubert Besson et des personnages créés par Georges Desmouceaux, Bénédicte Achard, Magaly Richard-Serrano et Olivier Szulzynger

Avec la participation de France 3
Production exécutive associée : France 3 Marseille

Ouvrage dirigé par Isabelle Solal
Collection New Romance dirigée par Hugues de Saint Vincent

Département de Hugo & Cie
38, rue La Condamine
75017 Paris
wwwhugoetcie.fr

ISBN: 9782755618433
Dépôt légal: juillet 2015
Imprimé en France par Corlet imprimeur, S.A
N° d imprimeur : 172815

Merci à Renaud Lhardy pour sa collaboration.

PLUSBELLELAVIE

NEW ROMANCE

LA TENTATION DE
WENDY

CAMILLE SAINT-JUST

Roman

Hugo Roman

CHAPITRE I

Camille

Connard.

En définitive, ce surnom très distingué est certainement celui que la gent féminine m'a le plus attribué dans ma vie. Je m'appelle Camille, j'ai 35 ans et je suis beau gosse, d'après ce que disent les femmes. Enfin, arrêtons la fausse modestie, je suis un vrai étalon, une gueule d'ange, une bête de compétition, et je le sais mieux que quiconque. Brunes, blondes, rousses, de la jeune pucelle à la cougar, je ne compte plus le nombre de femmes tombées en pamoison sur mon passage, sans parler des gays qui, comme elles, me draguent régulièrement sur les divans des bars de Saint-Tropez, dans le hall des palaces sur la Croisette, sur les yachts monégasques, dans les villas privées d'Aix ou dans les palais cinq étoiles de la côte méditerranéenne où je sévis depuis ma plus tendre enfance. À quoi ressemble la bête ? 1m85, musclé juste ce qu'il faut, le teint hâlé et les yeux vert clair qui leur font toutes dire : « Tu dois avoir des origines incroyables, non ? » Agaçant à force ! Si je suis de bonne humeur et que mon interlocutrice a un physique agréable, je réponds que mon papa – un pied-noir d'Algérie, marqué par la guerre, dont j'ai hérité ma tignasse noire – a rencontré ma mère, mannequin slave, sur une plage paradisiaque de la pointe du Cap Corse. Le coup de foudre, le mariage et puis ma naissance, ma mère ayant pris soin de remplir mes yeux de l'eau cristalline qui a baigné l'immensité de leur amour. Redoutable ! Si je suis de mauvaise humeur et/ou qu'elle est moche, je lui dis la vérité : mon père est un gosse de riches de Grasse qui, sitôt sa majorité, a été maqué avec une fille à papa d'une autre bonne famille grassoise. La même destinée que celle qui m'est promise et qui, compte tenu de ta façon de t'habiller, se fera sans toi. Le tout formulé avec une telle arrogance qu'elle ne peut que répondre : « Connard ! » Comme d'hab'.

Avant d'être constamment insulté, j'avais un surnom plus classique, « Mimi », qui a bercé mon enfance. Je félicite d'ailleurs ma famille et mes amis d'avoir eu l'originalité folle de trouver ce diminutif qui compte autant de syllabes que mon prénom lui-même... Très utile ! Je leur en veux d'autant plus que j'ai toujours préféré Camille qui a un autre standing, surtout quand il est accompagné de mon nom de famille à particule. Malheureusement, je suis tombé dans la seule famille d'aristos qui préfère appeler ses enfants par des diminutifs ridicules que par des prénoms honorifiques. Peut-être parce qu'ils ont bâti leur fortune dans le parfum, un domaine fantaisiste qui incite à l'être tout autant ? Pathétique ! Ah ! j'en ai soupé du « Mimi, viens faire tes cours de solfège », « Mimi, brosse-toi les dents », « Mimi, ne rentre pas trop tard, Mimi, ne sois pas injurieux avec la gouvernante ». Tiens, d'ailleurs, maintenant que j'y pense, c'est peut-être elle, Pépita, qui est à l'origine de la transformation de « Mimi » en « Connard ». Ce serait mérité ! Je l'ai tellement malmenée, cette pauvre gouvernante. Toutes les conneries imaginables, je les ai faites sous sa garde en sachant que mes parents ne lui avaient accordé qu'un pouvoir d'autorité très limité et que je pouvais donc en profiter de façon abusive. Mais Pépita – surnom que je lui avais donné en hommage à une speakerine télé – était bien trop polie pour me traiter de la sorte. Peut-être l'a-t-elle pensé tellement fort que d'autres l'ont lu dans ses pensées ? Mes premières copines, par exemple.

À partir du lycée, et ensuite dans mon école de commerce, j'ai été entouré d'une sacrée bande de potes pour qui les filles se consommaient comme l'alcool et les joints, sans modération. L'image de Gainsbourg brûlant un billet de 500 francs sur un plateau télé me revient en tête. Comme ce pauvre bout de papier, je les allumais, les consumais avant de les faire disparaître. Une vraie crise d'ado qui, lorsqu'elle vient à retardement comme elle l'a été pour moi, peut faire de gros ravages. J'en ai brisé des cœurs ! J'en aurais presque des remords aujourd'hui si le mien n'était pas fait de pur granit. À cette époque, ma bande et moi les avons accumulés, les « connards ». C'en était devenu un jeu avec les copains : chaque fois qu'une fille nous rembarrait avec ce doux nom d'oiseau, on lui répondait « Monsieur Connard », avec une révérence à l'ancienne particulièrement irritante. Et puis, un beau jour, tel un papillon, le connard s'est métamorphosé en un joli et romantique « Mon cœur » lorsque j'ai rencontré Valérie, l'élue, la première pour qui j'ai ressenti autre chose qu'une envie de baiser.

Dix ans que je la connais, dix ans d'amour yo-yo. Avec Val, nous entretenons ce genre de relation où l'un comme l'autre savons que nous finirons notre vie ensemble. Nous ne pouvons pas vivre l'un sans l'autre, nous sommes tout l'un pour l'autre, mais le cocktail l'un + l'autre fait des étincelles au quotidien. Invivable ! Nous sommes tous les deux issus de bonne famille, tous les deux marginaux par rapport à notre milieu, tous les deux fous de cul, mais tous les deux trop barrés pour trouver un équilibre amoureux. Alors, on se sépare. Puis on baise à nouveau ensemble quand l'un de nous deux n'a pas le moral. On se dit pourquoi pas ? On essaie en changeant les règles précédentes. Et puis non, en fait, on se sépare à nouveau avec fatalisme... avant de recommencer le cycle quelques semaines plus tard. En ce moment, nous sommes dans une phase de renouveau sous l'appellation « couple libre », enfin de mon point de vue. Mais ce n'est pas vraiment une réussite. D'ailleurs, c'est Valérie qui, en ce moment, me rappelle au bon souvenir du surnom le plus usité dans ma vie.

– Tu ne penses vraiment qu'à ta gueule ! Connard !

– Monsieur Connard, je reprends avec une révérence qui me rajeunit de quelques années.

– T'as quel âge, franchement ?

Elle me balance un verre en cristal du service de ma mère que j'esquive soigneusement. J'ai presque envie de la remercier tellement je trouve ce service de famille hideux, mais la provocation n'a que trop duré. Le vernissage de mon Fredo débute dans une heure, je suis en caleçon, pas douché, et une érection persistante confirme mon envie de baiser avant de m'y rendre. Valérie vient d'interrompre ma partie de jambes en l'air avec une bombe sexuelle alors que je n'en étais qu'aux préliminaires. Les hasards de la vie. Nous devions nous retrouver directement au vernissage, mais Val a eu la mauvaise idée de repasser à l'appartement pour se changer. Quelle conne ! J'étais sur le point de conclure avec la coquine à lunettes, une admiratrice en plus. Je suis sûr qu'elle fantasmait sur mon nez depuis des mois et qu'elle était prête à un asservissement total pour recevoir ne serait-ce qu'une petite caresse. Quand c'est pour rendre service, pour rendre une personne heureuse, on devrait avoir un permis de tromper. Malheureusement, l'arrivée impromptue de Val a tout gâché, et tout s'emballe depuis. La situation m'échappe. Il faut que je reprenne les choses en main.

– On a dit qu'on vivait comme un couple libre jusqu'au mariage, je tente sans conviction.

– Non ! On a dit qu'on ferait de l'échangisme. De l'échangisme, tu m'entends ? Ça ne veut pas dire que tu baises une pute dans notre lit pendant que je me fais chier à une réunion.

– Tu joues sur les mots. Un peu d'ouverture d'esprit, s'te plaît...

La goutte de trop ! Valérie n'apprécie pas ce subtil trait d'humour. Tel un taureau enragé, elle se rue sur moi en armant son poing à destination de mon visage. Je la stoppe net au moment où elle s'apprête à me le coller sur le nez, et je serre rageusement son poignet. Le regard noir. Mon tarin, c'est la chose à laquelle je tiens le plus au monde.

– Si tu le touches, je te fais exploser tes prothèses mammaires.

– Sale con ! dit-elle en baissant la voix et en pleurnichant les dernières larmes de son corps.

Valérie est épuisée par ses jérémiades qui durent depuis une heure maintenant. Je le sens à son poing qui, tout d'un coup, se détend et retombe comme une feuille morte. Ses hurlements se transforment en miaulements. Ses pleurs saccadés se calment. Ses larmes se raréfient. Abattue, elle pose sa tête sur mon torse nu en balayant mes pectoraux de ses cheveux noirs. Elle tente un dernier petit coup de poing sur mon torse, mais il a la puissance d'une boule de coton. Puis, plus rien. Dépôt des armes.

Je relève alors son menton. Ses yeux noirs brillent de mille feux et ressortent d'autant mieux que son visage est rougi par la colère. Sa frange décoiffée et ses habits froissés lui donnent un charme fou. Son musc titille mes narines. Les beautés méditerranéennes ne m'ont jamais laissé insensible surtout quand elles se mettent dans une telle fureur... Mamma mia ! Mon excitation n'est pas redescendue depuis ma conquête précédente, l'arrivée inopinée de Valérie et la castagne conjugale n'ont fait que l'aggraver. Je me serre contre elle. La chaleur de son corps fait encore grimper ma température. Valérie sent parfaitement la forme de mon sexe se dessiner sur son ventre. Je fixe son regard et approche mes lèvres des siennes. Elle me susurre :

– Ce serait trop simple !

– Restons simples, Val ! Les formalités, les mondanités, les bonnes manières... laissons ça à nos parents. Ce n'est pas pour nous, tout ça !

– C'est quoi notre avenir, alors ?

Je la serre de plus en plus fort et, dans un mouvement de valse, je la retourne pour la plaquer contre le mur. Ses lèvres encore tremblantes exercent une attraction contre laquelle je ne veux pas lutter. Je me délecte de les mordiller, de les calmer, de transformer leur colère en excitation. Dans quelques secondes, elles seront miennes.

– Nous ! Nous, on profite de la vie ! On ne pense qu'à notre carrière, notre confort, notre plaisir.

– Tu me fais du mal, Camille ! J'en peux plus de t'attendre. On a 35 ans !

Mes mains descendent sur ses fesses douces et bien dessinées. Je les caresse tout en atteignant le bas de sa jupe noire que je relève avec délicatesse, effleurant sa peau de mes doigts baladeurs. Elle porte une culotte en dentelle noire Implicite – je connais son goût pour la lingerie fine qui laisse, par endroits, nos peaux entrer en contact. La sensation est troublante, excitante et un peu irritante. Si je n'écoutais que mon désir, j'arracherais tout dans la seconde qui suit pour la pénétrer. Mais la courbe de notre plaisir peut encore grimper. Patience.

Je lui glisse à l'oreille :

– La vie est encore longue ! Nous deux, c'est inéluctable, on finira nécessairement ensemble.

– T'en sais rien !

– Si ! Ça a toujours fonctionné comme ça, ça continuera ainsi, il n'y a aucune raison pour que ça s'arrête.

Valérie n'offre plus la moindre résistance. Elle aimerait me punir, mais son corps lui ordonne le contraire. D'autant que mes doigts continuent de caresser des zones qui annihilent toute volonté de révolte chez elle. Langoureusement, mes mains effleurent ses fesses pour approcher l'intérieur de ses cuisses et se rejoindre sur son sexe. Je la caresse poliment, attendant que la chaleur, l'humidité, l'exaltation entrouvrent la porte du paradis.

– J'ai peur, mon cœur.

Elle m'a appelé « mon cœur ». Victoire ! Camille gagne par K.-O. le combat conjugal. Une fois encore, c'est lui le brillant vainqueur d'une énième dispute dont il était loin d'être le favori au départ. Maintenant, il compte savourer son succès comme il se doit, en baisant triomphalement sa conquête, qu'il va tenter d'emmener avec lui... au sommet du plaisir.

– Dis-moi que tu m'aimes !

– Je t'aime.

– Dis-moi que t'as envie de moi !

– J'ai envie de toi, mon cœur.

– Dis-moi ce que j'ai envie d'entendre.

Valérie résiste. Elle ne veut pas tout me céder tout de suite même si elle a bien conscience que je ne lâcherai rien. Je la tiens pressée contre le mur, à ma merci. Elle est faite comme un rat. Je m'amuse avec ma proie avant de la croquer, bientôt. De la main gauche, j'introduis deux doigts en elle tandis que ma main droite finit de faire glisser sa culotte le long de ses jambes. Je devine ses premiers petits gémissements discrets, en parfaite synchronisation avec le mouvement de mes doigts qui, petit à petit, gagnent du terrain en elle. Je relève sa chevelure et plonge mon nez dans son cou en prenant une profonde et bruyante inspiration. Son parfum est exquis, je l'ai choisi pour elle... et un peu pour moi aussi. Valérie sait que j'aime la respirer. Je sais qu'elle aime savoir que j'aime ça. Ne jamais abandonner sa domination psychologique ! Je bloque ma respiration et souffle le long de sa nuque jusqu'à son épaule. Valérie frémit. Au bord de l'extase, elle accélère et plonge sa main dans mon caleçon pour s'emparer de ma queue. Je la retiens par le poignet et me détache d'elle pour l'affronter droit dans les yeux. Ma petite, si tu veux que l'aventure continue, il va falloir que tu lâches les mots magiques, ceux qui m'excitent follement. Valérie fronce les sourcils mais n'a pas la force de résister. Ni le désir.

– Baise-moi ! Baise-moi, connard !

Quand c'est demandé si gentiment ! Je plaque à nouveau ses deux mains contre le mur, avec plus de violence cette fois-ci. Je bande tellement que ma queue n'a besoin d'aucune aide pour se frayer un chemin dans la chair de ma chérie. Je commence à la pénétrer de façon saccadée, avec la légèreté et la précision d'un horloger, pendant que j'arrache sauvagement son chemisier. Les boutons ne résistent pas et roulent pour aller se loger dans une rainure du parquet. Mais le spectacle est ailleurs, dans le visage de ma beauté méditerranéenne, en pleine montée d'orgasme. Je savoure ses cris rauques qui me font tellement d'effet. Instinctivement, les jambes de Valérie s'enroulent autour de mes fesses. Je gagne en profondeur, elle gagne en plaisir, nous gagnons en niveau sonore. Celui-là même qui nous vaut régulièrement, sur notre porte, les petits mots désagréables de voisins frustrés par l'écho de nos ébats. J'accentue le mouvement de mes hanches. Elle lâche prise, n'a plus d'appui au sol, retenue par mon corps penché sur le sien, en sueur, qui la compresse toujours plus fort contre le mur. Je sens ses seins prêts à exploser contre ma poitrine, ses cheveux me recouvrir, nos parfums se mélanger, mon sexe est au plus profond d'elle. J'appuie mon front contre le sien ruisselant, avant de l'embrasser à pleine bouche. Nos corps fusionnent. Nous ne faisons plus qu'un. Pas question de changer de position. Je ne veux pas interrompre cette montée vers l'extase. Aujourd'hui, il n'est pas question de faire durer le plaisir mais juste de l'amener à son zénith. À mon tour, je commence à gémir sans pouvoir me contrôler, lâche un « c'est trop bon » auquel elle me répond par des « encore, encore, encore... ». Pas d'inquiétude, ma beauté, je suis dopé par le plaisir. Ni fatigue ni lassitude, et pas question de ne pas savourer ce festin. J'ai encore tellement envie de te prendre, de te mordre, de te posséder. Contre le mur, mes doigts s'écartent et se glissent entre les siens. Nous ne formons plus qu'un tronc en mouvement avec dix doigts au bout de chaque bras. Nos cris mêlés résonnent dans l'appartement et éveillent la curiosité de voyeurs que l'on aperçoit à travers les fenêtres. Ils doivent se demander qui est ce monstre siamois. Appelez-le Extase. Tous les muscles de mon corps se contractent et je ne me suis, pourtant, jamais senti aussi détendu, prêt à donner l'assaut final. Mon sexe baigne dans une chaleur tropicale, dans un délicieux environnement de plus en plus humide. J'accélère encore et encore. Nous crions ou, plutôt, je crie. Valérie hurle. Elle hurle dans le creux de mon oreille, ce qui a le don de m'énerver et de m'exciter. Je la pénètre plus fort, par vengeance. Elle surenchérit encore plus fort. Nous entrons dans le cercle vertueux de la jouissance, une spirale de délectation sans fin. Sauf que je ne peux plus attendre ni me retenir, mon sexe exulte de plaisir. Je l'annonce par un râle prolongé auquel Valérie me répond par un cri plus long et aigu que d'habitude. Une explosion ! Nous jouissons ensemble, le visage inondé de bonheur.

Je porte le corps relâché de Valérie jusqu'à notre lit où je la dépose avec la délicatesse dont fait preuve un père avec son enfant endormi qu'il a peur de réveiller. Je m'allonge à ses côtés, la tête posée sur ma main, avec un sourire jusqu'aux oreilles qui en dit long sur l'intensité du moment que je viens de vivre. Valérie me fixe, encore essoufflée. Nous éclatons de rire. Pas besoin d'en dire plus. Puis elle détourne son regard vers le plafond, sa frimousse est devenue bien plus sérieuse.

– Ça ferait tellement plaisir à nos parents !

– Quoi ?! je m'interroge, ne comprenant pas très bien ce que viennent faire nos parents dans la conversation après une telle partie de jambes en l'air.

– Qu'on se marie et qu'on ait des enfants.

Ah ! celle-là, quand elle a une idée en tête ! Je préfère ne pas répondre. Je regarde ma montre avec insistance et file sous la douche. Notre intermède passionné m'a mis en retard. Et, surtout, je n'ai pas du tout envie de rentrer dans ce genre de conversation. Pas maintenant. Je préfère m'éclipser sans prononcer le moindre mot. Vingt minutes se sont écoulées lorsque je ressors de la salle de bains, propre et habillé, prêt à sauter sur mon scooter, mais pas plus loquace qu'en y entrant. Valérie s'est assoupie. Notre dispute et notre réconciliation sportive l'ont épuisée. Elle n'a plus envie de m'accompagner ce soir et, dans un geste désespéré, me somme de rester au lit avec elle. Je ne peux pas. Non pas que je n'en aie pas envie mais j'ai promis à mon meilleur ami de venir fêter avec lui le vernissage de son exposition. Du pas de la porte, je lui envoie un baiser. Valérie se redresse :

– Promets-moi au moins que tu ne vas pas draguer ! Pas ce soir !

Je referme la porte avec un sourire en guise de réponse. Toujours muet. Même si j'ai l'intention d'être sage ce soir, ce n'est pas le genre de promesse que j'ai l'habitude de faire... Encore moins de tenir.

CHAPITRE II

Wendy

C'est le genre de soirée où on a envie d'aller comme de se pendre. Je suis levée depuis 7h du matin. J'ai enchaîné peelings, gommages, épilations, masques, manucures, pédicures, massages, et j'en passe... Je ne saurais même pas dire combien de clientes j'ai vu défiler dans mon salon, combien de mains serrées, de conseils distillés, de compliments faits souvent sans les penser. Je suis lessivée. Je n'ai qu'une hâte, rentrer chez moi, prendre un bain chaud et me faire un plateau-repas devant *Sex and the City*. Mais non ! Au lieu de ça, je vais devoir servir des cocktails à des fils à papa hautains et à des chipies sur échasses qui cherchent un mari. À peine rangée, il va falloir que je ressorte ma panoplie de sourires forcés et de courbettes exagérées. Mais qu'est-ce qui m'a pris d'accepter ce contrat de serveuse-hôtesse en extra ? Au fond, je sais très bien ce qui m'a pris ! J'ai envie de vacances au soleil avec mon chéri. L'hiver a été si long. Et puis, pour une fois que Jonathan veut bien bouger son cul de devant sa télé pour prendre l'avion avec moi, je ne compte pas laisser passer ma chance. Même si cela me demande des efforts surhumains.

– C'est souvent quand on ne s'attend à rien qu'on passe les meilleures soirées, tente, pour me rassurer Soraya, ma collègue à l'institut Beautés Phocéennes.

– C'est gentil, je lui réponds sans conviction. Je vais surtout prendre sur moi et attendre que ça passe.

– Pense au soleil, au sable fin, à l'eau transparente, aux cocktails sur la plage de Koh Phi Phi. En plus, ce voyage va vous permettre de vous retrouver avec Jo, poursuit celle qui fait aussi office de confidente, 35 heures de cohabitation hebdomadaire obligent.

– On en a bien besoin.

– C'est normal, au bout de trois ans de vie commune. Je suis passée par la même phase avec Hervé. Les voyages, c'est l'aspirine du couple. Dans trois semaines, vous serez amoureux comme au premier jour.

– J'espère...

Soraya me caresse le visage avec compassion.

– Bref, j'enchaîne. Ce n'est pas le problème de ce soir. Tu me trouves présentable ?

Je fais un tour sur moi-même en levant une jambe et en formant un arc de cercle avec mes bras comme un petit rat de l'Opéra.

– Bien sûr, t'es canon, comme toujours ! Tu vas faire un malheur chez les artistes.

– Je m'en bats les chichis ! J'y vais juste pour prendre le chèque et dîner à l'œil.

Une bise à Soraya, un coucou par la fenêtre, et me voilà au volant de ma 106 à destination du cours Mirabeau. J'observe mon air dépité dans le rétroviseur. L'hiver touche à sa fin et je ne me suis jamais sentie aussi blafarde, fatiguée, cernée. J'ai 25 ans, mais celle qui se reflète dans le miroir en a au bas mot 58. Heureusement, j'ai ma trousse de secours dans ma boîte à gants. Premier feu rouge : fond de teint pour masquer les imperfections. Deuxième feu rouge : mascara pour mettre en valeur la seule partie du visage qui ne subit pas l'hiver. Troisième feu rouge : rouge à lèvres pour détourner l'attention vers mes lèvres pulpeuses. Avec ces artifices, je devrais passer à peu près inaperçue une partie de la nuit. Je me gare dans la cour de la galerie d'art 113, à côté des Mercedes, BMW et Porsche cabriolet. Vue d'une photo aérienne, ma Titine doit vraiment faire tache.

– Je t'interdis de draguer ! je lui lance, le sourire aux lèvres en appuyant sur son volant.

Merde ! Sans le vouloir, j'ai déclenché le klaxon. Quelle gourde ! Un groupe de trentenaires qui discutaient sur le perron de la galerie se retournent vers moi. Je lève les mains en leur manifestant que j'ai fait une fausse manip. Tout va bien ! Ils me regardent avec dédain avant de se retourner en pouffant de rire. Moi qui voulais passer inaperçue... Je coupe le contact de Titine et fouille une dernière fois dans ma boîte à gants pour quelques ultimes artifices. Re-merde ! J'ai oublié mon parfum et mon parapluie. Je sens que la soirée va être longue. Je sors en me protégeant la tête à l'aide de mon maigre sac à main d'une pluie battante et glacée, le dernier baroud d'honneur de l'hiver qui se retire aujourd'hui. Enfin, si on en croit le calendrier car, dans les faits, c'est loin d'être évident. En fermant la portière précipitamment, j'accroche mon collant qui file jusqu'au genou. Très longue, la soirée en effet ! Bridget Jones n'a qu'à bien se tenir, elle a une redoutable concurrente-gaffeuse sur Terre, une Marseillaise qui se donne en spectacle à Aix-en-Provence.

Les minutes s'étirent en longueur derrière mon comptoir d'où je ne bouge pas d'un millimètre pour éviter que quelqu'un remarque mon bas filé et que je devienne l'attraction de cette soirée d'un ennui mortel. Je n'ose même pas aller aux toilettes pour constater dans la glace les dégâts de la pluie sur mes boucles blondes. En pareilles circonstances, j'ai l'habitude de friser au point de ressembler au caniche de ma mère. Avec ma chance d'aujourd'hui, mon maquillage a dû couler et je dois ressembler au clown pleureur ou... à une pute, au choix. Si Dieu existe, peut-il m'envoyer quelqu'un pour me sortir de là ? Mais non. Personne. Les invités se pointent toujours plus nombreux à mon stand et je sers les flûtes de champagne avec la régularité et la monotonie d'une tireuse à bière. Et tous se ressemblent, dandys bon chic bon genre, ils viennent chercher leurs petits-fours d'un traiteur japonais dans une file désordonnée. Au mieux, ils me sourient en prenant leur coupe, mais la plupart ne me regardent même pas. Je m'en fous, je continue à sourire. C'est le job. L'un d'eux s'attarde sur le coin du buffet avec un petit four dans la main qu'il s'apprête à déguster. Négligemment décoiffé, il donne l'impression de s'être battu avec quelqu'un avant de se rendre à la soirée alors que, j'en suis persuadée, il a disposé une à une chaque mèche de sa belle chevelure brune devant son miroir et les a fixées avec un gel dégueulasse. J'ai envie de le décoiffer... et de lui arracher sa chemise blanche minutieusement ouverte pour faire sortir ses poils sous sa veste de costard noire. Je suis sûre qu'eux aussi, il les a coiffés et gélifiés. Pauvre type ! Et qu'est-ce qu'il a à renifler son gâteau avant de le manger ? Il va le sniffer, ou quoi ?

– C'est à la framboise ! j'interviens pour qu'il l'avale et se casse.

– Oui, je me doute, sourit-il d'un air narquois qui ne fait qu'exacerber mon énervement. D'autant qu'il n'ajoute rien.

– Vous respirez toujours la nourriture avant de la manger ?

– Je suis nez...

J'attends la fin de sa phrase, mais elle ne vient pas. Ça doit être un genre artistique de ne pas finir ses phrases. Je marque également un temps d'arrêt en tentant de comprendre ce qu'il veut me dire. Mais je ne vois pas le rapport avec le schmilblick. Il ne va pas s'en sortir comme ça. Je n'aime pas qu'on me prenne pour une cruche.

– Vous êtes né dans la région, c'est ça ?

– Oui, à Aix.

– Moi aussi ! Quel hôpital ?

– Pardon ?

La question me paraît pourtant simple. Je ne vois pas comment je pourrais mieux préciser ma pensée. J'en viens à me demander s'il n'est pas étranger, mais les quelques mots qu'il a prononcés avaient l'accent chantant d'une œuvre de Pagnol. Non, le plus probable, c'est qu'il se fout de ma gueule, c'est tout ! Je fronce les sourcils.

– Ah non ! Pardon, je suis « nez », c'est mon métier, poursuit-il en articulant et en me désignant son instrument de travail.

– Ah... Ok... Pardon... Je n'avais pas compris.

Je ne sais plus où me mettre, je ne me suis jamais sentie aussi débile de ma vie. Vite, Wendy, prouvelui que tu n'es pas si gourde que ça ! Fais-le pour toutes les serveuses qu'il croisera et méprisera toute sa vie si tu ne lui montres pas tout de suite une meilleure image du métier.

– Vous fabriquez des parfums ? Vous avez un don comme Jean-Baptiste Grenouille dans le fameux roman ?

– Oui si on veut, j'aurais pu être le héros de Patrick Süskind. Mais, rassurez-vous, je n'ai pas pour habitude de tuer mes victimes, fait-il en se penchant sur moi et en faisant mine de me poignarder avec sa petite cuillère.

Le temps s'arrête alors sur son geste suspendu. Un courant électrique passe entre nous, mais ce n'est pas un coup de foudre comme on imagine. C'est autre chose. Le sentiment étrange qu'il se passe quelque chose entre nous, mais que nous ne sommes pas sur la même longueur d'onde. Je le fixe en cherchant son regard alors que lui a les yeux dans le vague. Je n'arrive plus à respirer pendant que lui prend une profonde inspiration. J'ai envie de prolonger ce moment, mais il interrompt sans regret cet instant magique. Il recule, tourne les talons et s'en va en bafouillant quelques remerciements, je ne sais pour quelle raison étant donné que je ne lui ai pas servi une seule goutte de champagne. Finalement, il revient sur ses pas, plus près de moi. J'ai l'impression qu'il va m'embrasser, mais... non !

– Il y a du anko dans ce gâteau ? me demande-t-il comme d'autres font leur demande en mariage, les lèvres proches, prometteuses, prêtes à se mélanger.

– Du quoi ?

Décidément, nous ne parlons pas la même langue.

– Non, laissez tomber. *Bye.*

Il se retourne et s'en va comme tout à l'heure. Mais cette fois, il disparaît. Je ne sais pas s'il m'a prise de haut ou s'il est timide, s'il a ressenti la même chose que moi ou si je me suis fait un film. Une sensation bizarre m'envahit. Je suis perdue face à son comportement incompréhensible mais je reste stoïque comme si mon cerveau avait buggé. Deux pimbêches me ramènent à la réalité.

– Euh... on peut se servir nous-mêmes si on vous dérange, me crachent-elles au visage, venimeuses, en me tendant leur coupe.

– Euh... non... pardon, je vous sers, je réponds sans chercher à me défendre et en versant maladroitement quelques gouttes sur leurs doigts.

Je passe tout le reste de la soirée, à essayer de l'apercevoir, mais aucune silhouette ressemblant de près ou de loin à la sienne n'entre dans mon champ de vision. Il a dû partir et moi, je suis coincée derrière ce maudit stand. De toute façon, je n'ai pas le courage de lui courir après. Je ne saurais pas quoi lui dire et je n'oserais pas revenir sur ce qui s'est passé entre nous. D'ailleurs, s'est-il vraiment passé quelque chose ? Toute cette mascarade n'est peut-être que le fruit de mon imagination, l'imagination d'une femme qui s'ennuie fermement dans son couple. Pire, si ça se trouve, j'ai quelque chose qui cloche sur moi et il n'a pas osé me le dire. Je n'arrive plus à travailler avec ce doute. Oubliés mes bas filés, je file aux toilettes pour tenter de comprendre ce qui a pu lui plaire ou lui déplaire chez moi. Je ferme les yeux devant le miroir des toilettes, reprends mon souffle avant de les ouvrir en ayant très peur du résultat. Mes boucles ont un beau volume, mon maquillage est resté impeccable et ma bouche – grande ouverte depuis plusieurs minutes maintenant – s'épanouit dans un sourire étincelant jusqu'aux oreilles. Finalement, c'est pas si épouvantable que ça !

CHAPITRE III

Camille

Un clochard dans le métro, un excès de parfum dans un ascenseur, l'odeur d'un cadavre, le pain fraîchement sorti du four d'une boulangerie, le front d'un bébé. Certaines odeurs – nauséabondes ou exquises – violent votre nez et s'inscrivent dans votre cerveau de telle manière qu'elles vous poursuivront toute la journée, vous entêteront, ne vous laisseront pas une seconde de répit. Pour un nez exagérément sensible et sollicité comme le mien, cette sensation est décuplée en intensité et dans le temps. Je ne me débarrasse jamais d'une odeur marquante.

J'ai un mal fou à retrouver un nez neutre, capable de s'ouvrir à d'autres essences. J'ai beau humer d'autres tubes de mes créations, me moucher ou inhaler des herbes chaudes pour me désinfecter, ces odeurs reviennent comme le mauvais refrain d'un tube des années 80. L'effluve qui m'a pris en otage aujourd'hui n'a rien de désagréable. Au contraire, j'essaie de le retrouver dans toute sa mesure comme hier lorsque je l'ai senti pour la première fois. J'ai peur qu'il me file entre les narines et de n'être plus capable de m'en souvenir dans quelques heures. L'odeur qui m'obsède aujourd'hui porte un nom, et je ne le connais même pas.

Cette femme possède un parfum indicible qui me laisse sans voix. Il est six heures du matin et, par sa faute, j'ai les yeux grands ouverts. Toute la nuit, le flash-back de notre rencontre est revenu en boucle dans mes rêves, d'une façon très subjective. Nos premiers mots – sans intérêt – en version accélérée, puis le temps s'est ralenti au moment où je me suis penché sur elle jusqu'à un arrêt sur image lorsque mon nez a percuté son parfum. Des milliers de particules odorantes dont je ne saurais reconnaître la provenance m'ont assailli et ont envahi mon corps. Son parfum est un savoureux assemblage de l'essence pure d'une peau blanche, de quelques gouttes d'ambre propres aux blondes et d'un je-ne-sais-quoi musqué méditerranéen ou exotique... mais quoi d'autre ? Dans quelles proportions ? Ça me rend fou. Cette fusion olfactive ressort grâce à une neutralité épidermique impressionnante, sans être gâchée par un quelconque artifice. Elle ne portait pas de parfum, j'en suis sûr maintenant. Non seulement elle n'en portait pas mais, en plus, son imposante chevelure n'a pas fixé d'odeurs étrangères, ce qui est encore plus étonnant pour une blonde bouclée et ajoute un degré de frustration supplémentaire à ma recherche de vérité. Je me creuse les méninges par déformation professionnelle. Mais quel est son secret ?

Je serais moins obsessionnel si l'odorat n'était pas chez moi directement relié à la libido. Le souvenir de ce savoureux mélange de senteurs provoque en moi des pulsions sexuelles folles depuis hier soir. Dès que je repense à elle, je bande de manière obsessionnelle. Les blondes me laissent généralement de marbre, mais cette fille-là provoque en moi une passion débordante, violente, despotique. Son odeur a le parfum de l'infidélité, du scandale. Je bouillonne de ne pas savoir quel goût elle a autant que de ne pas la goûter. J'espère au moins qu'elle en profite, qu'elle a une vie débridée et pas celle convenue et monotone que son tailleur strict et son look quelconque pouvaient laisser supposer. Ce serait un tel gâchis ! En définitive, son odeur a le raffinement dont son apparence fait défaut.

Maintenant, deux possibilités s'offrent à moi. La première consisterait à l'oublier. Cette solution ferait tellement plaisir à Valérie qui dort encore auprès de moi et qui ne peut imaginer à quel point je pense à une autre, malgré sa demande de fidélité réitérée encore hier. Pardon, Val, je n'y peux rien, cette rencontre dépasse la raison. La deuxième possibilité consisterait à la retrouver... mais comment ? Je n'ai pas son numéro, ni une adresse, ni même son prénom. La balance penche clairement vers mon premier choix, le choix de la sagesse et de la facilité... Et c'est pour cette raison que je choisis de la retrouver. Par pur esprit de contradiction.

Dès la sonnerie du réveil, je n'ai en tête que mon plan d'action. Mais pas question que Valérie découvre le moindre indice de cette quête qui cristallise mes pensées et mon attention. Je m'échappe de mon appart au plus vite et passe à la galerie d'art où s'est produit le phénomène chimique d'hier soir. La réceptionniste me communique le nom de l'agence d'intérim qui – au prétexte de vouloir rendre à une jeune serveuse blonde bouclée un foulard qu'elle aurait oublié – me file sans résistance de précieux renseignements au téléphone : « Mlle (bonne pioche !) Lesage (mon œil !) travaille à l'institut Beautés Phocéennes à Marseille. Vous pourrez la trouver là-bas, je crois qu'elle y est aujourd'hui. » Ma muse est esthéticienne, je l'aurais parié. Ni une ni deux, je mets le contact de ma Porsche et me rends quartier Saint-Just, que je n'ai guère l'habitude de fréquenter en temps normal. J'engloutis les kilomètres dans une folle excitation, immortalisée par les flashs des radars qui me photographient comme une star sur les marches rouges d'un certain Palais des festivals à quelques encablures d'ici. Bingo ! Me voici garé incognito à quelques mètres en face de son institut. Elle est là. Debout. Fidèle à ce que je connais d'elle. Je l'observe en train de discuter avec une cliente, les mains collées l'une à l'autre comme si elle priait. Sa simple vue me renvoie à son odeur, qui dépasse les limites de ma mémoire. Et durcit tout mon corps.

Comment l'aborder maintenant ? Par la flatterie ? Je pourrais lui expliquer qu'elle a hanté ma nuit et que, depuis hier soir, je n'ai qu'une hâte : la revoir. Je pourrais exagérer mon mérite en lui disant que j'ai dû déployer des trésors d'ingéniosité et activer mes réseaux pour retrouver sa trace. Mais non, je suis sûr qu'elle fait partie de ces femmes pour qui le destin a plus de poids que tous les efforts que pourrait faire un homme pour elle. Je vais aller à sa rencontre incognito et mettre nos retrouvailles sur le compte du hasard... ou plutôt du signe divin.

En passant devant la vitrine de Beautés Phocéennes, je m'arrête et la regarde entre les initiales de l'institut peintes sur la vitrine. Je mime l'étonnement. Elle cache très mal sa surprise et le choc de me revoir. Elle hésite à prendre la fuite

– certainement pour se recoiffer, se remaquiller ou ôter son horrible tenue d'esthéticienne floquée comme un vulgaire maillot de football. Mais c'est trop tard ! J'ai vu qu'elle m'avait vu et reconnu. Je lui fais signe. Elle perd ses moyens. Je l'encourage alors de la main à venir me rejoindre dans la rue, sans vraiment lui laisser le choix.

– Bonjour, vous me reconnaissez ?

– Oui ! Très bien, me sourit-elle sans feindre sa joie de me revoir. D'ailleurs, je me suis renseignée et il y avait bien du anko dans le petit-four. Mais vous étiez parti et je n'ai pas pu vous le dire.

– Ah merci, il me semblait bien.

Un ange passe. Je profite de ce silence pour la regarder dans les yeux, elle est si mignonne quand elle rougit.

– C'est drôle de se recroiser ici.

– Bah oui, je travaille là, sourit-elle à nouveau. Et vous, que faites-vous ici ?

Elle me prend de court. Je ne sais pas trop quoi lui répondre. Alors, je mens avec aplomb :

– J'habite dans le coin.

– Ah bon ? Je vous croyais d'Aix.

– Non, non, j'y travaille et j'y ai des amis, mais je suis de Marseille, j'ajoute en découvrant autour de moi un quartier qui m'est totalement inconnu. Au fait, je ne vous ai même pas demandé votre prénom.

– Wendy, comme dans *Peter Pan*.

Je ne peux retenir un rire nerveux.

– Pourquoi riez-vous ?

– Non, pour rien. En fait si, votre collègue nous espionne.

Ouf, une échappatoire ! Wendy se retourne pour constater :

– Ah ! c'est Soraya. Elle ne peut s'empêcher de jacasser quand un beau garçon s'adresse à moi.

– Un beau garçon ? Vous me flattez !

Wendy rougit soudain un peu plus. Elle s'est trahie et ne sait trop quoi répondre. Elle bafouille quelques mots :

– Je suis désolée mais je vais devoir retourner travailler.

– Peut-être puis-je vous demander votre numéro pour qu'on prenne un café un de ces jours ?

– Je suis désolée, mais j'ai un mec et je ne suis pas du genre à aller prendre des cafés avec d'autres hommes.

– D'accord, je n'insiste pas. Je ne suis pas non plus du genre à demander le numéro de la première venue, mais je suis du genre à croire au destin. Ne vous inquiétez pas, je ne vous dérangerai pas plus longtemps.

Je sens qu'elle hésite à revenir sur sa décision et à me donner son numéro, mais elle se ravise.

– Puis-je malgré tout vous faire la bise pour clore notre rencontre ?

Je ne lui laisse pas réellement le temps de répondre et m'approche de sa joue qu'elle me tend sans trop de résistance. Le même courant électrique

que la veille nous traverse. Wendy se retire, un peu effrayée par ce sentiment inconnu, et retourne à son travail. Ma proie semble plus coriace que prévu, mais je ne suis pas homme à lâcher l'affaire. Surtout après avoir bu une nouvelle gorgée de son parfum si exquis.

Comment la conquérir ? J'arpente mon appart d'une pièce à l'autre comme un lion en cage en me pinçant l'arête du nez. Pensif. Le petit con qui a grandi en moi déteste plus que tout au monde qu'on lui résiste. Minot, je pouvais me mettre dans une colère monstre pour que mes parents m'offrent un jouet dans un magasin. Je me postais face à l'objet convoité en hurlant et en sachant pertinemment qu'ils finiraient par céder par honte du regard des autres. Adulte, je fais exactement la même chose avec les femmes sauf qu'au lieu de la colère, j'utilise d'autres armes plus efficaces : la flatterie, le mensonge, la manipulation. Encore faut-il avoir un plan ! Certains s'en remettent au sort, moi, je le provoque.

Mon cerveau bouillonne. Wendy a un mec et je pense qu'elle ne m'a pas menti. Pour le peu que je la connaisse, je la classe dans la catégorie des femmes qui doutent perpétuellement d'elles-mêmes, celles qui, par peur du célibat éternel, ne restent pas seules plus d'une semaine, quitte à prendre le premier péquenot venu. Le genre de femmes qui se contentent du peu, en attendant le mieux et en rêvant du meilleur. Si je la place en situation d'avoir à comparer, j'en sortirai forcément gagnant. Il faut que je provoque une rencontre entre nous trois, une rencontre soi-disant fortuite pour qu'à l'heure du choix, Wendy se dise que sa destinée a choisi pour elle et qu'entre nous deux, c'est inéluctable. Parfait ! Je claque des doigts pour me convaincre que je tiens un bon plan à mettre en œuvre et appelle dans la foulée Mat, mon assistant.

– Mat, j'ai une mission pour toi ! Surveiller une femme. Oui, je sais, je te l'ai déjà demandé et ce n'est pas dans tes fonctions. Mais tu sais aussi que la dernière fois que tu as accepté cette mission, ton compte en banque ne s'en est pas plaint.

Hippotamus, à la sortie de Marseille. Vendredi soir. Mat ne s'est pas trompé : ils sont là, comme tous les vendredis soir, Wendy et son bouffon. Sur lui non plus je ne m'étais pas trompé, il est peut-être même pire que je ne pouvais l'imaginer : habillé comme un kéké, cheveux sales gominés, jean trop large et tee-shirt moulant un petit ventre gonflé à la Kronenbourg. Je ne peux m'empêcher de repenser au *Dîner de cons* et me dire que ce mec-là doit être pris tous les mercredis soir. Ne t'inquiète pas, Wendy, dans peu de temps, je vais te sortir de cet infernal quotidien et te faire vivre une autre expérience.

Ma muse resplendit d'une beauté aussi simple qu'efficace dans une jupe qui dessine ses formes généreuses et un débardeur serré qui laisse deviner qu'elle ne porte rien en dessous, si ce n'est cette peau que j'imagine aussi douce qu'agréable à sentir. Aucune femme au monde ne peut avoir un don divin et un destin de ratée. Avec Mat qui m'accompagne pour l'occasion, je prends une table pas trop proche d'eux ni trop éloignée. Lorsque le serveur nous place, mon assistant s'assied alors que je demeure debout, le regard fixé sur elle. Wendy a les yeux rivés sur son assiette, la bouche désespérément fermée qui traduit à mes yeux le silence et l'ennui de leur soirée. Lève les yeux, Wendy, lève-les ! Je m'assieds avec la lenteur d'un escargot fainéant. Lève-les, tes putains d'yeux ! Enfin, Wendy redresse la tête et m'aperçoit. J'en suis certain, elle a la même réaction paniquée qu'à l'institut. Je lui souris et me dirige immédiatement vers elle.

– Bonsoir ! lui dis-je sur un ton exagérément guilleret.

– Bonsoir, me répond-elle, gênée par la situation. Je vous présente Jo, mon ami, continue-t-elle en bafouillant.

Je serre la main du gars sans le regarder, en continuant à fixer exagérément la gardienne de mes fantasmes.

– Décidément, nous fréquentons les mêmes endroits, je continue avec le même enthousiasme.

– Il faut croire que oui !

– Je ne vous dérange pas plus longtemps. Bon appétit.

Je pose la main sur son bras en lui administrant une légère caresse, juste ce qu'il faut pour qu'elle ait un frisson, juste ce qu'il faut pour que son mec s'en rende compte. Je retourne m'asseoir avec Mat en observant les conséquences de ma petite incursion. Le résultat est au-delà de mes espérances, Wendy semble chamboulée et ne me quitte pas des yeux. Mieux, la discussion avec son kéké a repris assez vigoureusement et j'en imagine très bien la teneur :

« C'est qui ce gars ?

– Puisque je te dis que je ne le connais presque pas !

– Il paraît bien amical pour un gars que tu ne connais pas ! »

Les plats défilent à notre table, mais je n'y touche presque pas, je les laisse à Mat qui a plus l'habitude que moi de ce genre d'établissement dénué du moindre raffinement. J'attends patiemment la prochaine étape de mon plan en continuant à la fixer et en répondant à ses regards furtifs par de longs sourires charmeurs. L'attente est insupportable. La lampe suspendue au-dessus de notre table qui chauffe mon front, le brouhaha incessant, les serveurs maladroits et mal aimables rendent les minutes longues et désagréables. Wendy se lève enfin pour aller aux toilettes. Je fais de même, trente secondes plus tard, en priant pour qu'elle soit seule au moment où je débarque derrière la porte réservée aux femmes. On dirait que c'est mon jour de chance.

– Il va falloir qu'on arrête de se mentir ! dis-je en claquant la porte avec la même fermeté que le ton employé.

– Putain, mais qu'est-ce que vous foutez là ? Vous êtes malade ou quoi ?

– Il se passe un truc, un truc chimique entre nous que je n'explique pas. Osez dire le contraire !

– Mais non... enfin peut-être... mais ce n'est pas le problème. Vous êtes dans les toilettes des femmes, et mon mec est derrière la porte.

– Je m'en fous ! Je n'ai jamais vécu ça... vous m'obsédez depuis la première fois que je vous ai vue ! Vous croyez au destin ?

Wendy fait non de la tête... mais bien sûr qu'elle y croit ! Je la colle contre le lavabo et approche mes lèvres des siennes. J'inspire une bouffée de son odeur. Elle a mis du parfum ce soir, mais elle n'en a pas mis assez pour couvrir son odeur naturelle, cette essence qui me rend fou. Je me penche vers elle, sur chaque partie de son corps, pose mes bras sur le lavabo pour prendre appui et m'élever un peu. Puis je l'embrasse d'un baiser qui se veut fougueux et délicat à la fois. Elle ne riposte pas. Je goûte ses lèvres aussi douces qu'une peau de bébé, aussi pulpeuses que la chair d'un fruit à parfaite maturité. Cette fraction de seconde est délicieuse. Je me recule et reprends ma respiration bruyamment comme pour exprimer le plaisir que je prends et qui, j'en suis sûr, est partagé à ce moment précis. Je reprends ses lèvres en ouvrant un peu plus la bouche en espérant qu'elle en fasse de même, et entoure sa taille de mes bras, dans l'espoir qu'elle se laisse faire. Mais non, il n'en est rien. Sans doute effrayée par ma colossale érection qu'elle a dû sentir contre son ventre, Wendy me repousse et me gifle.

– Qu'est-ce qui vous prend ? Vous êtes un grand malade !

– Wendy...

Ma muse a déjà quitté la pièce. Je ne suis pas inquiet. Ce baiser m'a totalement retourné et je ne peux imaginer qu'il n'en soit pas de même pour elle. Je retourne m'asseoir avec Mat et termine mon frugal repas en continuant à la scruter, à la déstabiliser, en guettant son regard cristallin. Je fais le récit détaillé de mon incursion aux toilettes à Mat qui me tape sur l'épaule d'un air désolé. Décidément, mon assistant est brillant au travail mais pas vraiment perspicace avec les femmes. Mat, j'ai gagné par K.-O. Je le presse de terminer son assiette, règle l'addition et sors du restaurant en mettant mon assistant dans un taxi. Non sans au préalable être passé à côté de la table de Wendy, non sans les avoir salués, elle et son crétin de compagnon, non sans avoir déposé ma serviette de table rouge, que je n'ai pas utilisée, à côté de sa main avec un mot dissimulé à l'intérieur, écrit de ma plus belle plume.

« *Wendy, je suis sincèrement désolé de vous avoir brusquée. Je ne sais pas ce qui m'arrive, ce qui nous arrive. Notre rencontre a quelque chose de surnaturel. Il faut qu'on parle. Je vous attendrai toute la soirée, s'il le faut, dans ma Porsche garée sur le parking du restaurant. Venez, je vous en conjure. Au fait, moi c'est Camille.* »

Une heure que j'attends dans ma bagnole. Ce doit être le temps qu'il a fallu à Wendy pour se décider et trouver une excuse plausible pour remballer le kéké. Une heure passée. Le parking s'est vidé. Dans mon rétro, je la vois enfin sortir du restaurant avec lui. Ils ne se tiennent pas par la main, bon signe ! Ils ont même l'air plutôt fâchés, il ne doit pas comprendre pourquoi elle veut rentrer en taxi et finir la soirée seule. Ils discutent sur le parking. Ces minutes paraissent interminables. Soudain Wendy s'écarte de lui, puis subitement s'en rapproche. Mon cœur fait le même mouvement de yo-yo, en parfaite synchronisation avec les pas de Wendy, et menace de lâcher à tout moment. Finalement, il contourne sa voiture, monte dedans et démarre. Wendy reste figée alors que la voiture manque de lui rouler sur les pieds. Elle reste plantée là quelques minutes, immobile, dos à moi. Au mouvement de ses bras, je l'imagine mettre ses mains sur son visage, pleurer un bon coup et essuyer délicatement ses dernières larmes. Elle se retourne enfin en cherchant ma Porsche du regard. Je suis là, Wendy, à l'écart des autres taudis à quatre roues. Elle me repère enfin et s'avance vers moi d'un pas décidé, le visage sombre et peu avenant. À chaque mètre parcouru, mon cœur bat plus fort. Je ne sais pas ce que je vais lui dire. Je me surprends à stresser et à lutter contre des tics nerveux inhabituels pour un corps si détaché en temps normal. Mais tout s'arrête lorsque le clic de l'ouverture de la porte retentit. Wendy ne me regarde même pas. Elle s'assied côté passager sans dire un mot, l'air furieuse. Elle est si jolie, les yeux plissés, la bouche entrouverte, les pommettes rouges. La porte se referme et la voiture s'emplit de cette odeur enchanteresse qui agit une nouvelle fois sur moi comme une drogue. Mon corps se relâche entièrement, un bien-être me submerge, je me sens comme emporté par une délicieuse vague à laquelle je n'offre aucune résistance. J'ai envie d'elle. Terriblement envie d'elle. Comme je n'ai jamais eu autant envie d'une femme.

– J'ai peut-être foutu une relation de trois ans en l'air à cause de votre petit jeu à la con, me jette-t-elle au visage d'un ton glacial qui, paradoxalement, me chauffe plus encore.

Je tente de la rassurer sur le ton le plus convaincu du monde.

– Le jeu en vaut peut-être la chandelle. Quelque chose me dit que nous avons bien plus à gagner l'un et l'autre qu'à perdre.

– Je sens surtout que vous êtes un beau parleur.

– Ce ne sont pas que des mots entre nous ! Il y a plus que ça...

Je pose ma main sur la sienne. De façon inexplicable, ses tremblements cessent. Une alchimie se produit, la même que lors de nos précédentes rencontres, un courant passe de ma main vers la sienne, ou l'inverse, et nous irradie tous les deux. J'ai du mal à savoir. J'ai du mal à comprendre. Elle ne me regarde toujours pas, mais je me sens totalement connecté à elle. Ses sentiments se devinent, ses impressions m'envahissent, son cœur bat au rythme de mon pouls. Je ne la connais pas, mais je sais exactement ce qu'elle veut. Nous avons les mêmes envies, les mêmes désirs. J'avance en terrain connu. En terrain conquis.

– Faut-il vraiment poser des mots là où nos corps parlent d'eux-mêmes ? je lui susurre dans le creux de l'oreille.

Je me tourne vers elle et pose ma main sur sa joue en la caressant et en séchant ses dernières larmes. Sa peau est douce, mes doigts glissent sur elle avec grâce. Les légères traces de son maquillage lui donnent un air vulnérable, aussi charmant que troublant. Je descends jusqu'à sa lèvre pulpeuse que je caresse en petits cercles pour essayer de lui faire entrouvrir la bouche, pour gagner du terrain, pour enfin entrer en elle. Elle résiste sans grande conviction, en fixant continuellement le pare-brise, sans faire aucun geste, ni approbateur ni réprobateur. Son cerveau bouillonne, tiraillé entre l'envie et la raison.

J'ajoute :

– Ton corps t'a conduite jusqu'au mien, il ne changera pas d'avis.

– Je ne sais pas...

Je profite de ses quelques mots pour glisser mon doigt entre ses lèvres entrouvertes. Sa salive humidifie ma main et me procure des frissons insensés. Quel âge as-tu, Camille ? Je me comporte comme un puceau avec cette impression improbable de découvrir le corps d'une femme pour la première fois de ma vie. Chaque nouvelle étape du parcours de mon doigt, ses dents, sa langue, ressemblent à une quête vers un nouveau trésor. J'approche ma bouche de son oreille et la mordille avec délicatesse, en soufflant à l'intérieur. Mes lèvres suivent le parcours de mes doigts, redescendant sur sa joue en y déposant de doux baisers, centimètre par centimètre, comme d'autres sèment des cailloux pour retrouver leur chemin. Enfin, ses lèvres, mes lèvres. Leur impact s'accompagne d'une délicieuse décharge, étourdissante mais tellement évidente. Je prolonge ce baiser, l'accompagne d'autres plus fugaces, plus profonds, avant de partir dans un baiser enflammé où ma langue s'accroche à la sienne, où nos langues tourbillonnent dans une valse à mille temps. Wendy s'envole avec moi dans cette apnée amoureuse. Ses dernières compulsions de chagrin se transforment en pulsions de désir. Emporté par la fougue de cette étreinte hors-normes, je glisse maladroitement, hâtivement, inopinément, ma main sous sa jupe. Wendy se raidit.

– Vous me prenez vraiment pour une pute ?

– Mais non...

Claquement de porte. Sans que je sois en mesure de la retenir, de prononcer le moindre mot, de manifester ma désolation, Wendy s'en va. Je reste sans voix, le souffle court, vexé, blessé dans ma fierté. Mon ego prend une claque comme jamais il n'en a pris de sa vie. Et mon nez, rancunier, se met à couler. Il me rappelle ainsi que je viens de le priver d'un délice rare et que j'ai tout intérêt à réparer ma bêtise.

CHAPITRE IV

Wendy

L'esprit est parfois tordu. Je suis en « break » avec Jonathan avec qui j'ai vécu une histoire de trois ans – il est vrai, peu passionnante mais heureuse malgré tout ! – et je ne pense qu'à un mec, rencontré il y a moins d'une semaine et avec qui j'ai dû échanger dix phrases en tout et pour tout. Je me sens injuste. Mais impuissante. Tout le week-end, le sourire de Camille a hanté mes rêves. Notre baiser dans les toilettes du restaurant m'a réveillée en sursaut, le corps enfiévré et victime d'une maladie qui procure tant de belles sensations mais fait si mal après coup.

Au petit déjeuner, les tartines avaient le goût de ses doigts léchés la veille, le café la couleur de sa chemise, la pêche l'onctuosité et la tendresse de ses lèvres. En sortant de ma douche, j'ai relu en imagination, mot pour mot sur ma serviette de bain, les lettres qu'il s'est appliqué à écrire sur sa serviette de table et qui ont changé ma vie. Mais, surtout, je ressasse sans cesse notre passion dans la voiture, l'apothéose qui a provoqué un séisme dans mon corps endormi depuis tant d'années et résigné à ne plus ressentir le moindre frisson. Jonathan n'est pas fautif. Avant lui, je n'avais jamais ressenti de telles sensations non plus. C'est une première. Et peut-être une dernière.

La pensée de ne jamais revoir Camille me mine le moral. Je ne sais pas si je dois regretter de ne pas être allée plus loin avec lui, comme mon corps le réclamait, ou si je dois me réjouir d'avoir écouté ma vertu. Comment une fille comme moi peut-elle avoir envie d'un homme qu'elle ne connaît pas alors que je ne suis pas encore officiellement séparée ? Mais si ma vertu a raison, pourquoi est-ce que je broie du noir aujourd'hui ? Pourquoi mon chagrin ne me laisse-t-il pas une seconde de répit ? Je devrais être fière d'avoir repoussé ses assauts insistants. En réalité, je suis seulement mélancolique et n'arrive pas à me débarrasser d'un arrière-goût amer, celui d'être passée à côté de la chance de ma vie. Mon cerveau fulmine, prêt à exploser ! Je vais devenir complètement folle si je continue. Heureusement, je dois aller travailler aujourd'hui. Je suis contente, comme rarement je ne l'ai été un lundi. Même si je ne suis pas au mieux de ma forme, je vais me changer les idées avec des sujets plus légers et débriefer ma soirée de vendredi avec Soraya. Elle pourra porter un regard objectif sur mon aventure et m'aider à avancer, à l'oublier. Mon Dieu, que c'est difficile de prononcer ce mot « oublier » ! Le fait de penser que je ne le reverrai jamais ouvre les vannes de mon cœur pour laisser couler un flot de larmes sur mes joues. Elle se planque où, ma vertu, quand il s'agit de me soutenir ?

Dès mon entrée dans le salon, Soraya saisit mon désarroi. Les vrais amis ont un sixième sens pour ça, j'en suis convaincue. Je ne peux rien lui cacher. Soraya devine la moindre de mes émotions, comme je réussis à le faire pour elle au premier regard échangé. À peine ai-je le temps de les saluer, elle et sa première cliente de la journée, que je ne peux retenir une larme. Décidément, je vais finir ma journée totalement déshydratée. Sans hésiter, Soraya lâche sa manucure pour venir me faire une bise et me prendre discrètement dans ses bras. Elle m'emmène dans l'arrière-boutique où nous nous changeons habituellement et adopte son ton le plus doux.

– Qu'est-ce qu'il y a, ma puce ? C'est Jonathan, c'est ça ?

– Je crois que c'est fini entre nous.

– Merde... je suis tellement désolée pour toi.

– C'est pas tout...

Je ne sais pas par où commencer entre la fin de mon histoire avec Jonathan et le début de celle avec Camille. Le fait que les deux se chevauchent m'embrouille l'esprit. Tout devient flou d'un coup. Soraya tente de m'aider :

– Il y en a un autre, c'est ça ?

– Oui, celui qui est passé au salon l'autre jour. Il a essayé de...

Soraya me coupe dans mon élan, comprenant que l'histoire est plus compliquée qu'une banale dispute et que mon récit risque de s'éterniser. Elle me fait remarquer que sa cliente attend et que des yeux ennemis nous observent. Elle me propose d'aller nous chercher à déjeuner ce midi pour reprendre toute l'histoire depuis le début, au calme, dans le salon vidé de ses clients et de Chantal, notre indigeste patronne qui fait les comptes dans son bureau fermé en nous observant par la vitre. So est formidable, elle a toujours une solution à tout.

La matinée s'écoule comme un long chemin de croix au cours duquel je redoute de faire le moindre modelage. Le contact avec une peau étrangère me replonge dans mes souvenirs avec Camille. Sur le dos dénudé d'un de mes clients se dessine son visage, avec une telle netteté que j'en serais presque à croire aux fantômes. Comme s'il était écrit que je devais boire le calice jusqu'à la lie, deux hommes sont inscrits sur mon planning de massages de la matinée, un fait rarissime qui finit de me convaincre que quelqu'un là-haut cherche à tester ma résistance à la tentation. Au bout de quatre longues heures, je raccompagne ma dernière épilation à la porte sans avoir la force de lui sourire. Tant pis pour le professionnalisme aujourd'hui.

Derrière moi, Soraya a déjà dressé une petite table improvisée sur laquelle elle dispose les plats du traiteur japonais du coin de de la rue. Chantal est partie déjeuner. Nous sommes seules, enfin ! Je m'écroule sur le fauteuil rouge dans l'entrée, pose mes pieds sur un petit tabouret et commence mon récit, maladroit mais sincère. Sans rien occulter. Soraya a pris un carnet de notes avec elle. L'institut de beauté prend tout à coup des allures de cabinet de psy. Vu la réaction de ses grands yeux noirs, Soraya ne semble pas en revenir de la succession des heureux hasards et des mauvais rebondissements. Elle marque un temps à la fin de mon histoire avant d'analyser la situation :

– Écoute, cette foutue histoire a au moins le mérite de t'avoir fait prendre conscience que tu n'es plus amoureuse de Jonathan. Dis-toi que tu as gagné un temps fou.

– Peut-être. Mais c'est normal que je pense davantage à l'autre qu'à Jonathan ? Je suis toc-toc ?

– Mais non ! Tu as eu un coup de foudre, chérie ! Dans ces cas-là, on idéalise le mec qui provoque en nous cette sensation. Même si, en fin de compte, ce n'est peut-être qu'un sale con. Sûrement même. Il voulait juste te sauter. Tu aurais été encore plus malheureuse si tu avais cédé à ses avances.

– Je sais pas ! J'avais tellement envie de lui !

– Tu aurais peut-être pris ton pied mais, aujourd'hui, tu serais en train de te demander pourquoi il ne te rappelle pas et ce qui cloche chez toi. Crois-moi, il vaut mieux prévenir l'hémorragie plutôt qu'avoir à panser la plaie.

– Tu as sans doute raison.

– Tu sais quoi, j'appelle Bastien pour qu'il garde les enfants ce soir. On se fait une soirée mojitos entre filles. On s'habille comme des bombes sexuelles et on sort se changer les idées, rencontrer d'autres mecs, les chauffer et te venger. Œil pour œil, foufoune contre zizi !

So a réussi à me faire sourire. Ce n'est pas le moindre de ses exploits. Je la prends une nouvelle fois dans mes bras pour lui dire combien je l'aime quand la sonnette de l'institut nous coupe dans notre élan d'affection. À l'entrée, un jeune homme en polo bleu marine avec un liseré jaune et une casquette assortie, tient un colis dans les mains.

– Tu attends une livraison ? je m'étonne, puisque c'est moi qui en général m'occupe des réassorts.

– Pas du tout. C'est Dieu qui l'envoie pour qu'on se fasse la main dessus ! Un entraînement pour ce soir ?

– Ça doit être ça !

Je réceptionne le colis à mon nom et signe le récépissé du gamin aux cheveux gras et au front couvert d'acné.

– Merci mon p'tit, j'ajoute pour clore la conversation en lui attrapant gentiment la joue.

Surpris, le livreur vire à l'écarlate et s'immobilise derrière la porte que je viens de lui claquer au nez. Nous pouffons de rire en voyant sa silhouette hébétée à travers la vitre teintée de la porte. Puis, comme il ne bouge toujours pas, Soraya s'approche de la vitrine et, d'un geste sec, lui ordonne de déguerpir. Il obéit enfin, effrayé. Il est loin de se douter qu'il a pris pour Jonathan, Camille et tous les autres hommes de l'univers. Le pauvre ! J'en ris encore en ouvrant le colis d'un coup de ciseaux rageur quand soudain, mon visage change de couleur. Soraya s'en aperçoit.

– Qu'est-ce qu'il y a, ma puce ?

En silence, je déballe le contenu du colis avec toute l'attention qu'il mérite. Je ne trouve pas de mots pour décrire la splendeur qui se déploie sous mes yeux. Soraya en est muette elle aussi. Il faudrait inventer un substantif autre que « robe » pour ne pas faire injure à une telle splendeur, aussi légère qu'agréable au toucher. De ma vie, je n'ai eu à portée de main une merveille aussi élégante et sexy à la fois. C'est une robe fourreau longue, haute couture, de grande tenue et qui a déjà toute mon admiration. Ornée de perles scintillantes et d'une traîne aérienne toute en transparence, elle est travaillée de haut en bas dans ses moindres finitions. Un poil provocatrice, elle s'autorise un décolleté aussi osé sur la poitrine que dans le dos, en dévoilant jusqu'à la chute de reins. L'éclat de sa couleur dorée en ferait pâlir Sarah Jessica Parker et toutes les autres icônes de la mode et célébrités des magazines qui envahissent la table basse de notre espace d'attente. Sans me soucier de savoir quel en est l'expéditeur, d'où cette robe provient ni à qui elle est destinée, je la colle contre moi et me précipite face à un miroir pour l'admirer sur moi. En toute modestie, j'ai l'impression que la robe a été dessinée et cousue pour moi. Je n'arrive pas à la détacher de mon corps. Ou plutôt, je n'en ai pas la moindre envie.

– Tu t'es commandé cette robe ? demande Soraya, en tentant de me faire revenir à la raison.

– T'es folle ! Tu crois que j'ai les moyens de m'offrir ça ?

– Alors, qui te l'a envoyée ?

En fouillant dans la boîte, Soraya déniche une carte parfumée. Elle la respire avec délice avant de lire le nom de l'expéditeur. Camille. Ma joie s'évanouit. Je blêmis. Soraya me demande si elle peut lire le mot. J'acquiesce d'un signe de tête.

Chère Wendy,

Ce petit présent pour m'excuser de ma fougue amoureuse, que je regrette amèrement depuis le restaurant. Vous provoquez en moi quelque chose d'indéfinissable et d'obsessionnel, mais ce n'est pas une excuse et rien ne justifie mon comportement. Permettez-moi de vous inviter vendredi prochain au lancement du parfum d'une grande marque, il se trouve que j'ai participé à son élaboration. La fête aura lieu dans l'usine Valgrances à Grasse. Je suis persuadé que ce nouveau parfum vous ira à merveille. Quant à moi, je jure sur ce que j'ai de plus cher que je ne vous importunerai pas durant la fête. Je vous ai réservé une chambre d'hôte à côté de l'usine pour que vous n'ayez pas à reprendre la route le soir même. Les clés de la chambre accompagnent votre robe. J'espère sincèrement que vous accepterez mon invitation qui nous permettra de faire enfin connaissance. Je vous embrasse... en priant le Ciel que vous acceptiez mon invitation.

Tendrement,

Camille

Soraya fouille une seconde fois la boîte et en sort la fameuse clé qu'elle brandit par son porte-clés en forme de poire, tel un trophée. Face à ma moue hésitante, elle m'attrape fermement par les bras.

– Tu dois y aller, au moins pour la robe !

La semaine se termine enfin. J'ai rarement attendu le week-end avec une telle impatience. J'ai pris mon vendredi après-midi pour me préparer. Ou plutôt, Soraya m'a obligée à le poser après m'avoir massée durant sa pause déjeuner et m'avoir doré les ongles pour les assortir au mieux avec ma robe. J'ai ensuite traversé la rue pour me faire coiffer par Marie, une autre de mes plus fidèles amies. Marie a un don pour faire ressortir mes boucles blondes avec d'élégantes pinces à cheveux en forme de fleurs blanches, fort à propos pour cette soirée parfumée. D'ailleurs, c'est sa sœur qui les fabrique dans la région parisienne et les lui a expédiées pour l'occasion. Devant le miroir de Marie, je réalise à quel point tout le quartier s'est mobilisé pour ma soirée ! Une sorte de « Wendyton », qui me touche profondément. De retour chez moi, je m'accorde une petite sieste et une douche en prenant soin de ne pas toucher à ma coiffure. Exercice périlleux ! J'enchaîne par de longues minutes de préparation face au miroir avec un refrain en tête – *ce soir je serai la plus belle, la plus belle pour aller danser* – qui me suit jusque dans ma Titine, à destination de Grasse. Durant les deux heures de route, je ne cesse de me regarder dans le rétroviseur en me demandant si je n'en ai pas trop fait. Tous ces artifices... je ressemble vraiment à une mariée ! Après tout, ce n'est pas tous les jours que je peux me rendre à une soirée dont la presse fait écho. Les célébrités annoncées ne seront certainement pas en jean-baskets.

Les kilomètres défilent. J'aperçois enfin le panneau blanc au contour rouge sur lequel je lis le nom de la ville de Grasse. Mon cœur palpite plus vite en passant devant. Je m'arrête quelques bornes plus loin sur le parking de la maison d'hôte et rejoins la chambre réservée à mon nom. Elle est juste en face de l'usine de parfums, Camille ne m'a pas menti. Elle a un charme fou. C'est un petit mas provençal fait de vieilles pierres, d'un toit en tuiles rouges, de volets en bois turquoise et d'un petit escalier décoré de pots en terre cuite. L'intérieur est tout aussi féérique avec ses poutres apparentes et sa cheminée garnie de fleurs blanches de la région. Camille ne s'est pas moqué de moi. Je teste le lit en me laissant tomber dessus et en me laissant absorber par le moelleux duvet en plumes d'oie. Le bonheur ! Mais le temps presse. La soirée débute bientôt. Je me pare de mes plus luxueux bijoux, de mes talons noirs les plus hauts et enfile enfin la robe de mes rêves. Je me regarde dans le miroir de la porte intérieure d'une vieille armoire. La sensation est troublante. Je me contemple comme j'admirerais une princesse en train de saluer la foule de son balcon, sans réellement réaliser que c'est moi de l'autre côté du miroir. Lorsque je retrouve mes esprits, un sentiment indéfinissable et une émotion intense me saisissent. De la fierté assurément, de la peur indéniablement et l'impression de changer un peu de monde. Au moins pour une soirée.

L'usine n'a d'usine que le nom. Elle a été réhabilitée, agrandie, et ressemble désormais davantage à un luxueux hôtel particulier qu'à un bâtiment industriel. Sa façade jaune pastel est quadrillée de fenêtres blanches aux moulures d'époque, elles-mêmes agrémentées de charmantes petites lanternes allumées pour l'occasion. Seules les multiples cheminées sur le toit rappellent que des milliers de parfums ont été distillés entre ses murs. À côté de l'usine, un porche entièrement recouvert de jasmin et de lilas invite à pénétrer dans les jardins du domaine. J'entends au loin la musique d'un orchestre et le brouhaha des prémices d'une fête. Devant le porche, Camille m'apparaît dans un costume sobre, chemise blanche et veste noire cintrée, une fleur de lys fixée à la boutonnière. Il plaisante avec d'autres invités en passant la main dans ses cheveux avec une certaine nonchalance. Il est grand, beau et incroyablement sexy. J'ai déjà envie de lui. Quand il m'aperçoit, il s'excuse auprès de son groupe d'amis pour venir m'accueillir.

– Je vous attendais, me dit-il.

– Me voilà. Je ne pouvais pas passer à côté d'une telle soirée.

– Cette robe vous va au-delà de mes espérances, continue-t-il en me prenant la main pour me faire tourner et m'admirer sous toutes les coutures.

– Merci !

Camille m'emmène marcher dans les majestueux jardins de l'usine. Il m'explique l'histoire du lieu dont les cheminées ont cessé de fumer les unes après les autres pour laisser place à un laboratoire, à côté du bâtiment principal, où sont fabriqués en grande partie les parfums aujourd'hui. L'usine a été réhabilitée en un musée et en bureaux dont celui que Camille occupe, au deuxième étage tout à droite, lorsqu'il travaille pour ce parfumeur. Nous déambulons sur un petit pont bucolique. Une famille de canards surveille notre passage avant de reprendre sa route en une file rectiligne et parfaitement ordonnée, de la mère au dernier petit caneton. À la sortie du pont, Camille me tire par le bras et m'invite à concentrer mon attention sur mon odorat. Nous nous approchons d'une parcelle de rosiers aux couleurs aussi variées qu'étonnantes. Les roses, conquérantes, ont envahi une partie du jardin où elles s'étendent de façon désordonnée. On les retrouve aussi bien suspendues sur un grillage abandonné que droites le long d'un muret en pierres ou encore enroulées sur les pieds d'un banc en bois. Leur abondance évoque une douce poésie et leurs odeurs mêlées invitent au voyage. Je ferme les yeux pour me laisser enivrer par leur parfum. Elles ont une force insoupçonnée. Camille s'approche d'un buisson pour m'en cueillir une, fidèle à la couleur du nom qu'elle porte.

– Une rosa centifolia, la rose cent-feuilles. On la cultive dans le coin et on l'utilise souvent en parfumerie.

– Elle est puissante, je commente en plongeant mon nez entre ses pétales.

– Effectivement, elle arrive à pleine maturité en mai. Mais il faut la cueillir à l'aube, c'est à ce moment-là qu'elle s'ouvre le mieux et développe le plus fortement son parfum. Un peu comme une belle femme à son réveil.

Je ne peux m'empêcher d'imaginer Camille allongé à mes côtés sur le lit de la chambre d'hôte en train de me sentir au réveil, après une belle nuit d'amour. Camille relève mes cheveux et place la rose sur mon oreille. Notre promenade se poursuit avec la même insouciance, le même bonheur. Nous croisons d'autres promeneurs, d'autres couples, souvent des amoureux aussi chic et majestueusement habillés que nous. Jamais de ma vie je n'ai vu un tel défilé de robes de couturier aux couleurs aussi variées que celles que nous offre la nature qui nous entoure. Entre beauté végétale et humaine, je ne sais plus où donner de la tête. Je me sens à l'aise et détendue. La vie de princesse n'est peut-être pas un mythe. Je touche du doigt les contes de fées de mon enfance ou ceux que je dévore dans les magazines people en patientant entre deux clientes. Camille me contemple, il devine mon bonheur et paraît ravi de me voir si heureuse. Il me propose d'aller nous rafraîchir après cette promenade, promesse d'une grande soirée. Nous rafraîchir au Dom Pérignon.

Nous approchons d'une foule plus compacte aux abords des buffets. Dans cette zone, les invités m'apparaissent moins détendus et moins naturels que les promeneurs croisés tout à l'heure. Je me sens plus observée, surtout aux côtés de Camille que tout le monde salue avec admiration. Se demandent-ils qui je suis et ce que je fais là ? Ou peut-être admirent-ils seulement ma robe ? Je préfère opter pour la seconde hypothèse qui rend ce moment moins stressant. Camille a aperçu un visage familier au milieu des convives et trace sa route jusqu'à lui. Je le suis.

– Comment ça va, mon Fredo ?

Il salue cet homme qui ne m'est pas étranger et l'embrasse avec une amitié non feinte.

– On ne peut mieux ! Et toi, mon beau ? Tu es en charmante compagnie, dis-moi, lui répond Frédéric en me détaillant de la tête aux pieds.

– Je te présente Wendy.

– Enchanté Wendy ! J'ai l'impression de vous avoir déjà croisée quelque part.

– Moi aussi ! J'étais en train de me dire la même chose. Vous êtes aussi de Saint-Just à Marseille ?

– Non, pas vraiment.

Je ressens un poil de dédain dans le ton de Frédéric. Camille interrompt ce moment un peu gênant :

– Vous avez dû vous croiser à l'inauguration de ton expo.

– Vous étiez là, Wendy ? m'interroge Frédéric. Comment ai-je pu vous oublier ? Je suis impardonnable.

– Elle était de service. C'est elle qui a saoulé de champagne tous tes invités et les a mis à l'aise pour admirer tes œuvres, répond Camille à ma place en essayant de me mettre en valeur.

– Avez-vous eu au moins le temps d'admirer mes peintures, Wendy ? Ça m'intéresse d'avoir des avis... comment dire... différents des autres.

Par « différents », je comprends d'une pauvre fille comme toi. Même si Frédéric n'agit pas par méchanceté, ses maladresses me blessent. Je durcis le ton tout en gardant le sourire :

– Non, j'avais du travail ce soir-là et pas une minute de répit.

Camille me prend la main comme pour me soutenir moralement. La conversation a du mal à repartir. Gêné, Frédéric nous abandonne au prétexte qu'il était chargé de rapporter des coupes de champagne à son groupe d'amis. Camille tente de me réconforter :

– Ne vous en faites pas, Wendy. Fred n'a jamais su y faire avec les femmes.

Au même moment, une main masculine, marquée par les années, tape sur l'épaule de Camille. Ce dernier se retourne et lâche brusquement ma main.

– Monsieur de Balidran. Quel plaisir de vous voir ! ment Camille.

– Et moi donc ! lui répond l'homme à lunettes, la soixantaine bien entamée, dont les rondeurs suggèrent un côté bon vivant. (Les petits-fours empilés qu'il tient dans une main et le verre de whisky de l'autre confirment ma première impression.) C'est un peu grâce à vous, tout ça !

– Vous me flattez ! Permettez-moi de vous présenter Wendy, une amie. Wendy, Monsieur de Balidran est le propriétaire des lieux et le parfumeur pour lequel je travaille le plus régulièrement.

Le vieux me lance un regard un peu pervers et me prend la main pour l'embrasser. Je me laisse faire sans résistance.

– Enchanté, me lance-t-il. Savez-vous que votre ami est sans doute le meilleur « nez » que j'ai rencontré au cours de ma longue carrière ? Sans lui, j'aurais déjà pris ma retraite et mon nouveau petit bijou n'aurait jamais vu le jour. Avez-vous déjà senti Valgrances n°7 ?

– Non, pas encore !

Balidran me tend son verre de whisky pour que je le lui tienne et sort fièrement de sa poche une fiole contenant le fameux parfum pour lequel a été organisée cette soirée de lancement. Il retourne mon poignet et y vaporise quelques gouttes de son « bijou ». Je le respire. Effectivement, ce parfum généreux me fait un effet bœuf. Malheureusement, il me manque le vocabulaire approprié pour le décrire :

– Il sent très bon en effet !

– C'est un doux euphémisme, renchérit Balidran,

quelque peu déçu de mon enthousiasme mesuré. Avec lui, on va révolutionner le marché français.

– Dommage que vous ne voyiez toujours pas plus grand, le charrie Camille sur un sujet que l'on sent sensible entre eux. Il a une dimension internationale, ce parfum.

– Ah, ah... À vouloir aller trop haut, trop vite, on se brûle les ailes, mon cher.

À son tour, Balidran asperge son poignet du parfum et le renifle bruyamment. Il lève les yeux au ciel en mimant l'enivrement. Il finit par des mouvements de main pour le moins efféminés.

– Un bijou, répète-t-il. Au fait Camille, avez-vous eu des nouvelles de ma fille ?

– Euh non, elle doit dormir à cette heure-ci, répond Camille embarrassé.

– Quel manque de chance, ce virus qui la cloue si subitement au lit. Elle qui avait pris en charge toute l'organisation de cette soirée. Elle se faisait une joie d'y participer.

– Quand le sort s'en mêle...

– En temps normal, un bon mari doit rester auprès de sa belle, mais pour cette fois-ci, vous êtes pardonné, Camille. Et puis, vous n'êtes pas encore mariés.

Balidran fait un clin d'œil à Camille. Sa plaisanterie le fait rire aux éclats. Il tape sur l'épaule de Camille avec rudesse et reprend ma main pour l'embrasser avant de nous quitter, sans doute pour vaporiser fièrement d'autres mains. Je suis restée en retrait de leur conversation. L'impression de n'être qu'une potiche me saisit. Et clou du spectacle, je viens d'apprendre que Camille est en couple. Un choc !

Alors qu'il me présente d'autres de ses amis, je reste effacée. Je me sens en marge de leurs conversations. Mon esprit est ailleurs. Ailleurs et contrarié. Le plaisir d'assister à cette soirée s'est envolé. Je songe même à regagner ma chambre d'hôte malgré les feux d'artifice, les acrobates, les cracheurs de feu et les autres animations, toutes plus spectaculaires les unes que les autres. Ai-je ma place dans ce monde de paillettes ? Camille a perçu ma mine triste.

– Elle s'appelle Valérie, me lance-t-il tout à coup.

– Qui ?

– Ma compagne, qui est aussi la fille de Balidran.

– D'accord. Mais je ne vous ai rien demandé.

– Comme je veux qu'on reparte à zéro, sur des bases saines, je préfère vous prévenir.

– Je ne suis là qu'en « amie », je continue en mimant les guillemets. Ne vous inquiétez pas !

– Sachez aussi que notre couple bat de l'aile, que notre amour s'est effacé au fil des années. Définitivement, je crois.

– Ok. Mais vos confidences me mettent un peu mal à l'aise...

– Vous avez raison, j'arrête, promis !

– De toute façon, je commence à fatiguer. Je crois que je vais rentrer.

– Non, ne partez pas ! Cette soirée m'ennuie tout autant que vous. Allons ailleurs. J'ai envie de vous montrer autre chose.

Je n'ai pas le temps de répondre que Camille m'attrape le bras et m'entraîne vers l'usine. Nous atteignons une porte dérobée qui doit être la sortie du musée, si j'en crois les panneaux indicateurs de la visite que nous empruntons à contresens. Camille jette un coup d'œil autour de lui pour s'assurer que personne ne nous observe. Il ouvre la porte avec son propre trousseau de clés et m'invite à entrer la première dans une pièce faiblement éclairée. La porte se referme derrière nous. Camille tape le code désactivant l'alarme. Je n'ose m'aventurer dans cet endroit chargé d'histoire. Je me laisse guider par Camille qui me pousse gentiment par les hanches. À chaque craquement de parquet, mon cœur sursaute. Comme deux gamins conscients de faire une bêtise, nous avançons dans le noir. Camille me dirige dans un petit renfoncement renfermant des pièces de collection.

– Vous ne pouvez pas partir avant d'avoir vu ces joyaux, plaide-t-il.

– Si vous le dites. On ne peut pas allumer la lumière ?

– La pièce donne directement sur le jardin. Si mon patron nous surprend, je peux faire mes cartons.

Je m'approche des vitrines illuminées par des veilleuses. Les lumières se reflètent sur des vases à parfum égyptiens, des fioles grecques en terre cuite, des ampoules en verre romaines aux finitions surprenantes et avant-gardistes. Un vrai voyage dans l'histoire du parfum ! Mon conteur est aussi charmant que passionné par les légendes qu'il me fait découvrir. Parfois, je me moque de lui quand il emploie un ton trop professoral. Nous rions. Je bois ses paroles et savoure son savoir. J'ai envie de lui. Nos contacts physiques furtifs, volontaires ou non, se multiplient à cause de l'obscurité. Ou plutôt grâce à l'obscurité. La visite suit son cours lorsque mon regard s'arrête sur un petit objet argenté en forme de sphère. Camille m'explique qu'il s'agit d'un pomander, un bijou que les femmes portaient autour du cou et qui contenait du parfum, comme de l'ambre par exemple. Cette pièce-là me fascine. Je l'observe, le nez collé à la vitre comme un enfant convoite un gâteau devant la vitrine d'une boulangerie. Le pomander est d'un raffinement inouï, ses fils argentés sont tissés en forme de fleurs.

– C'est magnifique, je lâche avec conviction.

– J'adore cette pièce aussi. Au Moyen Âge, on trouvait souvent le parfum sous forme de pommade. Les femmes le gardaient constamment autour du cou et chaque fois qu'elles croisaient un possible prétendant, elles l'étalaient le plus vite possible sur leur cou.

– Dommage que je n'en aie pas un sur moi ce soir !

Camille esquisse un sourire et m'entraîne dans une autre pièce, au décor plus moderne et plus neutre. Il me fait asseoir devant un orgue à parfums où des centaines de flacons se succèdent sur de frêles étagères, dans un alignement parfait. Chaque flacon est étiqueté avec le nom de la senteur qu'il contient. Sans me prévenir, Camille saisit derrière moi un foulard qu'il place sur mes yeux et le noue délicatement derrière ma tête. Je comprends que nous allons jouer. Ça tombe bien, je suis d'humeur joueuse depuis que nous sommes tous les deux. Un à un, Camille ouvre des flacons choisis au hasard et me les fait sentir. Vanille, fruit de la passion, cannelle, citron, basilic, fraise, réglisse, noix de coco, ananas etc., ces odeurs si familières d'habitude se mélangent dans mon esprit plongé dans le noir. Il n'y a guère que la lavande qui me rappelle le village et les champs de mon enfance et ne fait aucun doute. Ce jeu s'avère terriblement frustrant. D'autant qu'il y a un élément perturbateur derrière moi. Camille m'encercle de ses bras qui vont chercher les flacons pour les placer sous mon nez. Son buste s'appuie sur ma nuque. Le dessin de ses pectoraux que je devine m'émoustille, tout comme son souffle chaud lorsqu'il me parle au plus près de mon oreille. L'alcool des senteurs qui se succèdent commence à m'enivrer. Je me perds entre pensées coquines et fruitées. Mais Camille me ramène à moi en enchaînant les échantillons, jusqu'au vingtième.

– 8 bonnes réponses sur 20. Eh bien, vous feriez un piètre nez, me chambre Camille.

–Ah, ah ! La prochaine fois, on fera un test sur les crèmes dépilatoires. Et puis, qui me dit que vous auriez fait mieux ?

– À l'examen de mon école à Grasse, j'étais déjà capable de mémoriser plus d'un millier d'odeurs primaires.

– Je suis comme saint... mince... celui qui ne croit que ce qu'il voit !

– Thomas !

– Voilà, je suis comme saint Thomas. J'ai besoin de preuves ! Tenez, devinez quel parfum je porte aujourd'hui.

Camille soulève mes cheveux et respire mon cou. Je sens ses lèvres frôler ma peau. La chair de poule me gagne et se propage dans tout mon corps.

– À quelle heure vous êtes-vous parfumée ?

– Juste avant de venir, dans ma chambre d'hôte.

– Je sens une légère note de bergamote en train de disparaître pour laisser place à une note de cœur qui tend vers l'orange, ou plutôt la fleur d'oranger. La note de fond se noie dans le parfum de votre peau et relève votre essence naturelle... ça doit être des muscs blancs. Bon choix ! Très bon choix même. Vous avez mis un parfum agressif et sensuel à la fois. *Pure Poison ?*

– Dans le mille ! Je suis bluffée.

Camille continue à me sentir à fleur de peau.

De mon lobe d'oreille à la bretelle de ma robe, il inspire lentement et précautionneusement toutes les nuances de mon parfum en murmurant à mon oreille. Un désir aveugle monte en moi.

– Et pourquoi avoir choisi un tel parfum de séduction ?

– Je… je ne sais pas… Comme ça.

Je suis troublée. Camille vient de mettre mes désirs à nu. Et ce bandeau sur mes yeux m'empêche toujours de contrôler la situation, de le surveiller, de lire ses intentions. Je finis par le deviner grâce à cette caresse sensuelle qui frôle maintenant mon cou pour gagner ma joue, et enfin ma bouche. Comme aimantées, mes lèvres viennent se coller aux siennes. Comme un plongeur en manque d'oxygène, je viens à lui pour partager son souffle, ce souffle qui me procure tant d'émotions.

– Vous êtes sûre, Wendy ?

– Bien sûr que je suis sûre.

Ma bouche parle d'elle-même. Elle l'embrasse autour des lèvres, sur les lèvres, pour finalement s'entrouvrir et laisser nos langues se retrouver avec hâte. Camille fait pivoter ma chaise et s'accroupit pour se placer à ma hauteur. À l'aveugle, je tâte son visage pour l'identifier, mes doigts s'attardent sur sa barbe de trois jours. Je caresse ses traits fins et effleure son nez qui m'apparaît d'une douceur incroyable. Mon index continue à descendre en glissant sur sa fossette, que l'on appelle l'empreinte du doigt de l'ange, pour finir à la commissure de ses lèvres. Camille l'aspire malicieusement, le lèche, le mordille. Je ne tiens plus. Dans un élan d'exaltation, je l'embrasse avec fougue.

– J'ai eu envie de vous dès la première fois que je vous ai vu, je lui confie sans retenue.

– Ce qu'on vit est hors du commun, confirme-t-il.

En continuant à m'embrasser, Camille m'attrape les poignets et m'invite à me lever. Ses mains tirent habilement mes cheveux en arrière pour les placer derrière mes épaules. Ses doigts atteignent les bretelles de ma robe qu'il fait glisser sur mes épaules. Ma robe tombe avec délicatesse, dans une chute soyeuse et silencieuse. Je me retrouve en porte-jarretelles face à lui. Le fait que je ne puisse pas le voir annihile toute inhibition. Je me sens bien et m'abandonne à lui. En toute confiance. Camille me saisit par la taille et m'assied sur l'orgue à parfums. Nous reprenons nos baisers où nous les avons laissés. Dans un même mouvement, il dégrafe mon soutien-gorge et s'empare d'un flacon dans mon dos. Mon corps bascule légèrement en arrière, avec lui. Je ne le vois pas, mais je l'entends dévisser les bouchons. À tour de rôle, il sent ma peau et les flacons, comme s'il imaginait une nouvelle composition. Enfin convaincu par l'accord des odeurs, il libère le liquide – aux fragrances chaudes et boisées – qu'il place à doses mesurées sur mon sein. Il en profite pour se caresser le visage dessus, l'humer et le lécher. Mon téton durcit. Dans un parfait mimétisme, il s'occupe de mon autre sein qu'il embaume d'une note de fougère. Je m'envole dans un pays chaud et humide, au cœur d'une forêt primaire. J'y suis nue sous une pluie tiède qui éveille mes sens. Mon imagination est dopée. Camille finit sa composition en versant des notes florales et fruitées sur mon torse. Les gouttes de parfum coulent sur ma peau, se faufilent entre mes seins pour former un méandre sur mon ventre et mourir dans mon nombril. Dans le sens inverse, leurs effluves savamment mélangés s'évaporent dans l'air et m'étourdissent un peu plus. Un sentiment de légèreté s'empare de moi. Je me sens épanouie, heureuse et pleine. Je me sens moi à 100%. Camille a trouvé mon parfum.

En suivant du nez le chemin des gouttes de parfum, Camille découvre mon corps. Il dépasse mon nombril pour s'attarder sur mon porte-jarretelles, savoureux assortiment de soie et dentelles blanches. Ma parure de lingerie fine Implicite, que j'ai choisie avec soin pour l'occasion, semble à son goût. Camille détache mes bas qui s'enroulent sur eux-mêmes suivant le long trajet qui les sépare de mes pieds. Il dépose des baisers en cours de route. Jambe droite. Jambe gauche. Il finit par me mordiller les doigts de pied. Jamais un homme ne s'était penché sur cette partie de mon corps. Je suis transportée dans une autre dimension. Les notions de temps et d'espace ont quitté mon esprit. Il n'y a plus que lui et moi.

Je sens maintenant sa langue sur ce qui reste de mon porte-jarretelles. Ma chatte, brûlante, ne demande qu'à l'accueillir, mais, apparemment, Camille aime prendre son temps. Tel un chercheur d'or, il procède méthodiquement pour ne pas passer à côté d'une pépite olfactive. Il ôte enfin ma culotte et caresse le trésor qu'elle renferme avec ses doigts mouillés de quelques gouttes d'un nouveau flacon. Comme si chaque partie de mon corps avait une odeur singulière, Camille y voit l'opportunité d'une essence à créer. La puissance odorante de mon sexe l'excite follement. Ses coups de langue se font plus pressants, plus profonds. Avec les pieds, je finis de lui enlever sa chemise qu'il avait préalablement déboutonnée sans que je m'en rende compte. Mais sa bouche ne quitte pas mon sexe. Je pose mes pieds sur son dos nu. Tantôt, je resserre les cuisses pour qu'il s'attarde sur mon clitoris, tantôt je les écarte pour que sa langue s'enfonce en moi. J'aime sentir sa tête prisonnière de mes mouvements. J'aime attraper ses cheveux et le guider, parfois de force. J'aime avoir une main dans sa chevelure et l'autre dans la mienne. Et j'aime accompagner l'ensemble de quelques plaintes excitantes et de quelques mots endiablés :

– Par ici... par là... Suce-le... C'est bon ! Encore ! Encore ! Encooore !

– À vos ordres, Princesse !

Camille met un terme à la séance de sexe oral.

Maintenant que j'ai l'odeur qu'il veut, il m'entraîne vers d'autres jeux érotiques. Je l'entends se débarrasser de son pantalon qui glisse par terre avec son sous-vêtement. Il me donne ses mains et m'invite à descendre de la table pour le rejoindre. Nos sexes se heurtent furtivement, juste le temps de sentir son ardente érection et de me transmettre la chaleur de son corps. Camille m'emmène dans une pièce à la forte odeur boisée et qui me semble plus vaste, plus haute de plafond. Un léger vrombissement parcourt les murs.

– Où sommes-nous ? Je peux enlever mon bandeau maintenant ?

– Non, pas encore. Laissez la magie du lieu opérer.

Nous avançons, nus et collés l'un à l'autre. L'odeur du bois est atténuée par une autre senteur, du cuivre, me semble-t-il. Bientôt, le parquet laisse place à un revêtement irrégulier, plus moelleux pour nos pieds et bien plus agréable. Camille s'y arrête et me tire vers le sol. Il m'allonge tendrement sur ce parterre dont le majestueux arôme ne fait plus aucun doute : nous sommes sur un lit de roses. J'attrape des poignées de pétales et les laisse glisser entre mes doigts, tomber le long de mes bras. Je m'en recouvre le corps. Je suis surprise par l'épaisseur de ce matelas en y plongeant la main. Merveilleux ! Camille m'entraîne dans une roulade, enlacés. Notre poids écrase les pétales qui se collent à nous et nous imbibent d'un délicieux jus. Puis Camille s'étend sur moi. Il retire les pétales de mon visage et le couvre de baisers. Nos lèvres se retrouvent et se consument dans un baiser enflammé. Plus bas, je sens sa verge remonter le long de mes cuisses pour gagner mon sexe humide et me pénétrer délicatement. Pour la première fois, Camille est en moi. Pour la première fois, il est à moi.

Les pétales volent à chaque coup de butoir de Camille et retombent sur son dos, que je balaie de caresses ou de griffures quand ses mouvements se font plus brutaux. Notre étreinte passionnée s'embrase peu à peu. Le doux Camille laisse place à une bête sexuelle que je ne soupçonnais pas chez les aristos. Camille s'est défait de son visage sage. Au travers de mon bandeau, je l'imagine transformé en diable. C'est pour cette raison que j'ai si chaud. C'est pour ça que c'est si bon. Mes gémissements répondent à ses mouvements fiévreux et l'encouragent dans la voie du péché. Camille passe ses bras sous les miens, s'accroche à mes épaules pour prendre appui et me pénétrer plus profondément. Je savoure de me concentrer sur mes sens. D'amplifier mentalement leurs effets. De ne pas perdre une miette de chaque source de plaisir. Près de moi, des flammes dansent et réchauffent mes zones érogènes qui menacent de prendre feu. Une cheminée peut-être ? Les flammes s'approchent de ma peau sans que je sache quelle distance exacte nous sépare. Flippant mais terriblement excitant. Camille continue ses mouvements en moi. J'écarte mes cuisses progressivement pour qu'il aille plus loin. Je profite de la fusion de nos corps pour attraper ses fesses, deux boules de muscles, douces, imberbes, gonflées par l'effort. Je les malaxe, y enfonce mes ongles, les frappe. Des provocations qui sont autant d'encouragements pour que mon prince m'emmène au plus haut de l'exaltation.

À chaque nouvelle accélération, Camille pousse de petits grognements. Son souffle s'intensifie. Son front, perlé de sueur, se frotte en alternance sur ma poitrine et sur mon visage. Camille ne relâche pas ses efforts. Il met un point d'honneur à prolonger ce moment pour m'offrir un orgasme triomphant. Je le sens autant soucieux de mon plaisir que du sien. J'en suis terriblement flattée. Il me respecte. Il ne me voit pas juste comme un coup d'un soir, comme j'en avais si peur. Plus rien ne vient alors contrarier mon plaisir. Je suis en totale osmose avec lui. Je veux jouir maintenant. Avec lui. Je lui tape sur les fesses pour qu'il redouble d'efforts une dernière fois. Camille s'exécute. Je peux libérer mes mains et les laisser aller sur moi, l'une sur ma poitrine, l'autre sur mon pubis et mon clitoris. Mon corps, parcouru de soubresauts incontrôlables, transpire. Je me mords la lèvre par réflexe et certainement pour savoir si cette jouissance n'est pas un rêve. Camille pousse un râle prolongé, annonciateur de sa jouissance. J'arrache mon bandeau pour le voir dans ce moment de vérité où apparences et faux-semblants n'existent plus. Il est beau. Il me plaît.

Je ne peux m'empêcher de le complimenter.

– C'était merveilleux.

– C'est une manière originale de découvrir une usine à parfums, ironise-t-il.

Je relève le buste pour m'apercevoir qu'effectivement nous sommes dans une vaste salle où de grands bacs en cuivre et des alambics d'un diamètre impressionnant s'enchevêtrent les uns dans les autres. Ils servaient autrefois à distiller le parfum. Un seul alambic est encore en fonction, celui à côté duquel nous avons fait l'amour. Il a plus vocation à enseigner les secrets de fabrication du parfum aux visiteurs du musée qu'à produire réellement des parfums. Camille me détaille le fonctionnement de cette étrange machine. Je comprends mieux le parterre de roses qui servent à alimenter la partie supérieure de sa cuve et les flammes qui chauffent l'eau dont la vapeur capture le parfum des fleurs. Camille finit sa démonstration en ouvrant un petit robinet qui libère l'huile essentielle de rose ainsi produite. Il prend quelques gouttes dans le creux de sa main et les verse une à une sur ma peau. Leur chaleur, comparable à des coulées de bougies, me fait sursauter. Camille les étale de son doigt sur mon corps. C'est excitant. J'ai envie de faire l'amour de nouveau.

– Votre monde est vraiment incroyable, je conclus, subjuguée.

– J'ai hâte de connaître le vôtre, enchaîne Camille.

– Commencez déjà par me tutoyer. Dans mon monde, deux amants, ça se tutoie.

CHAPITRE V

Camille

Quelque chose a changé.

En temps ordinaire, lorsque mon sperme m'amène au sommet de la jouissance, il emporte avec lui le désir, l'estime et l'attrait pour ma partenaire dans un raz de marée d'émotions incontrôlables. Je n'ai alors qu'une hâte : que ma conquête mette les voiles et ne réapparaisse jamais. J'éprouve alors jusqu'à du dégoût pour elle. Au fil du temps et de l'allongement de la liste de mes coups d'un soir, j'ai mis sur pied plusieurs stratagèmes pour écourter ces détestables moments d'après baise. La gamme de mes excuses bidon va du simple bâillement pour éloigner les plans cul les plus avertis au coup de fil d'urgence de mon assistant, alerté au préalable par texto, pour faire déguerpir les plus collantes. Si j'aime la séduction, je déteste son processus inverse, le largage.

En temps ordinaire, lorsque ma semence me libère du piège de la nouveauté, je repense immédiatement et irrémédiablement à Valérie. Un peu à cause des remords, mais surtout pour me rassurer et me dire qu'elle est vraiment au-dessus des autres femmes. Dans ces moments-là, le souvenir de son visage réapparaît à mon esprit, celui de son odeur, de son goût sur ma langue ou de son corps dans mes mains. Je n'ai alors qu'une hâte : l'appeler pour que le souvenir de sa voix à mon oreille redonne de la consistance à tous mes autres souvenirs. Si j'aime faire l'amour avec d'autres femmes, je déteste faire du mal à Valérie.

Mais le temps ordinaire n'a qu'une durée de vie limitée. Et, la nuit dernière, je suis passé dans une dimension extraordinaire avec Wendy. Après avoir joui, j'ai eu envie de recommencer. Et une fois encore, après avoir remis le couvert dans sa chambre d'hôte, sans être rassasié. Et alors que nous étions épuisés, j'ai eu envie de rester dans ses bras, de la câliner, de la sentir collée contre moi. Et de m'endormir avec elle. Plus étonnant encore, cette sensation ne s'était toujours pas envolée à mon réveil. Seul hic ? J'en ai oublié d'appeler Valérie.

Wendy m'a hypnotisé. Depuis notre rencontre, je pensais sans cesse à elle, mais depuis vendredi, je ne pense plus qu'à elle. Le week-end se termine, et le désir de la revoir continue d'obnubiler toutes mes pensées, comme depuis ces deux derniers jours. Comme l'aurait fait un ado, je lui ai envoyé un texto et n'ai pas lâché mon téléphone tant qu'elle ne me répondait pas. Mon cœur d'ado a battu plus fort quand son nom est apparu sur l'écran de mon portable. Je l'ai entraînée dans un jeu où nous nous sommes échangé des photos, de moins en moins vêtus, de plus en plus excités. J'ai fini par jouir aussi vite qu'un gamin de 15 ans en me masturbant.

Pourquoi Wendy ? Pourquoi cette esthéticienne sort-elle du lot, parmi les centaines d'autres amantes que j'ai eues jusqu'ici et qui étaient a priori plus aptes qu'elle à me faire disjoncter ? J'ai plusieurs pistes de réponse en tête. Sexuellement d'abord, nous étions dans une autre dimension avec un appétit partagé et une osmose rare. Mais pas seulement. Wendy m'a fait rire, comme il y a longtemps qu'une femme ne m'avait pas fait rire. Wendy m'a libéré d'une soirée ennuyeuse et convenue comme j'en ai vécu tant par le passé et qui me lassent tellement aujourd'hui. Wendy a des yeux émerveillés qui me font prendre du recul. En Wendy souffle un vent de fraîcheur qui me sort d'une vie qui m'apparaît monotone depuis hier. En réalité, Wendy n'a rien à voir avec Valérie et, du coup, ne lui est comparable en rien. Jusqu'ici, j'ai cru que la seule chose qui pourrait nous séparer était de trouver une fille plus belle, plus séduisante, plus intelligente ou plus fortunée que Valérie. Je n'ai jamais considéré le risque de rencontrer une fille différente. Je suis tombé dans un piège. L'embuscade Wendy.

Heureusement, Valérie a passé son week-end à soigner sa vilaine et soudaine indigestion. Elle était trop malade pour se rendre compte que mon esprit était ailleurs. Mais elle va aller mieux. Bientôt, elle va se poser des questions sur ma nuit passée loin d'elle et se douter de quelque chose. Elle a un sacré flair pour ressentir les sensations qui me traversent. Je ne vais pas pouvoir lui mentir longtemps. On se connaît trop bien. Il va falloir trouver une échappatoire pour faire le point sur mes sentiments et sur la suite à donner à mes amours. Un voyage professionnel peut-être ? N'importe quel prétexte plausible qui me permettra de quitter quelque temps cet appart est le bienvenu. Le temps presse car Valérie est debout ce dimanche soir, prête à m'affronter. J'essaie d'instaurer un climat paisible en lui préparant une soupe, comme un bon mari aux petits soins pour sa femme convalescente. Valérie la goûte du bout du doigt. Puis elle retourne sur le canapé pour continuer à lire *La Dépêche Marseillaise* du jour.

– C'est mignon de ta part de me préparer un repas, me dit-elle sur un ton étrangement agressif pour un compliment.

– C'est normal. Je suis content que tu te sentes mieux.

– Ça fait combien de temps que ça ne t'est pas arrivé ?

– Longtemps. Tu sais bien que la cuisine n'est pas mon fort.

Valérie n'est pas de bonne humeur. Et sa maladie n'a rien à voir là-dedans. Elle me teste, j'en suis sûr maintenant.

– T'as vu ? Le journal a fait une double page sur la soirée de vendredi.

– Ah non, j'ai pas eu le temps de le lire. C'est bien, ça va faire de la pub pour le parfum de ton père.

– J'espère ! Les photos sont sympas en tout cas.

Valérie marque un temps d'arrêt. Je sens qu'elle m'observe. Comme je ne manifeste pas la moindre réaction, elle poursuit :

– D'ailleurs, il y a une blonde à côté de toi que je ne connais pas. Qui est-ce ?

Je me raidis et continue à mélanger la soupe pour éviter de confronter nos regards.

– Je sais pas. Je n'ai pas encore lu le journal, je t'ai dit.

– Te fous pas de ma gueule ! s'emporte Valérie. Tu apparais sur deux photos différentes et elle est à côté de toi sur les deux. C'est moi qui ai géré les invitations et elle n'était pas sur la liste, cette fille.

– Ah... tu dois parler de Wendy. On l'a rencontrée à l'inauguration de l'expo de Fredo. On l'a invitée parce qu'on a discuté ensemble à la galerie d'art 113 et qu'elle adore l'univers du parfum.

– C'est qui « on » ?

– Bah, Fredo et moi.

– Et pourquoi Fredo n'est jamais avec vous sur les photos ?

– Je ne sais pas ! Il devait être avec d'autres personnes quand on nous a pris en photo. Je ne savais pas que je dînais avec Columbo ce soir.

Valérie se retourne et me balance le journal dans le dos. J'en bouscule ma casserole et quelques gouttes de soupe viennent me brûler la main.

– Tu me prends vraiment pour une conne ! Tu passes ta soirée avec une fille, tu ne rentres pas de la nuit et tu crois que je vais avaler tes salades ?

Je me retourne en haussant le ton aussi fort qu'elle, voire davantage encore.

– Putain, Val, qu'est-ce que tu me fais ? Je t'ai dit que j'étais trop bourré pour rentrer et que j'ai dormi chez Fred. Appelle-le si tu veux !

– Parce que je suis assez stupide pour croire que tu ne lui as pas demandé qu'il te couvre ?

Valérie s'approche de moi, ramasse le journal et me montre Wendy. Elle m'attrape par le col de mon pull pour coller mes yeux fuyants sur l'article.

– Tu l'as sautée ? poursuit-elle. Aie au moins les couilles de le reconnaître ! Ça ne serait pas la première fois.

– Non, j'étais chez Fred, je te dis.

Je la repousse et lui tourne le dos pour continuer à faire mijoter la soupe. Je sens derrière moi les sanglots monter en Valérie. Elle a compris. D'habitude, je lui avoue mes infidélités parce qu'elles ne représentent rien pour moi. Elle a compris que, cette fois-ci, les choses sont différentes. Et elle se met à pleurer. Je continue inlassablement à tourner ma cuillère en bois dans la casserole. Elle file dans notre chambre et claque violemment la porte derrière elle. Je ne bouge pas d'un pouce. Quelques minutes plus tard, elle ressort avec un sac rempli de fringues. Elle m'appelle, mais je ne me retourne pas. Alors, elle s'en va et claque la porte sans rien dire. J'aurais préféré qu'elle m'insulte, qu'elle me traite de « connard », comme elle le fait d'habitude en pareille circonstance. Mais non, elle ne dit rien et je me sens mal. Je reste là, à tourner ma soupe aux légumes, à la regarder brûler sans même m'en apercevoir. Comme un lâche, j'ai laissé Val partir alors qu'elle est encore fiévreuse. Je ne peux pas lui courir après car elle me poserait la question que je veux à tout prix éviter : « Tu l'aimes ? » Je ne sais pas encore si je l'aime. Ce que je sais, c'est qu'en ce moment j'ai envie d'être avec elle.

Je n'ai pas fermé l'œil de la nuit. J'ai vu défiler toutes les heures, les unes après les autres, sur mon maudit cadran rouge. Je me suis levé pour fumer, pour boire, mais rien n'y a fait. J'ai surfé sur Internet, tourné les pages d'un magazine, mais mes paupières sont restées désespérément ouvertes. Quand mes pensées noires avec Val me quittaient, mes pensées érotiques avec Wendy prenaient le relais et me tenaient tout autant éveillé. J'ai essayé de réfléchir à la situation. Quelle décision prendre ? J'ai pesé le pour et le contre de chacune de mes prétendantes. Mais à quoi bon ? À quoi bon essayer de mettre du sens dans une situation insensée. Mes sentiments me poussent irrémédiablement vers le mauvais choix, celui qui risque de nous faire souffrir tous les trois alors que mettre fin à l'amorce de mon histoire avec Wendy nous épargnerait. Les tourments de mon cœur m'ont empêché de dormir toute la nuit.

9 heures du matin. Ils m'ordonnent maintenant de décrocher mon téléphone.

– Bonjour, je voudrais prendre un rendez-vous pour un massage avec Mlle Lesage. Aujourd'hui, si possible... Oui, le plus tôt sera le mieux... Non vraiment, je tiens à ce que ce soit Mlle Lesage qui a l'habitude de s'occuper de moi... J'ai un rendez-vous important dans la journée et j'ai absolument besoin d'un massage avant de m'y rendre. Je suis prêt à y mettre le prix. Ok, parfait ! Je suis M... M. Dupont.

Quel bonheur d'entendre cette femme m'annoncer qu'un créneau s'est libéré en fin de matinée. Si j'avais encore un doute sur ma volonté de revoir Wendy, le voilà envolé. Je me précipite sous la douche, m'habille rapidement mais en choisissant les vêtements que je préfère, et file à Marseille, avec un air de déjà-vu. Sans prendre le temps de déjeuner, sans même y penser, je cours. Sans prendre le temps non plus d'annuler mon entretien professionnel avec Balidran, sans même y penser. J'arrive à mon rendez-vous de 11h30 avec une bonne demi-heure d'avance. Une demi-heure à la regarder de ma voiture à travers la vitrine de Beautés Phocéennes, avec, là encore, l'impression d'avoir déjà vécu ce moment. Elle est si belle et si désirable. Je n'ai qu'une hâte, la retrouver et la serrer fort dans mes bras. Mais je ne veux pas gâcher la surprise. La surprendre, encore et toujours. Simplement pour voir son visage s'illuminer. J'attends patiemment qu'elle monte à l'étage où se trouvent les salles de massage, certainement pour préparer la mienne. J'attends le moment venu, l'heure de mon rendez-vous.

– Bonjour, je suis M. Dupont ! J'ai rendez-vous avec Wendy... Enfin, avec Mlle Lesage.

– Ah oui, c'est moi qui vous ai eu au téléphone tout à l'heure. Enchanté. Je suis Chantal et je dirige cet institut.

Chantal a compris qu'elle avait affaire à un gros poisson et elle y met les formes. Un peu maladroitement d'ailleurs. Elle m'invite à entrer dans un vestiaire pour me changer, à enfiler un peignoir soigneusement plié et une paire de chaussons glissés l'un dans l'autre. J'obéis en me déshabillant entièrement. Une fois nu comme un ver sous mon peignoir et à l'idée de retrouver Wendy, une érection menace. Heureusement, la voix de Chantal est un remède à cette plaisante gêne, aussi efficace qu'un bain d'eau glacée.

– Wendy, votre rendez-vous est arrivé, crie-t-elle du bas de l'escalier en mettant ses mains en porte-voix.

J'entends les pas délicats de ma princesse sur le parquet du dessus et bientôt en train de descendre une à une les marches de l'escalier. Lorsqu'elle me voit, elle ne peut contrôler un rictus de surprise, avant de se reprendre aussitôt en apercevant que sa patronne l'observe. Je ne sais pas si elle est gênée ou amusée par la situation. Elle s'avance vers moi et me tend la main :

– Wendy, enchantée !

– Camille, moi aussi, je bredouille.

– Vous ne vous connaissez pas ? s'étonne Chantal en se rappelant que le matin même j'avais insisté pour que Wendy s'occupe de moi.

– Non, pas encore. Mais j'ai beaucoup entendu parler d'elle.

– En bien, j'espère ? fait mine de me questionner Wendy.

– En d'excellents termes !

Chantal reste songeuse devant nos échanges d'amabilités quelque peu tirés par les cheveux. Mais elle ne s'attarde pas davantage et retourne à ses occupations. Nous montons à l'étage sans échanger un mot. Wendy m'ouvre la porte et m'invite à entrer dans la salle de massage qu'elle a agrémentée de bougies parfumées et de musique zen d'ascenseur. Pendant qu'elle se lave les mains, je laisse tomber mon peignoir au sol. Wendy l'entend, mais ne se retourne pas. Elle réalise certainement que je suis venu pour autre chose qu'un simple massage, mais elle ne rentre pas dans mon jeu. Du coup, je m'allonge sur le ventre sur la table et coince ma tête dans la têtière placée à cet effet. De là, je souffle sur les bougies de supermarché qui dégagent une odeur chimique ordinaire, véritable offense à mon nez. Les flammes s'éteignent et s'envolent en filets de fumée. Wendy s'offusque :

– Désolée, nous ne sommes pas dans un musée de parfums ici.

– Ton odeur me suffit amplement.

– Qu'est-ce que tu fais là ? me demande-t-elle sèchement.

– J'avais envie d'un massage. J'ai le droit, non ?

– Je te fais une épilation du torse avec ? me provoque Wendy en tentant de me faire avouer mes réelles intentions.

– Merci, mais le modelage suffira.

Wendy s'enduit les mains d'huile de massage et m'en verse quelques gouttes sur le dos. Avant de commencer son « modelage ayurvédique » comme l'indique le prospectus et dont j'ignore en quoi il consiste, elle attrape une serviette qu'elle pose sur mon fessier. Son sourire a quelque peu disparu :

– C'est rare que mes clients se fassent masser entièrement nu.

– Je ne suis pas un client banal.

– Je suis pas d'humeur à plaisanter. Qu'est-ce que tu attends de moi au juste ?

– Vendredi, je t'ai montré mon univers. J'ai envie de découvrir le tien maintenant. Rien de plus, je mens effrontément.

– Il n'a rien de bien passionnant. Surtout un lundi matin au boulot.

Wendy commence son massage par le bas du dos et remonte énergiquement le long de ma colonne vertébrale. Ses mains sont aussi douces et agréables que le souvenir que j'en avais. Les cercles de ses pouces sur ma peau libèrent toute la tension accumulée hier soir avec Valérie. Ses autres doigts dispersent la fatigue d'une nuit sans sommeil. Mais la sensation va au-delà du bien-être, dépasse la sensualité et provoque en moi de fulgurantes pulsions sexuelles. Je la veux. Maintenant. Ici. Je profite de l'instant où Wendy se réapprovisionne en huiles essentielles pour basculer sur le flan, la tête négligemment posée sur ma main. Je prends un air coquin sans équivoque. Mon érection soulève effrontément la serviette blanche. Wendy s'en aperçoit dès son retour. Elle s'approche de moi et me plaque l'épaule face contre table, pour calmer mes ardeurs.

– Désolé, ce genre de service n'est pas au catalogue.

Je tente malgré tout de faufiler ma main sous sa jupe en remontant le long de sa cuisse. J'aperçois dans la têtière la naissance de ses bas au moment où Wendy me claque sèchement la main.

– Arrête ! Il y a ma patronne en bas. Et c'est mon lieu de travail ici.

– Et alors ? On était sur mon lieu de travail vendredi, avec mon patron. Ça ne nous a pas empêchés de...

– ... C'est pas comparable ! Et puis, j'ai pas à me justifier. J'ai pas envie, c'est tout !

J'en reste sans voix. J'assiste à la fin du massage sans en profiter réellement, comme si mon esprit avait quitté mon corps. Je me sens un peu con. Wendy poursuit son modelage avec application, d'une façon presque scolaire. Même si ça ne sert plus à rien, je la laisse terminer. En guise de final, Wendy m'ôte la serviette et me mord une fesse. Pour détendre aussi l'atmosphère et ne pas rester sur une fausse note.

– C'est tout ce que je peux faire pour vous, Monsieur, ajoute-t-elle en me tendant mon peignoir.

Je me redresse sans gêne. Mon sexe est aussi mou qu'un chamallow.

– Je te laisse redescendre, je dois préparer la salle pour mon prochain massage. C'est Chantal qui va t'encaisser.

– Désolé si je t'ai vexée ! Ce n'était pas mon intention lorsque j'ai pris rendez-vous. Je voulais juste te revoir. J'ai pensé à toi tout le week-end.

– Ok, y a pas mort d'homme ! C'est juste que je ne suis pas à ta disposition. J'ai parfois l'impression que tu me prends de haut.

– Mais non, pas du tout ! Je t'invite à dîner dans la semaine pour me rattraper. N'importe quel soir ?

– Je sais pas.

– S'il te plaît. J'insiste !

– Ok. Jeudi.

Je repasse par l'accueil où Chantal s'étonne de ne pas me voir aussi enjoué qu'en arrivant. Je la rassure sur les talents de Wendy et mets ma torpeur sur le compte, justement, des bienfaits relaxants de son massage qui m'a procuré tant de bien-être. En sortant, je ne peux retenir un « Quel con ! », lâché bruyamment dans la rue. Quelques passants se retournent, surpris. Je poursuis ma route sans les regarder, en me prenant la tête à deux mains. Moi qui ai tant d'expérience avec les femmes, si peu d'échecs, comment puis-je m'y prendre aussi mal avec Wendy ? C'est fou, ça ! Mon cœur a pris le dessus sur ma raison. À moins que ce ne soit ma queue. Maudite soit-elle ! Je maugrée dans ma barbe en atteignant ma voiture, et manque me faire renverser par un bus. Je reste enfermé dans ma bulle sans remarquer qu'à quelques mètres, un œil familier me surveille dans un rétroviseur.

CHAPITRE VI

Wendy

Mon cerveau bouillonne, prêt à exploser. Camille éprouve-t-il vraiment quelque chose pour moi ou me prend-il pour une idiote ? La question revient en boucle dans ma tête et me cause une horrible migraine depuis qu'il est sorti de l'institut ce matin. J'en ai oublié de déjeuner. Fait rarissime. Je me remémore nos moments merveilleux, de notre rencontre à la galerie d'art à l'apothéose sexuelle dans le musée du parfum. Mais ces moments sont systématiquement gâchés par les mauvais : la claque du parking et son massage au goût amer. Je ne sais plus sur quel pied danser. Ma mère – une éternelle optimiste – me dit toujours qu'il faut ne se souvenir que des belles choses. Si ça pouvait être si facile ! J'aimerais avouer à Camille que j'ai ressenti le même manque que lui ce week-end. Moi aussi, j'ai pensé à lui à chaque minute, nuit et jour, depuis le moment où l'on s'est quittés dans la chambre d'hôte. Moi aussi, j'ai vibré à chaque nouveau message reçu quand son nom s'affichait. Mais si je suis sûre de mes sentiments, je doute réellement des siens.

Je songe à acheter un détecteur de mensonges. Ce serait si simple : rouge, il ment ; vert, tu peux y aller ma cocotte ! Malheureusement, je ne suis pas dans une série américaine et il va falloir composer avec mon intuition qui, pour l'instant, est perdue dans un épais brouillard. Dit-il vraiment ce qu'il pense ? Pense-t-il vraiment ce qu'il dit ? Pourquoi ai-je la sensation qu'il me prend pour une imbécile ? Je n'arrive pas à me débarrasser de cette idée que je ne suis qu'un jouet pour lui et qu'il s'amuse avec moi avant de me jeter comme une vieille chaussette quand il aura obtenu ce qu'il voulait de moi. Depuis notre rencontre, on danse le madison, un pas en avant, un pas en arrière, deux sur le côté. En fait, j'ai peur. Peur de me tromper comme avec Jonathan. Peur aussi de me perdre dans son monde qui m'attire tellement mais qui m'est totalement étranger. Peur de devenir addict : à lui et à ce qu'il peut m'offrir. Peur de m'enfermer dans une prison. L'addition des peurs commence à être salée. Mieux vaut peut-être ne prendre aucun risque. J'hésite à lui envoyer un texto pour annuler le dîner de jeudi. Et même à mettre carrément fin à notre histoire.

Comme je suis à court d'idées pour y voir plus clair dans cette relation, je m'en remets à Dieu. Seigneur, s'il te plaît, envoie-moi un signe ou un messager pour m'aider à prendre une décision. Ou, plus exactement, la bonne décision. Promis, j'irai plus régulièrement à l'église si tu me sors de cette impasse. Je joins les mains et lève les yeux au ciel. À ce moment précis, la clochette d'entrée retentit. Soraya ! Merci, mon Dieu. Ça me suffira pour l'instant. Je me précipite vers elle et l'entraîne dans un coin du salon, à l'abri des oreilles indiscrètes de Chantal :

– Je croyais que tu ne bossais pas aujourd'hui.

– Si, si, j'ai seulement pris ma matinée, me répond-elle, étonnée d'un tel accueil.

– Tu tombes à pic !

– Toi, t'as des choses à me raconter. Tu ne m'as même pas appelée pour me dire comment s'est passée ta soirée, vilaine ! T'as dû en vivre des choses.

– Tu ne crois pas si bien dire...

Je lui raconte mon week-end, de A à Z et à la vitesse grand V, avant que nos premières clientes de l'après-midi débarquent ou que Chantal s'énerve de notre nonchalance. Soraya n'a pas le temps d'en placer une. Elle écarquille les yeux de temps en temps ou fait la moue pour me laisser deviner ce qu'elle pense. Mais j'attends bien plus d'elle : un bilan et surtout un conseil. Généralement, je ne suis pas déçue. Soraya est le genre d'amie qui ne fait jamais dans la dentelle. Soit noir, soit blanc, mais jamais gris. Et au final, elle ne prend pas de pincettes pour m'annoncer son verdict, quitte à me cajoler ensuite si ce qu'elle a à dire n'est pas facile à entendre. Même si j'ai mal, je ne lui en veux jamais. Car elle est toujours bienveillante.

À la fin de mon récit, mon cœur s'emballe. J'appréhende sa réaction et son analyse après le massage raté de ce matin. Soraya doit se rendre compte de mon stress car elle prend ma main pour la poser sur mon cœur. Elle enchaîne :

– Je crois qu'il y a quelque chose qui bat très fort là-dessous.

– Oui, j'ai un peu peur de ce que tu vas me dire, je réponds en minaudant.

– Ah, ah, je suis très flattée, mais j'ai bien peur que ce cœur ne batte pas pour moi.

Je crains de comprendre ce que Soraya est en train de m'annoncer.

– Tu crois que... tu crois que je suis tombée amoureuse ?

– Ça m'en a tout l'air.

– Oh merde !

– Comme tu dis. Et même si j'émets des réserves sur ce Camille, je crois que si tu ne te lances pas dans l'aventure à 200%, tu le regretteras tout le reste de ta vie.

– Mais, ce matin, j'ai eu l'impression qu'il me méprisait. Il m'a brusquée et il voulait...

– Oh my God, un homme charmant a tout le temps envie de toi, me coupe-t-elle. Quelle horreur ! Ça fait dix ans que ça ne m'est plus arrivé et, pour tout t'avouer, je t'envie un peu. Un peu beaucoup même.

Une fois n'est pas coutume, les rôles s'inversent et c'est moi qui la prends dans mes bras.

– Tu as raison, je me pose trop de questions.

– Au pire, c'est un gros con ! Et alors ? On se remet vite d'une rupture avec un gros con. Moins d'être passé à côté de l'homme de sa vie.

D'un coup de paroles magiques, le brouillard dans mon cerveau se dissipe. La fée Soraya a encore frappé ! Évidemment que je n'ai pas envie de vivre éternellement dans le regret ou rongée par les remords. Je vais accepter son invitation à dîner et découvrir ce qu'il a vraiment derrière la tête. Je suis regonflée à bloc.

Même les réflexions de Chantal et des éternelles clientes insatisfaites n'entachent pas ma bonne humeur retrouvée. Tout me passe au-dessus. J'ai repris du poil de la bête pour le reste de la journée. Avant de partir, j'enlace une dernière fois Soraya. Que ferais-je sans elle ? Je propose de la remercier autour d'un cocktail, mais elle me fait comprendre par ses soupirs que son mari et ses enfants l'attendent et qu'il est trop tard pour jouer la carte de l'improvisation. Je réalise alors ma chance de vivre une histoire hors du commun. Nombreuses doivent être les Desperate Housewives qui envieraient ma romance. De toute façon, une soirée tranquille ne me fera pas de mal après être passée par toutes ces émotions aujourd'hui.

Quelques secondes après être sortie de Beautés Phocéennes, quelqu'un m'attrape le bras. Soraya a dû changer d'avis et envoyer promener ses contraintes familiales pour m'accompagner fêter mon coup de foudre. Mais ma joie ne dure qu'un court instant.

– Bonsoir, vous vous souvenez de moi ? me demande Frédéric.

– Bien sûr ! Qu'est-ce que vous faites là ? Il est arrivé quelque chose à Camille ?

Mon cœur s'affole.

– Non, non, ne vous inquiétez pas ! J'ai simplement quelque chose à vous dire.

Frédéric ne semble pas savoir par où commencer.

– Vous avez le temps de prendre un café ? me demande-t-il.

– Euh... je ne sais pas.

– C'est vraiment important.

Frédéric m'emmène dans le premier bar-PMU ouvert, sans que j'aie la moindre idée de ce qu'il a à m'annoncer. Il a un air grave qui me fait craindre le pire. D'un autre côté, si Camille avait eu un accident ou une crise cardiaque, il ne m'installerait pas à une table de café pour me l'annoncer. Frédéric me demande ce que je veux consommer et commande deux cafés. Nous nous asseyons en même temps sans nous quitter du regard. Je pose mon sac à main par terre et mon gilet sur le dossier de ma chaise en continuant à le fixer. Je cherche à savoir ce qu'il veut. Lui cherche ses mots pour me l'annoncer.

– Wendy, je ne vais pas y aller par quatre chemins. Camille n'est pas l'homme qu'il vous faut.

– Pardon ?!

– Je le connais depuis le bac à sable, je suis son meilleur ami et je sais que votre relation ne mènera à rien. Si ce n'est à vous faire du mal à tous les deux.

– C'est lui qui vous envoie ?

– Non mais...

Je le coupe sèchement.

– Je crois que Camille est un grand garçon. S'il a quelque chose à me dire, il viendra lui-même. Merci pour votre avis, mais je m'en bats les roploplos !

Je me lève et j'empoigne mon gilet et mon sac dans un mouvement rageur. Je lui tourne le dos sans le saluer. Je m'apprête à sortir de ce sordide café pour fuir ce mec qui l'est tout autant lorsqu'il me relance :

– Camille vous a menti depuis le début.

La sincérité dans le ton de sa voix me stoppe net dans mon élan. Frédéric a des révélations à me faire et je dois les écouter maintenant. Je veux savoir la vérité, si vérité il y a. Mon sang se glace. Ma vue se brouille. Mon cœur menace de lâcher.

Je me rassieds sur le coin de la chaise, prête à écouter ce qu'il a à me dire et à m'enfuir aussitôt.

– Allez-y ! Je vous écoute, lui dis-je, la voix tremblante.

– Il est en couple avec une autre femme.

– Valérie, je sais. Il me l'a dit. Il m'a dit aussi que leur couple allait mal.

Je reprends espoir, ce n'est peut-être qu'une fausse alerte. Frédéric n'a rien à m'apprendre de nouveau.

– Il ne la quittera jamais pour vous.

– Qu'est-ce que vous en savez ?

– Je le sais. Ça fait dix ans qu'ils sont ensemble. Camille la trompe régulièrement, mais il revient toujours vers elle. C'est la femme de sa vie... et la fille de son boss. Il ne mettra pas sa carrière en jeu pour une histoire de cul.

– Désolé, mais il y a bien plus que ça entre nous. Votre discours de « bon pote protecteur » commence à me fatiguer. Alors, mêlez-vous de vos poireaux et laissez-nous tranquilles.

Je me lève pour fuir à nouveau cet abruti, mais Frédéric me fait signe de me rasseoir. Voyant que je ne lui obéis pas, il durcit le ton :

– Il n'habite pas dans ce quartier. Il vous a fait suivre à l'institut et au restaurant pour débarquer ensuite comme une fleur et vous faire croire à un heureux hasard.

– Quoi ?

– Mais réfléchissez un peu ! Vous croyez qu'avec son niveau de vie, il habiterait dans ce quartier populo loin d'Aix où il a son bureau. Vous croyez vraiment qu'il fréquente des restos avec un hippopotame comme emblème ? Pour tout vous avouer, je le soupçonne même d'avoir empoisonné Valérie pour être seul avec vous à Grasse. Camille est redoutable quand il veut quelque chose.

Frédéric vient de frapper là où ça fait mal. Si je comprends bien, Camille m'a menée en bateau depuis le début et, pire encore, il m'a rabaissée plus bas que terre. Je me sens maintenant la dernière des idiotes. Cet enfoiré s'est foutu de ma gueule et, pas une seconde, je n'ai eu la présence d'esprit de remettre en question ses paroles et ses pitoyables mises en scène. Nos premières rencontres et nos premiers échanges me reviennent en mémoire avec horreur. Je comprends que de « destin », il n'y en avait pas. Que le destin, c'était lui. J'imagine ensuite Camille racontant ses exploits à ses amis : « J'ai réussi à lui faire avaler n'importe quoi à cette pauvre esthéticienne ! Quelle conne ! Et, cerise sur le gâteau, en moins d'une semaine, je l'ai baisée ! » Les larmes me montent aux yeux et menacent de couler. Je ne veux pas pleurer devant Frédéric. Je ne veux pas lui faire ce plaisir, mais c'est plus fort que moi. Devant mon chagrin évident, il tente de poser sa main sur la mienne :

– Je suis persuadé que vous êtes une femme bien, Wendy. Mais Valérie est la femme de sa vie. Il est dans ses bras à l'heure actuelle. Croyez-moi, c'est mieux pour tout le monde que ce manège s'arrête maintenant, avant que ça n'aille trop loin !

Je vire illico sa main de la mienne. Son apitoiement est encore plus douloureux que son ton arrogant et dédaigneux. Je me lève en lui formulant malgré tout une dernière demande :

– Pourriez-vous faire passer à Camille un dernier message de ma part ?

– Oui, bien sûr ! Ce que vous voudrez ...

Je prends ma tasse de café, encore chaude, et la lui balance à la figure. Si ça n'atténue pas ma peine, ça a le mérite de la soulager. Au moins l'espace d'une seconde.

CHAPITRE VII

Camille

La cour des miracles. Je ne souhaite à personne de passer une soirée dans la salle d'attente des urgences. Même à mon pire ennemi. Comme la plupart des gens, j'ai suivi les exploits du Dr Doug Ross (George Clooney dans la série américaine *Urgences*) et je ne m'attendais pas à une partie de plaisir en venant ici. Mais, ce soir, la réalité dépasse la fiction. Il est 22h et j'étais loin d'imaginer qu'il y aurait autant de malades réunis dans un seul et même service d'hôpital, en pleine semaine, dans une ville moyenne comme Aix. Et encore moins d'y trouver un tel éventail de malades. Depuis que j'attends dans cette salle, je passe d'un siège libre à l'autre en essayant d'échapper au pire. À mon arrivée, je m'étais assis à côté d'un clodo sans me méfier de la raison pour laquelle les places à côté de lui étaient vides alors que la salle d'attente était bondée. Une fois assis, à la première respiration, j'ai regretté amèrement mon manque de discernement. Depuis, l'ignominie de son odeur corporelle me suit partout et me donne une nausée que ni un verre d'eau ni une bouffée d'air frais dehors n'ont réussi à faire passer.

De retour, la place d'un nourrisson qui hurlait et suait à grosses gouttes s'est libérée. Je l'ai prise et me suis retrouvé à droite d'un malade mental gémissant à chacun de ses mouvements sans que j'arrive à définir exactement quelle partie du corps le faisait souffrir. Je n'ai pas très bien compris si c'étaient des signaux de douleur ou simplement son état normal. Au départ, j'ai essayé de communiquer avec lui en pensant qu'il m'interpellait et voulait me dire quelque chose. Puis, en voyant que les autres patients se moquaient de notre langage de sourds et constatant que, de toute évidence, je n'arriverais à rien avec lui, j'ai arrêté. À ma droite, un enfant assis sur les genoux de sa mère enfiévrée, ne cessait de lui demander : « Quand est-ce qu'on part ? » Énervant ! Mais je ne pouvais pas lui en vouloir, l'attente était déjà insupportable pour moi, alors pour un gamin de cinq ans...

L'ennui est mortel ici. Du coup, je passe mon temps à regarder la rangée de patients assis en face de moi et à tenter de deviner les maladies de chacun en fonction de leurs grimaces de douleur. Pour certains, c'est évident. Pour d'autres, beaucoup moins. Je les soupçonne alors de n'être ici que pour éviter de payer un médecin, et je me fais une joie de les faire culpabiliser. Pour cela, je les fixe d'un regard accusateur chaque fois qu'un brancard transportant un homme en sang passe dans le couloir. Mon regard noir est on ne peut plus parlant : « Lui, sa place est justifiée ici, pas la tienne ! Sans des personnes comme toi, les urgences seraient moins surchargées et les vrais malades plus vite pris en charge. »

J'ai bien tenté d'attendre à l'extérieur, dans la cour face au bâtiment, mais l'air est frais ce soir et dans l'affolement de la bagarre tout à l'heure, je ne me suis pas rendu compte que je me rendais à l'hôpital vêtu d'un simple tee-shirt. Et puis, je me sens tellement coupable de ce brusque accès de violence que je tiens à être au premier rang lorsque les médecins viendront donner leur diagnostic et me questionner sur le déroulement des faits. En priant le Ciel pour que ce ne soit pas les flics qui me posent ces questions au commissariat. Je suis condamné à attendre ici, et cette soirée cauchemardesque n'en est peut-être qu'à ses prémices. Mais, je dois bien l'avouer, c'est bien fait pour ma gueule.

Dire que je me faisais une joie de cette soirée, placée sous le signe de la reconquête. J'avais mis le paquet pour impressionner Wendy et lui prouver que mes sentiments pour elle sont sincères : chemise de grand couturier, cravate élégante, nouvelle coupe de cheveux, bouquet de roses rouges et réservation dans un restaurant étoilé au *Guide Michelin*, obtenue à la dernière minute grâce à mes contacts et surtout à un bon dessous de table. Tout ça pour rien. À l'heure qu'il est, ma chemise est déchirée, ma cravate tachée de sang, mes cheveux décoiffés, les roses par terre – écrasées – et le restaurateur m'a laissé trois messages dont le dernier m'encourageait à ne jamais remettre les pieds dans son restaurant si je tenais à la vie.

Avant le drame, j'avais eu un premier signal d'alerte, hier, lorsque j'ai envoyé deux messages à Wendy, sans réponse. Je ne me suis pas affolé plus que de raison en me disant qu'elle avait certainement eu une journée difficile et n'avait pas eu le temps de me répondre. Mais lorsque, ce matin, mes autres messages, comme mes appels, sont restés lettre morte, j'ai su que quelque chose ne tournait pas rond. Même si le massage a été un fiasco, Wendy m'avait promis ce dîner et elle n'est pas du genre à revenir sur ses décisions. Je me suis malgré tout préparé et je suis parti à sa rencontre, à Marseille, à la fermeture de l'institut de beauté. J'ai aperçu Wendy au fond du salon, mais c'est Soraya qui m'a accueilli. Enfin, je ne sais pas si le verbe « accueillir » est bien choisi tant sa collègue m'a sauté dessus avec hargne et mépris. Son ton m'a vraiment déplu. J'ai eu les nerfs à vif.

Comme elle refusait de me laisser passer, je l'ai poussée pour me frayer un chemin jusqu'à Wendy. Soraya a crié. Wendy l'a imitée. J'ai fermé la porte pour ne pas qu'on nous entende de l'extérieur, ce qui les a certainement inquiétées. Wendy s'est emparée d'un balai qui traînait et a menacé avec son manche de me frapper au visage. Sur le nez plus exactement. Dieu sait que je n'aime pas qu'on plaisante avec cette partie de mon corps. Le ton est encore monté d'un cran. Les deux copines braillaient comme deux hystériques sans que je puisse en placer une. J'ai alors pris un énorme vase en jade posé en décoration dans la vitrine et je l'ai jeté... au sol. L'effet escompté est allé au-delà de mes espérances. Elles se sont tues toutes les deux, d'un coup, certainement en imaginant avec effroi la réaction de Chantal lorsqu'elle découvrirait que son précieux et coûteux vase auquel elle tenait tant était maintenant en mille morceaux. J'ai profité de cette accalmie momentanée pour demander à Wendy une explication sur son silence depuis lundi, malgré mes relances. Elle m'a suggéré de régler mes problèmes avec Frédéric. Je n'ai pas compris ce que mon meilleur ami venait faire dans l'histoire mais comme elles se sont remises à jacasser comme deux oies, je me suis barré. Pour aller chez Fred.

Retour à Aix. J'ai sonné à la porte de Fred. Il a eu l'air soucieux en me voyant, mais pas surpris. Il m'a fait entrer et m'a décapsulé une bière. Je me suis assis sur son canapé comme on le fait généralement pour voir jouer l'OM les soirs de match. Fred m'a rejoint. Il a commencé par me dire qu'il avait agi pour mon bien et que notre rupture avec Wendy était la meilleure chose à faire. Comme je ne comprenais pas exactement où il voulait en venir, je lui ai demandé d'être plus explicite. Trois phrases plus tard, alors qu'il me parlait de son entrevue avec Wendy, mon uppercut du droit a percuté sa joue gauche, entre les lèvres et le nez, à l'endroit même où deux jours auparavant sa peau avait été brûlée par le café. Je n'ai réalisé qu'ensuite que j'y avais été un peu fort. Le nez de travers, les lèvres coupées par ses dents dont l'une d'entre elles menaçait de tomber, la bouche dégoulinant de sang, Fred titubait en manquant de peu de tomber dans les pommes. Je l'ai alors soutenu par l'épaule et je l'ai traîné dans ma voiture jusqu'aux urgences d'Aix où je me trouve actuellement. Les médecins urgentistes l'ont pris en charge. Et moi, depuis, j'attends.

23h32. Je fixe l'aiguille des secondes de l'horloge de la salle d'attente qui refait son chemin circulaire pour la énième fois... mais, alléluia, pour la dernière fois. Je vois s'entrouvrir la porte de la salle d'attente donnant sur le couloir menant aux salles d'opération.

Apparaît Fred, en train de discuter avec le chirurgien qui l'a ausculté. Je me lève et me précipite pour prendre de ses nouvelles. Un plâtre lui cache une partie du visage pour consolider son nez et sa mâchoire, j'imagine, ce qui décuple ma culpabilité. Son œil décoré d'une auréole violette et son zozotement n'arrangent rien à mon moral. Et que dire des mots du chirurgien que j'intercepte en arrivant à leur rencontre ?

– ... légères fractures de l'os orbital et de l'os zygomatique avec un enfoncement modéré. On vous a fait en plus huit points de suture au niveau de la joue et de la lèvre inférieure gauche. Je vous conseille de prendre rapidement rendez-vous avec votre dentiste pour soigner votre incisive mais, a priori, il devrait la sauver avec une consolidation de la dent et un limage.

– Pour calmer la douleur, je continue avec les anti-inflammatoires ? demande Fred.

– Oui, je vous en ai prescrit pour la semaine. Demandez à votre médecin qu'il vous prolonge l'ordonnance si vous avez toujours mal.

– D'accord ! Merci pour tout, docteur.

– C'est mon travail ! Il ne vous a pas loupé, votre agresseur. C'est fou, même à Aix, on n'est plus à l'abri de ce genre d'agression. Quel monde ! N'oubliez pas d'aller porter plainte.

Frédéric se retourne vers moi en continuant sa conversation avec le médecin. Il me regarde froidement.

– Ne vous inquiétez pas ! J'y vais de ce pas.

Fred se dirige vers ma Porsche sans m'adresser la parole. Il monte côté passager pendant que je m'installe à la place du conducteur. Je mets le contact et me tourne vers mon ami, sans savoir s'il l'est encore après ce que je lui ai fait :

– Alors, je t'emmène au commissariat ? je lui demande, tout penaud.

– C'est tout ce que tu mériterais.

– Je n'ai pas eu le temps de te le dire, mais je suis sincèrement désolé. Je ne sais pas ce qui m'a pris. Lorsque tu as prononcé le nom de Wendy, mon poing est parti tout seul. Je n'ai pas pu me contrôler.

– Tu as vu dans quel état tu m'as mis ?

– Je ne pensais pas qu'il me restait de si beaux restes de mes années de boxe.

– Je n'ai pas envie de rire !

– Je sais...

Un long silence s'instaure à nouveau entre nous pendant que je reconduis Fred chez lui. Je n'ose même pas mettre la radio. Plus que tout au monde, je déteste ces moments glacials qui me mettent franchement mal à l'aise. J'essaie par tous les moyens de dissiper la gêne :

– Tu te souviens en primaire quand on s'était battus pour Marine, qui nous avait fait un bisou sur la bouche à tous les deux, sans qu'on le sache ? Lorsque tu l'avais appris, tu m'avais attrapé dans les chiottes de l'école et poussé contre le mur.

Je m'étais ouvert la tête et je pissais le sang. Et toi, tu t'étais barré en bloquant la porte.

Frédéric fouille dans ses souvenirs et sourit à ce souvenir de combat de petits coqs qu'il avait remporté à l'époque. Mais son rictus de joie lui provoque une vive douleur.

– Arrête de me faire rire ! J'ai un mal de chien quand je bouge ma lèvre.

– Je t'avais pardonné à l'époque.

– T'es pas en train de me faire le coup du « on est quittes maintenant », vingt ans après, en mettant sur le même plan ce que tu m'as fait tout à l'heure et une dispute de gamins de dix ans ?

– Euh... si ! je tente avec une certaine audace.

Je lui tends la main pour qu'il la frappe de face, de dos, et que nos poings se tamponnent ensuite pour terminer notre « check » qui clôt chacun de nos accords depuis le lycée. Fred hésite mais, finalement, se laisse tenter.

– T'as intérêt à venir me faire une soupe chaque soir, jusqu'à la fin de ma convalescence.

– Promis !

Je suis soulagé que notre amitié de presque trente ans ne se termine pas sur cet incident. Mais pour que le dossier soit définitivement refermé, il faut que je comprenne pour quelle raison il m'a trahi. Histoire de repartir sur des bases saines.

– J'ai déconné, j'admets une nouvelle fois. Mais qu'est-ce qui t'a pris à toi aussi de dire à Wendy que je m'étais foutu de sa gueule ?

– Dimanche soir, Val est venue à la maison après votre dispute. Elle était dans un piteux état. Elle a chialé toute la nuit. Je ne l'avais jamais vue aussi mal.

– Et alors ? C'est moi ton pote, pas elle !

– C'est pour toi que j'ai agi. Je ne te laisserai pas gâcher ton avenir avec Valérie pour une pauvre fille que tu vas sauter trois fois avant de te lasser. Et après, je te connais, tu vas regretter.

– Wendy est bien plus que ça.

– Arrête ! Vous êtes faits l'un pour l'autre avec Val. À tous les niveaux ! La mentalité, le style de vie et même au niveau cul. Réfléchis deux secondes !

– Si tu savais quel pied je prends avec Wendy...

– Tu l'as baisée une fois, c'est toujours comme ça au début ! Mais tu crois qu'une cagole smicarde va tenir la distance. Dès que tu vas t'aventurer dans des jeux plus hard, elle va flipper et tu auras tout perdu.

– J'ai envie d'essayer ! Elle m'obsède comme aucune autre femme ne m'a obsédé jusqu'ici, pas même Val.

– Tu te rends compte que tu risques de perdre non seulement Val mais aussi tout le reste de la famille Balidran ? Sans eux, tu n'es plus rien, Camille.

– Je m'en fous ! J'ai un feeling qui me pousse à aller vers elle. Je crois que t'as pas réalisé : je suis devenu addict.

Mon meilleur ami ne trouve pas de mots pour

contrer cet argument. Je sais qu'il a eu le même coup de cœur pour une femme il y a quelques années et qu'il n'a pas su la garder. Il le regrette amèrement aujourd'hui. Mon histoire fait écho à la sienne. Il réfléchit quelques secondes et, finalement, se prend la tête entre les mains, comme s'il regrettait déjà ce qu'il allait m'annoncer :

– Alors, vas-y ! J'essaierai de te ménager avec Val et de te couvrir auprès des Balidran. Mais je ne tiendrai pas longtemps. Ça me saoule parce que je suis persuadé que tu es en train de faire une énorme connerie.

– Si c'est le cas, je ne t'en voudrai pas ! Je suis prêt à prendre le risque pour Wendy.

– Tu fais chier, mec ! Mais quand t'as une idée en tête...

Je ne lui laisse pas le temps de finir sa phrase. Je gare la voiture et le prends dans mes bras en faisant gaffe de ne pas appuyer sur son plâtre. Des amis comme Fred, on les compte sur les doigts de la main. Et encore ! J'aimerais lui dire à quel point je tiens à lui, mais Fred ne me regarde plus. Il semble ailleurs, parti dans d'autres pensées. Je l'interpelle pour le faire revenir sur Terre :

– À quoi tu penses ?

– Je me demande ce qu'est devenue Marine...

– Vu comment elle était partie à l'école primaire, je dirais que c'est une pute aujourd'hui !

– Si c'est le cas, j'aurais bien besoin de ses services à l'heure actuelle. Avec ma gueule, je ne risque pas de chopper grand-chose ces prochaines semaines.

J'éclate de rire en le regardant. Il n'a pas tout à fait tort. Fred embraie et s'esclaffe à son tour, et nous partons tous les deux dans un fou rire qu'il interrompt immédiatement à cause de la douleur. Il se tient la lèvre d'une main et le plâtre sur son nez de l'autre. Je culpabilise à nouveau. Mais Fred me signifie qu'il va bien. Du coup, je pars sur un autre sujet qui devient primordial à mes yeux :

– Et pour Wendy, comment on rattrape le coup ?

– Alors là, mon vieux, tu te démerdes ! me lâche-t-il sans aucune compassion.

Je vais devoir ramer pour la récupérer, j'en suis conscient. Mais je sais aussi que mes efforts valent le coup. De toute façon, je n'ai pas le choix ! Wendy est peut-être la femme de ma vie.

CHAPITRE VIII

Wendy

« Putain Wendy, rappelle-moi ! Fred t'a raconté des conneries. Il faut qu'on parle. De toute façon, je n'arrêterai pas d'appeler. Tu finiras bien un jour par me répondre. Je continuerai à saturer ton répondeur de messages jusqu'à ce que tu décroches. Laisse-moi t'expliquer une bonne fois pour toutes, on gagnerait du temps... »

– C'est encore lui ? me demande Soraya.

– Encore lui ! Pour la dixième fois de la journée... ça y est, ma messagerie est pleine et il n'est que 10h30. Record battu ! D'habitude, je dois attendre le début d'après-midi pour la vider.

– Qu'est-ce que tu vas faire ?

– Rien. J'ai même arrêté d'effacer ses messages parce qu'il doit s'imaginer que je les écoute, et il appelle davantage. J'en peux plus. Ça fait neuf jours que ça dure.

– C'est un coriace, ce type ! Et tu n'as jamais envisagé de le laisser s'expliquer ? Peut-être qu'après, il te foutra la paix.

– Hors de question ! Si ça continue, je vais changer de numéro ou porter plainte.

– En tout cas, je n'ai jamais vu un homme s'accrocher autant.

– C'est le genre de mec qui déteste qu'une femme lui résiste. Je suis sûre que moi ou une autre, il s'en fout ! Mais quand il y en a une qui lui dit non, ça le met hors de lui !

– T'es sûre de toi ? Il est peut-être sincère dans ses regrets.

– Ça, il fallait y penser avant !

Je coupe court à la discussion. Je sens que Soraya est sur le point de me conseiller de lui donner une seconde chance. Et je ne reviendrai pas sur ma décision. Plus que ses mensonges, je ne pardonne pas à Camille de m'avoir prise pour une conne. Ma fierté en a pris un coup. Il retiendra de notre courte histoire que la fierté, c'est ce qu'il y a de plus sensible chez une femme. Une bonne leçon ! Sentant que la pilule a du mal passer et que le sujet commence à me taper sérieusement sur le système, Soraya passe à autre chose :

– Chantal t'a prévenue ? Tu as un forfait n°7 qui s'est ajouté à ton programme en fin de journée ?

– Oh non ! Je suis claquée de partout. Personne d'autre ne pouvait le prendre ?

– Le rendez-vous a spécifié qu'il voulait que ce soit toi qui t'en occupes.

Un doute m'envahit :

– Attends, t'es sûre que c'est pas...

– Non, ne t'inquiète pas. C'est une femme.

– Il serait bien capable de prendre rendez-vous sous le nom d'une femme, ce pervers.

– Franchement, ça m'étonnerait qu'il revienne ici après son dernier passage. Et si c'est le cas, Chantal l'attend avec la facture de son vase.

Malgré les certitudes de Soraya, je garde une petite boule au ventre toute la journée en attendant ce client mystère. Quand enfin arrive l'heure de ce dernier rendez-vous, je suis rassurée de voir entrer dans l'institut la silhouette longiligne d'une belle femme brune, très bien habillée. Elle est venue pour une épilation demi-jambes à la cire orientale, une pédicure et un massage des pieds. Je l'accueille avec un enthousiasme non feint, mais elle ne semble pas très réceptive à ma gentillesse. Au contraire, la commissure de ses lèvres pointe sans cesse vers le bas, ses rares phrases se terminent toutes par un soupir dont le but est de relever sa frange énervante qui lui grillage le regard. Ces clientes, on les nomme avec Soraya, « les Parisiennes » ou leur pendant dans le Sud : « les Aixoises ». Leur spécialité ? Râler. Un genre de Tatie Danielle dont l'agréable enveloppe ne laisse pas imaginer un caractère de vieille peau. Alors que je viens juste de m'asseoir sur un tabouret bas au pied de son fauteuil incliné, la Parisienne m'interpelle :

– Vous n'avez pas un coussin, je suis très inconfortablement installée dans votre fauteuil.

– Si, si, je vous apporte ça.

Je me relève péniblement pour aller lui chercher deux coussins. La Parisienne n'en prend qu'un des deux en murmurant un remerciement à peine audible. Elle le place dans le bas de ses reins, bouge son dos pour se caler, soupire encore et remue la tête pour replacer sa frange. Je peux enfin commencer à travailler en lui annonçant le programme :

– Je débute par l'épilation, j'enchaîne avec la pédicure et je finirai par le plus agréable, le...

– Oui, oui, c'est bon ! me coupe-t-elle. Ce n'est pas la peine de tout me détailler, ce n'est pas la première fois que je mets les pieds dans un institut de beauté.

– D'accord ! Je ne vous ai pas demandé d'où vous veniez d'ailleurs ?

– D'Aix. Pourquoi ?

– Non, non, pour rien.

Je ne peux m'empêcher de pouffer de rire. Heureusement, dans ma position, elle ne voit que mon cuir chevelu et ne perçoit pas mon amusement qu'elle aurait pris, j'en suis sûre, pour une marque d'insolence. Une Aixoise ! Comment ai-je pu en douter ? Son tailleur strict, ses escarpins noirs, son foulard... le portrait type de la petite bourgeoise de la ville rivale de Marseille. L'Aixoise aime prendre les gens de haut et faire remarquer, dès qu'elle s'adresse à vous, qu'elle ne vient pas du même monde. Je me demande, du coup, ce qu'elle fait là. Peut-être est-ce une Aixoise sur le déclin ? Oh mon Dieu, une Aixoise frustrée, c'est pire que tout ! Je sens que je vais en baver. Je m'applique à faire mon travail en limitant nos échanges au strict minimum que la politesse commerciale impose. À mon grand soulagement, la séance se déroule normalement. Je pose une à une les bandes de cire en faisant attention à ce qu'elles ne soient pas trop chaudes pour ne pas m'attirer des reproches. Mais malgré toute mon application, je ne coupe pas à une remarque acide :

– Aïe ! C'est brûlant ! Appliquez-vous un peu. Je n'ai pas envie de finir à l'hôpital, au service des grands brûlés.

– Pardon ! Je vais y aller plus doucement.

Mais encore une fois :

– Faites attention, vous voyez bien que j'ai un énorme bleu !

– Oh, je suis désolée, je ne l'avais pas remarqué ! Effectivement, vous ne vous êtes pas loupée. Comment vous êtes-vous fait ça ?

– C'est mon fiancé !

– Oh mince ! Je ne voulais pas être indiscrète.

J'imagine alors que l'Aixoise vient à Marseille pour fuir un mari violent. Tout à coup, j'éprouve une profonde compassion pour elle. Je tente même de voler à son secours :

– Il ne faut pas vous laisser faire. Je connais des associations qui peuvent vous aider. N'hésitez pas à...

– Mais non, n'allez rien imaginer de grave ! J'étais consentante, même plus que consentante si vous voyez ce que je veux dire...

– J'avoue que j'ai un peu de mal à vous suivre.

– Eh bien, c'est un jeu érotique entre nous ! Nous adorons ça.

– Ah d'accord. Dans ce cas-là, je ne juge pas.

Un tic nerveux m'échappe. Je baisse la tête pour dissimuler mon embarras, mais il n'échappe pas à l'Aixoise.

– Je vous ai mise mal à l'aise ? insiste-t-elle lourdement. Ce n'est pas dans vos mœurs, c'est ça ?

– Je dois bien avouer que non. Mais encore une fois, chacun voit minuit à sa porte.

– Midi à sa porte ! me corrige sèchement l'Aixoise. Vous avez un fiancé ?

Sous le coup de l'étonnement, je ne trouve pas la répartie pour esquiver sa question et l'envoyer promener sans être grossière. Et puis, peut-être a-t-elle l'habitude de ce genre de relation intime avec les autres esthéticiennes qu'elle fréquente ? Dans le doute, je reste cordiale mais évasive :

– Ma situation est un peu difficile en ce moment.

– Ah, ça veut tout dire dans la bouche d'une femme. N'en dites pas plus, j'ai compris ! Vous étiez avec lui depuis combien de temps ?

– Euh... trois ans.

– C'est sûr que si vous ne mettez pas un peu de piment dans votre couple, je comprends qu'il soit allé voir ailleurs.

– Euh... c'est un peu plus compliqué que ça !

Je me concentre sur les jambes de l'Aixoise comme si de rien n'était et tire sur les bandes de cire pour arracher d'un coup sec tous ses poils.

– Aïe !

Elle crie si fort que Chantal jette un coup d'œil pour s'assurer que je n'égorge personne.

– Ne vous vengez pas de vos échecs sentimentaux sur mes jambes.

Décidément, je suis tombée sur un spécimen d'Aixoise complètement inédit ! Cela dépasse l'entendement. Je relève la tête pour lui montrer mon mécontentement mais préfère ne pas répondre à sa provocation. Cette dinde cherche l'affrontement. Je poursuis mon travail avec le plus de professionnalisme possible. En me faisant aussi petite qu'une souris. L'épilation finie, je lui enlève les peaux mortes des pieds et lime ses ongles en prenant soin de ne pas redresser la tête. L'Aixoise continue à me défier en remuant ses pieds sous mon visage pour me compliquer la tâche. Ma position est pour le moins humiliante. Seule, je lui aurais déjà demandé de partir mais, en présence de ma patronne, je préfère ne pas faire de vagues. Dans une demi-heure, elle sera dehors, prends sur toi, Wendy ! Je continue le soin en étirant ses doigts de pied avec une attention redoublée pour ne pas laisser le moindre espace à de nouveaux reproches. L'Aixoise apprécie et je m'offre une parenthèse silencieuse bienvenue. De courte durée. En sentant un regard pesant sur moi, je relève la tête et aperçois ma cliente, les yeux rivés sur mon décolleté. Le fait que je surprenne son impertinence ne la dérange pas le moins du monde.

Au contraire :

– Pour l'instant, vous êtes fraîche et désirable, poursuit-elle, l'idée et le regard fixes.

– Merci, je réponds timidement, ne sachant pas très bien si c'est un compliment ou une réprimande.

– Mais ça ne dure qu'un temps. Après, les hommes se retournent sur plus jeune que vous.

– Ils ne sont pas tous comme ça.

– Vous êtes naïve ! J'ai connu mon mec à 25 ans et ça fait dix ans que je suis avec lui...

Comme Camille avec sa femme, je pense intérieurement.

Pendant ce temps, l'Aixoise continue inlassablement de me raconter sa vie sentimentale. Elle qui était si peu bavarde en entrant dans l'institut est devenue maintenant un vrai moulin à paroles. Les quarts d'heure de massage promis à chaque pied vont être très longs. D'autant que son impudeur n'a pas de limite. La situation en devient très embarrassante pour moi. Mais l'Aixoise ne s'en soucie pas, et continue :

– ... pour que la sexualité ne meure pas et pour le garder, il faut se renouveler tous les jours. J'innove et ose de nouveaux terrains de jeu : les scénarios, les plans à plusieurs, les parties fines, l'échangisme. Vous seriez prête à aller jusque-là vous pour garder un mec ?

– Votre question me gêne un peu, je lui avoue ne sachant pas très bien où elle veut en venir.

– Le contraire m'aurait étonnée...

J'espère intérieurement que Chantal va se décider à rentrer chez elle pour que je puisse bâcler ce massage et l'expédier dehors. J'hésite à lui dire qu'un massage gagne en efficacité lorsqu'il se déroule en silence, mais j'ai peur de l'offenser et de provoquer un esclandre dans l'institut. J'aimerais tellement qu'elle m'accorde un moment de répit mais non, elle me saoule d'un flot de paroles à vous donner la migraine. Son regard est toujours fixé à sur ma poitrine, sans que je sache s'il est là par hasard, par jalousie ou par fantasme. Je ne comprends toujours pas ses intentions. Je ne sais pas comment réagir. Dans ma brève carrière, je n'ai jamais vécu ce genre de situation embarrassante.

– ... et au final, pour ne pas le braquer, je ferme les yeux sur ses infidélités. Les hommes ont besoin d'aller voir ailleurs autant pour le changement que pour se rassurer sur leur capacité de séduction.

Ses yeux ont quitté ma poitrine et elle me lance désormais un regard réprobateur. Je soutiens ses sourcils froncés et, ce coup-ci, je ne me dégonfle pas :

– Je crois que je ne pourrais pas accepter que mon fiancé aille voir ailleurs.

– Tous les hommes font ça !

– Je ne pense pas. Je crois au grand amour.

– Moi aussi. Mon fiancé est l'amour de ma vie. Même s'il va voir ailleurs, il est mon grand amour et je représente la même chose pour lui. Là où je suis plus forte que lui, c'est que je ne crains pas les godiches qu'il se tape. Je sais qu'il finira toujours par revenir.

– Je voulais dire que je croyais en la fidélité.

– Moi non. Surtout dans notre milieu professionnel.

– Vous travaillez dans quel domaine pour être si pessimiste ?

– Le parfum !

Mon sang ne fait qu'un tour. Je relève discrètement les yeux et comprends enfin à qui j'ai affaire. Plus de doutes possibles. Je m'en veux de ne pas l'avoir reconnue tout de suite, c'est le portrait craché de son père. Que me veut-elle ? M'humilier ? Se venger de mon aventure avec Camille alors qu'elle est en train d'essayer de me prouver par ses longues démonstrations qu'elle s'accommode de ses infidélités ? Qu'elle n'a pas peur ? Son raisonnement n'a rien de logique. Je baisse à nouveau la tête et fixe ses pieds. Je me rends compte à quel point la situation est humiliante pour moi. C'est peut-être son plaisir ultime de dominer toutes celles qui ont approché ou osé fricoter avec l'homme de sa vie. Elle agit telle une lionne défendant son territoire. J'aimerais me révolter, mais je ne sais pas comment m'y prendre. Alors, je me tais et fais mine de ne me douter de rien. En espérant trouver rapidement une porte de sortie. Trop tard. Valérie a compris que je l'avais identifiée.

– Il m'a quittée mais il reviendra, Wendy, me dit-elle d'un air triomphant.

– Comment ça, il vous a quittée ?

Je me redresse d'un coup, inversant radicalement le rapport de force. Je suis maintenant debout et revigorée. Valérie est assise et prostrée.

– Non, ce n'est pas ce que je voulais dire, bafouille Valérie, consciente d'avoir commis une énorme bourde.

– Ne vous tracassez pas, j'ai compris.

Tout à coup, tout s'illumine dans mon esprit. Camille n'est pas retourné avec elle. Il l'a mise à la porte de chez lui et, ni tenant plus, Valérie est venue ici pour le récupérer, sans se douter que je m'en étais moi-même éloignée. Ce qui veut dire que les cartes sont redistribuées. Les atouts sont dans ma main. Si Camille a quitté sa fiancée, c'est que je représente plus à ses yeux qu'une simple passade. Ses messages deviennent tout à coup sincères, autant que ses intentions depuis notre rencontre et ses sentiments à mon égard.

D'un coup, je m'en veux. Par orgueil, j'ai failli mettre fin à ce qui peut peut-être devenir la plus belle histoire de ma vie. Je regrette tellement de ne pas m'être laissée aller dans notre relation et de m'être posé trop de questions. L'inversion de la courbe de mes désirs est aussi spectaculaire que brutale. Je brûle d'envie de le revoir, de le prendre dans mes bras, de l'embrasser. Je ne tiens plus en place. Je me lève et troque ma blouse de travail contre ma veste et mon sac à main. Je m'en vais. Ni Valérie, réclamant à cor et à cri son vernis sur les ongles de pied, ni Chantal, un peu dépassée par la situation, n'arrivent à me retenir. Je file comme un courant d'air, en claquant la porte de Beautés Phocéennes derrière moi. Je cours vers lui.

Mais avant, je dois faire une étape sur le chemin de nos retrouvailles. Pour soulager ma conscience ! Je m'arrête chez Jonathan. Il est temps que je mette les choses au clair : c'est fini entre nous, de « break » il n'y a jamais eu, c'est bien d'une « rupture » dont il faut parler. Je lui dois la vérité, à lui qui a toujours été loyal envers moi. J'aurais dû le faire il y a des jours, des semaines, des mois peut-être. Je ne veux pas l'embarquer dans une relation aussi malsaine que celle qu'entretenaient Valérie et Camille jusqu'ici. Aucune femme n'a le droit de garder un homme sous le coude, au cas où. La réciproque vaut pour les hommes. C'est dans ces moments-là que ma vertu doit se faire entendre et non pour m'interdire de céder à des désirs qui sont certes soudains et charnels mais qui n'ont rien de répréhensible. Une bonne leçon à retenir pour l'avenir.

J'ai l'impression de franchir un cap. Même si toute mon histoire avec Jonathan s'effondre, je réalise que je n'ai jamais été amoureuse de lui mais simplement rassurée parce que c'est un homme bien. Je l'ai aimé par confort. Malheureusement, un homme bien ne me suffit plus aujourd'hui que j'ai goûté à l'amour passion. Le choc que mes années de psychanalyse n'avaient pas réussi à provoquer en moi a enfin lieu. Je n'ai plus besoin de fouiller dans mes souvenirs d'enfance avec Mme Valensi pour tenter de comprendre d'où viennent mon absence de plaisir et ma sexualité vacillante. Un déblocage vient de se produire et, comble de l'ironie, je le dois à ma plus grande rivale. Ma nouvelle vision de l'amour est limpide. Je sais exactement ce que je veux et je suis à l'aise avec mes désirs.

Sur le palier de l'appartement de Jonathan, mes mots sont durs mais ont le mérite d'être d'une clarté et d'une honnêteté irréprochables. Quand il n'y a pas d'amour, il ne faut pas s'acharner à vouloir sauver une relation. Jonathan pleure. Je lui explique que notre amour s'est éteint il y a longtemps et que j'ai rencontré un autre homme depuis. Mon désir de transparence est total. Il crie, s'énerve mais, étrangement, il m'avoue au bout d'un quart d'heure de colère qu'il ne m'en veut pas. Il admet qu'il n'aurait jamais eu le courage de remettre en cause notre couple et que notre relation n'aurait fait qu'empirer avec le temps. Un vrai soulagement ! Ses larmes m'attristent mais ne suffisent pas à éteindre la flamme qui brûle en moi pour Camille. Je veux le revoir tout de suite. Dès mon départ de chez Jonathan, je lui envoie un texto pour qu'il me rejoigne, là où tout aurait dû commencer.

Parking de l'Hippopotamus. Retour à la case départ. Camille me rejoint après un dîner professionnel, je le retrouve après une douche chaude qui m'a servi à laver mes remords avec Jonathan et à être d'attaque pour nos retrouvailles. Le parking s'est vidé de ses derniers clients. Je me gare à côté de lui et m'assieds à la place du passager de sa Porsche. Camille pense que je lui en veux toujours. Il a un air grave :

– Wendy, je veux que tu saches que...

Je lui pose un index sur la bouche. D'un coup sec, j'incline mon siège au maximum.

– Je n'ai pas envie de parler, j'ajoute en posant ma main sur sa braguette.

Camille a compris. Sa main attrape mes boucles blondes, l'autre maintient mon menton. Il s'approche en basculant légèrement de mon côté. Je plonge mes yeux dans les siens pour qu'il puisse percevoir ma folle envie de lui. Je soupire et plaque son nez dans mon cou. Camille prend une bouffée de mon parfum qui fait se dresser tous les poils de sa peau... et sa verge aussi. Il se lèche les lèvres pour me montrer son impatience à me dévorer. Je crois voir une flamme se dessiner dans sa pupille. Mon imagination n'a jamais été aussi stimulée. Si notre première fois fut douce et romantique, je désire que celle-ci soit enflammée et bestiale. Camille se jette sur mon cou comme un vampire assoiffé de sang et me mord assez fermement pour laisser une empreinte sur son passage. Je pousse un léger cri de surprise qui se transforme vite en soupir de jouissance. Je lui rends la pareille en lui attrapant une mèche de cheveux que je tire, à lui en arracher le cuir chevelu.

– Tu veux jouer au plus balaise ? me demande-il.

– Oui, et tu n'es pas près de gagner...

– Oh putain, tu n'aurais jamais dû me dire ça. Tu vas prendre cher.

Notre désir devient plus ardent, plus violent, plus fort. Ripostant à mon arrogance, sa main descend jusqu'à mon sein qu'il empoigne fermement en me plaquant contre le siège. Sa bouche accompagne son mouvement d'une délicieuse morsure sur mon menton. Son nez frôle ma joue. Ce nez auquel il tient tant est à la portée de mes canines. Je le serre précautionneusement entre mes dents. Je pourrais le croquer pour me venger de ce qu'il m'a fait subir ces derniers temps. Camille le sait, mais il ne bronche pas. Une impression de puissance, de domination, s'empare de moi. Finalement, je lui accorde généreusement ma grâce.

Camille place son index espiègle entre mes seins et le descend pour ouvrir mon bustier. Les boutons les plus dociles se détachent facilement, les autres atterrissent contre la vitre de la voiture sous ses pressions impatientes. Mon bustier finit par lâcher, laissant apparaître ma poitrine. Mon diable la contemple comme une œuvre d'art. Il palpe avec respect mes seins fermes et tendus d'excitation. Il les inspecte avec une lenteur qui tranche sur nos furieux préliminaires. Des frissons me parcourent. J'en éprouve une certaine fierté... mais ne manque pas l'occasion de le provoquer :

– T'as jamais vu une paire de seins ? je demande en lui serrant la gorge et en lui mordant la lèvre.

– Tu vas regretter ton impertinence, jeune fille.

Il me rend la morsure sur ma lèvre tandis que ses griffes remontent les coutures de mon jean jusqu'aux boutons qu'il fait sauter avec la même hâte que ceux de mon bustier. Pour ne pas être en reste, je desserre sa ceinture en prenant soin au préalable de tirer dessus de toutes mes forces pour lui couper la respiration. Camille sursaute avant de m'embrasser à nouveau. Ces deux doigts les plus hardis s'infiltrent dans mon jean pour caresser d'autres délicieuses lèvres à travers ma culotte, déjà bien mouillée. La sensation humide l'excite un peu plus et lui fait perdre patience, une qualité qui n'est pas son point fort en temps normal. D'un signe autoritaire de la tête, il m'ordonne de passer à l'arrière, sur la banquette. Je lui obéis en me retournant avec une souplesse provocatrice. Je dandine exagérément des fesses pour lui donner un avant-goût de ce qui l'attend à l'arrière. Il en profite pour me retirer mon jean et caresser la peau nue de mes jambes. Il retient mon pied et le lèche de tout son long jusqu'à en mordiller l'extrémité. Camille vient de toucher un point sensible jamais exploré jusqu'ici, que je ne soupçonnais même pas. J'en perds l'équilibre et le supplie de continuer. J'adore.

– Vas-y, ne t'arrête pas ! Suce-les !

Par provocation, Camille les retire de sa bouche et rejette mon pied avec nonchalance.

– Salaud ! je m'énerve.

– On verra plus tard si tu le mérites.

Une fois à l'arrière, j'attrape sa cravate en l'entourant autour de ma main et, d'un nouveau coup sec, je l'attire à moi :

– Je ne vais pas te laisser à l'avant tout seul !

– T'inquiète, les portes de derrière sont fermées. T'es pas près de t'échapper.

– J'ai l'air de vouloir m'enfuir ? je renchéris en lui léchant la bouche. Maintenant, tu vas me montrer de quoi tu es capable.

– Tu ne vas pas être déçue...

Juste le temps d'enlever ses bottines en cuir noir, son jean bleu foncé et son caleçon, Camille me rejoint en enjambant le levier de vitesse, avec la volonté de passer la cinquième de notre ardente étreinte. Je le vois arriver de profil, élancé et musclé comme une statue grecque. Ses mollets saillants se crispent, ses cuisses se durcissent, ses abdos et ses pectoraux se contractent et sculptent son corps prêt à surgir sur sa proie. Sa verge dure se plaque contre son nombril. Je la fixe. Je n'ai jamais vu une si belle érection. Je la veux. Camille pose un genou contre le cuir noir de la banquette, l'autre entre mes jambes. Comme aimantés, ses doigts siamois repartent à l'assaut de mon sexe en s'infiltrant sous ma fine culotte, en frôlant mon clitoris tendu et en entrant en moi. Je gémis en basculant la tête en arrière. Pour la première fois, je m'abandonne à lui, libre de mes vêtements – y compris de ma culotte qu'il a fait glisser jusqu'à mes pieds – et libérée de toute inhibition. Le plaisir me fait perdre tout orgueil et tout désir de provocation. D'autant que les doigts de mon insolent s'enhardissent et s'enfoncent en moi avec plus de fluidité, plus de profondeur. Délicieux ! Avec la grâce de mes années de danse classique, je déplie la jambe pour la poser sur son épaule. Camille en profite pour me mordiller à nouveau les doigts de pied. Je ne tiens plus. Mon clitoris est encore plus exposé maintenant. Je prends sa main pour mieux la guider, la contrôler à ma guise, augmenter les fréquences de ses incursions, les ralentir quelquefois. Camille me dévisage et lit à coup sûr dans mes yeux et ma bouche béate mon amour pour la masturbation.

– Je ne savais pas que t'aimais autant le cul, dit-il avec contentement.

– T'as pas idée ! Ne me prends plus jamais pour une sainte-nitouche !

– Promis, ma belle.

Je me redresse en le plaquant sur le siège comme un passager ordinaire. Je m'empare de sa queue, jusqu'ici sage observatrice du spectacle. Je la caresse, des bourses jusqu'au gland, en m'extasiant sur son épaisseur et le plaisir qu'elle pourra bientôt me procurer. J'enjambe Camille dans la foulée en posant mes genoux de chaque côté de son bassin. Mes bras tendus autour de son cou, je me tortille minutieusement, sans être pressée de me faire pénétrer. Je saisis à nouveau sa verge, plus fermement cette fois-ci, et la caresse de mes lèvres gonflées de plaisir. Ce léger frottement me procure autant de bien qu'il torture Camille. Sérieusement énervé par la position, il tente de reprendre possession de sa queue pour me pénétrer mais je l'en empêche en faisant non de la tête et en lui tirant les cheveux en arrière pour le sommer de rester sage.

– Ne me fais pas ça, me supplie-t-il, même si en réalité, mon manège a l'air de le ravir.

– Il n'est pas encore né le mec qui va me dire ce que je dois faire.

– T'aimes dominer les mecs, hein ?

– Non, j'aime *te* dominer !

Et Camille d'apprécier d'un large sourire d'être mis au-dessus de la mêlée des autres hommes. Je continue mon spectacle de danseuse de pole dance déchaînée au-dessus de la barre de Camille jusqu'à ce qu'enfin, je descende mon pubis sur son érection. Millimètre par millimètre, son sexe s'introduit en moi. La lenteur de la pénétration me donne la délicieuse impression que ça ne se terminera jamais. Quand, enfin, il atteint sa limite, je n'ai qu'une hâte, qu'il recommence. Un peu plus vite, un peu plus fort. Puis, beaucoup plus vite, beaucoup plus fort. Putain, que c'est bon ! Je fais voler ma chevelure ébouriffée au rythme des mouvements de sa queue dans mon vagin, au son de mes gémissements de plus en plus aigus et prononcés. Derrière les vitres embuées, un parfum de sexe envahit la voiture et s'associe à nos parfums délicats dans une envoûtante alchimie. Mes mains posées sur son torse contrôlent la violence de ses soubresauts, à l'image d'un cavalier qui tente de maîtriser sa monture, et lorsque Camille se déchaîne, je l'étrangle avec mes doigts que j'utilise comme des rênes. Comme une reine. Il est une nouvelle fois mon esclave.

– Je n'ai pas dit mon dernier mot, me dit-il en continuant à me prendre en lotus.

– Vas-y, montre-moi ce que tu as dans le ventre, je lui réponds en retrouvant cette provocation à laquelle je prends goût.

– Prends ça !

Un vrai combat. J'adore. Camille n'a pas l'intention de se laisser dicter sa loi. Dans un mouvement de révolte jubilatoire, il me retourne et m'allonge sur la banquette. La peau de mes cuisses se colle au cuir, puis se décolle dans une savoureuse douleur lorsqu'il me pénètre à nouveau. Il tire inlassablement mon bassin à lui pendant que son pied agile ouvre la portière, pour prendre appui sur le sol du parking et pour appuyer plus intensément là où ça fait du bien. Peu importe que l'on nous voie ou nous entende. Au contraire. Je l'espère même intérieurement. Notre spectacle mérite le détour. Telle un serpent, je me cambre sur la banquette au moment où il reprend ses mouvements de torpillage.

– T'aimes ça, te tordre dans tous les sens ?

– Ta gueule ! Continue !

Camille m'obéit. Il s'accroche à la sangle au-dessus de la portière passager pour se hisser en moi, plus vite, plus loin. Ma chevelure éparpillée sur le cuir de la voiture est trempée, ma peau transpire, mes gémissements se muent en de longues plaintes de satisfaction qui frappent l'excitation de Camille comme autant de coups de butoir. La suspension de la Porsche menace de céder. Puis c'est le coup de grâce. La suite n'est que pur plaisir. Il vient. Je monte. Nous exultons. Sublime ! Dans un parfait mimétisme, nos muscles contractés depuis de longues et délectables minutes se relâchent. Camille tombe en avant en se retenant d'un bras ferme pour ne pas m'écraser. Nos lèvres se retrouvent comme si elles ne s'étaient jamais quittées. Après tout ce vacarme, nous sommes frappés par le silence. Je ferme les yeux pour mieux me laisser envahir par ces sensations. Il fait de même. Un bien-être a inondé mes veines et ravage mon cœur.

Camille se relève enfin avec un sourire d'ange qui sied si bien à son visage. Je fais de même et me rhabille comme si de rien n'était, comme si un homme m'avait déjà insultée pendant l'amour, comme si j'avais l'habitude d'étreintes aussi brutales et passionnées. Je ne lui pose pas de question même si je brûle d'envie de savoir s'il a apprécié ce moment. J'aimerais tellement qu'il ait pris autant de plaisir qu'avec Valérie, voire davantage. Mais il ne dit rien. Il redresse son siège et démarre. La radio diffuse une musique romantique. Camille caresse tendrement ma joue et me propose de finir la nuit chez lui. Il me dit qu'il veut se réveiller à mes côtés, passer la journée à me dorloter et à me voir heureuse. Je pourrais être une femme comblée si Valérie n'avait pas semé un doute en moi. Si elle dit vrai, Camille a probablement l'habitude de pratiquer des jeux sexuels beaucoup plus poussés que l'amour que nous venons de faire. Arriverai-je toujours à le satisfaire sur le terrain de la sexualité ? La question me trotte dans la tête. Des sentiments ambigus me traversent désormais. Cette garce a réussi à me gâcher la plus belle partie de jambes en l'air de ma vie.

CHAPITRE IX

Camille

Une deuxième maison. Ou plutôt, devrais-je dire, un deuxième château. L'entrée chez les Balidran me fait toujours le même effet, l'impression de pouvoir me promener les yeux fermés à travers la dizaine de pièces que possède la demeure et cette sensation que j'y serai toujours le bienvenu. Même si je sais que cette sensation est illusoire, surtout en ces temps de crise avec Valérie, surtout lorsque je me pointe chez eux avec une bonne demi-heure de retard comme c'est le cas aujourd'hui. Je n'ai pas entendu le réveil ce matin ou, plutôt, j'ai fait mine de ne pas l'entendre pour prolonger ma merveilleuse nuit avec Wendy, le genre de nuit dont on espère secrètement qu'elle ne se terminera jamais. J'aurais d'ailleurs bien laissé les volets fermés toute la journée et gardé Wendy prisonnière de ma couette si l'invitation à déjeuner de mon patron n'était pas si importante pour la suite de ma carrière. Il s'agit de faire le bilan du lancement de Valgrances n°7 et de « parler avenir », comme aime à le répéter Balidran en pareilles circonstances.

Tous les invités – d'Audrey, la créa de la boîte, en passant par Benjamin le financier, Jérôme le juriste, Laetitia la directrice des ventes, à moi, le premier – savons à quoi nous attendre. Il va nous féliciter pour notre bon boulot, ouvrir sa bouteille de Ruinart et nous dire qu'il faut se mettre au travail pour le prochain parfum, dont la date de sortie est prévue en 2007. Il va nous faire sa blague habituelle : « Voici mes idées, je voulais que vous soyez les premiers au parfum ! » Nous nous efforcerons de rire à nouveau. Comme à chaque fois, nous allons lui dire qu'avant de parler avenir, nous aimerions partir en vacances après le rush du lancement du parfum précédent. Comme toujours, il va nous dire que nous sommes une bande de fainéants, que s'il avait agi de la sorte plus jeune, il n'aurait jamais réussi à monter son « empire ». En revanche, je suis le seul à savoir qu'il ment car son « empire » n'est en fait qu'un héritage familial qu'il a – au mieux ! – réussi à maintenir à niveau. Ce qui est loin d'être un exploit quand on sait que toutes les parfumeries françaises ont explosé leur chiffre d'affaires dans les années soixante-dix, lorsqu'il a pris les commandes de Valgrances, et ont connu une expansion nationale et internationale que son entreprise n'a pas connue. Bref, un déjeuner très convenu auquel j'ai convié Mathieu, par flemme de prendre moi-même des notes.

Le poids de mes souvenirs se fait plus lourd encore lorsque la sonnette de la porte d'entrée retentit. Depuis que je connais les Balidran, cette sonnerie est sans doute la seule chose qui n'ait pas changé dans leur maison. Paulette, la mère de Valérie, est une femme au foyer qui aime le changement. Comme c'est presque l'unique occupation de ses journées, elle passe son temps à déménager les meubles et à les remplacer pour gagner en « feng shui ». Sa manie du changement n'épargne pas non plus son pauvre jardinier à qui elle demande sans cesse de réorganiser ses plantations sans tenir compte ni des besoins des plantes ni de son avis. Son air dépité chaque fois que Paulette a une nouvelle lubie m'a souvent touché et j'ai tenté quelquefois de voler à son secours pour convaincre ma belle-mère de laisser les plants de tomate au soleil ou d'attendre que les arbres fruitiers aient donné une dernière récolte avant de les déraciner. Généralement, j'y arrive car, parmi tous ses défauts, Paulette possède une grande qualité : elle m'adore. Au palmarès de mon art de séduire, je m'y prends aussi bien avec les femmes qu'avec les belles-mères, et Paulette en est l'incarnation même. Selon ses propres mots, je suis très beau, d'une gentillesse et d'une intelligence rares à notre époque, possède un humour redoutable et surtout un talent inouï si l'on en juge mes créations. Un talent qu'elle n'a jamais croisé de toute sa vie, elle aussi passée dans le milieu de la parfumerie. Elle me couve parfois de tant de compliments que cela en devient gênant. Elle a même réussi à rendre jalouse Valérie qui lui rappelle régulièrement que c'est elle sa fille, et pas moi. Et son mari fou de rage du simple fait qu'elle défende mon travail plutôt que les intérêts de la famille. Selon Paulette, l'argument ne tient pas debout puisque je fais partie de la famille.

En plus d'être leur gendre depuis dix ans, les Balidran m'ont accueilli chez eux après la disparition brutale de mes parents, cueillis sur l'autoroute par un camion qui a traversé le terre-plein central. J'avais 26 ans, j'étais en couple depuis moins d'un an avec leur fille et en stage dans leur entreprise. La famille entière m'a été d'un grand soutien moral durant ce drame. Mais Paulette a été au-delà de la gentillesse, elle a insisté pour m'accueillir chez eux et m'a choyé comme une mère à une époque où je logeais encore chez mes parents et je ne savais pas faire grand-chose de mes dix doigts. Nous avons développé une relation presqu'intime qui fait que je la tutoie (chose rare dans l'aristocratie !) alors que je vouvoie son mari. Paulette parle même d'adoption en évoquant à l'extérieur notre relation. Le terme me gêne un peu puisqu'aux yeux de ceux qui ne connaissent pas notre histoire, il signifierait que je couche... avec ma sœur !

L'ouverture de la porte me tire de mes pensées. Pepita m'accueille. J'appelle l'employée des Balidran par ce pseudonyme, en souvenir de celle de ma famille, et parce que leur personnel de maison, aussi, change très souvent de visage à cause de Paulette. Comme ses meubles, comme ses plantes, les employées ont une espérance de vie limitée au château et valsent en fonction des humeurs de la maîtresse des lieux. Je crois que j'ai connu plus de Pepita que je n'ai créé de parfums jusqu'ici. Et pour les employées, je ne peux vraiment rien faire car la famille trouverait suspect que je vole à leur secours, surtout quand elles sont jeunes et désirables comme ce fut souvent le cas. Je sais déjà que cette dernière n'ira pas très loin non plus car en m'ouvrant, elle a posé ses doigts sur les vitraux de la porte d'entrée. Et plus que tout au monde, Paulette déteste les traces de doigts sur les innombrables vitres de son mas provençal, que j'appelle en plaisantant le « mastodonte provençal » tant il en impose à première vue.

En entendant la porte d'entrée se refermer, Paulette se précipite :

– Il est enfin là, mon fiston, se réjouit-elle en me prenant dans ses bras.

– Oui, désolé pour le retard, je lui réponds d'un air navré. Je suis tombé dans des embouteillages.

– Ah, maudits embouteillages ! Mais s'ils n'existaient pas, qu'est-ce que tu trouverais comme excuse minable pour justifier tes sempiternels retards ? me chambre-t-elle en me pinçant la joue comme une mamma italienne.

– Non, je t'assure que...

– Ne te fatigue pas. Tu es pardonné. Tu es toujours pardonné avec moi. C'est avec ton patron qu'il faut te trouver de jolis mensonges, me chuchote-t-elle.

Effectivement. M de Balidran nous rejoint, l'air beaucoup moins ravi de me voir et la voix bien plus grave que sa femme :

– Si je vous pénalisais sur votre salaire à chacun de vos retards, c'est vous qui devriez me payer à la fin du mois.

– Je suis sincèrement désolé. Comme je le disais à votre femme, la sortie d'Aix était complètement...

– Ah non ! Ne me refaites pas le coup des embouteillages, me coupe-t-il. Faites preuve d'un peu plus d'imagination, sinon je vais sérieusement avoir des doutes quant à votre créativité et au sort de mes prochains parfums.

– Ne vous inquiétez pas, je suis bien meilleur créateur de parfums que de mensonges.

Balidran rit et me claque une tape amicale dans le dos, que je prends comme le signe que je suis pardonné. Malgré tout, il en rajoute une petite couche.

– Je ne vous étonnerai pas si je vous dis que vous êtes le dernier arrivé ? Même ma fille, qui n'est pourtant pas connue pour sa ponctualité, est là depuis longtemps.

– Valérie déjeune avec nous ? je m'étonne.

– Évidemment ! Il faudrait vous parler un peu plus tous les deux, me reproche sa mère. L'écoute et la communication, ce sont les secrets d'un couple qui dure, comme le nôtre avec mon mari.

J'ai envie de lui répondre que c'est plutôt l'argent, le ciment de leur couple, tant ils ont l'air de ne plus se supporter au quotidien depuis des années, mais je me retiens. Je déduis de cette conversation que Valérie n'a pas mis ses parents au courant des tensions dans notre couple et du fait qu'elle n'habite plus chez moi. Je me questionne alors sur sa présence à ce déjeuner. Le marketing n'est d'ordinaire pas invité à la première étape de la fabrication d'un parfum, dont le tracé est précisément et immuablement dicté par Balidran. Il intervient dans un second temps quand le parfum est mis en bouteille et prêt à être vendu. Qui connaît bien Balidran sait que l'innovation et le changement ne font pas partie de son vocabulaire. Je le soupçonne même de ne rien changer à ses méthodes par superstition, même s'il ne l'avouera jamais.

Je n'ai pas le temps de réfléchir davantage à la raison de la présence de Valérie, Paulette me fait entrer dans la salle de réception, qui précède la salle à manger où nous déjeunerons après avoir bu le champagne. Tous les invités prévus sont présents, une coupe à la main. Tous, plus les deux invités surprises pour moi : Valérie et Kevin, son assistant, de dix ans son cadet.

J'avance, l'air navré :

– Bonjour à tous ! Je suis vraiment désolé...

– Ne te fatigue pas, répondent-ils à l'unisson. Tu te doutes bien que l'on ne t'a pas attendu pour trinquer, continuent-ils, sans que je sache précisément qui me parle dans le groupe.

Je salue un à un tous les invités par ordre d'apparition, qui doit correspondre à leur ordre d'arrivée. Je m'attarde plus longuement sur Valérie en l'embrassant une seule fois au plus proche de ses lèvres, pour laisser aux autres le doute sur notre relation :

– Tu es ravissante, je la complimente avec une sincérité non feinte tant sa robe rose pâle, du même ton que le flacon de Valgrances n°7, lui va à ravir.

– Merci. C'est la robe que j'avais fait faire pour le lancement du parfum, répond-elle de façon à ce que l'attention des convives se porte sur elle. Malheureusement, je n'ai pas pu la porter à cause de cette saloperie de virus.

– Surveille ton langage, Valérie, la reprend sa mère.

– Je t'assure Maman, c'était une vraie saloperie, cette maladie qui m'a prise d'un coup !

Valérie me lance un regard de défiance. Je suis prévenu. Je salue mon assistant, à qui j'administre discrètement une petite claque sèche derrière la tête en guise de reproche discret.

– T'aurais pu me prévenir qu'il y avait Valérie !

– Je ne le savais pas, me répond-il, mal l'aise et l'air d'hésiter.

Je déduis de sa réaction qu'il savait mais a oublié de me prévenir. Je m'apprête à le cuisiner davantage, mais Paulette coupe court aux salutations.

– Allez, Camille, termine rapidement ta coupe de champagne que nous puissions nous mettre à table. Mon homard va être trop cuit.

Je m'amuse intérieurement de la faculté de Paulette à s'approprier les talents culinaires, alors que de l'autre côté du mur, un cuisinier s'occupe de tout. Nous passons dans la salle à manger qui, est à mon goût, la plus belle pièce de la maison. Sublimée par une magnifique cheminée en marbre blanc, elle est quadrillée par une vaste mezzanine, elle-même délimitée par des colonnes de bois régulières qui donnent une touche coloniale à la pièce. Sur cette mezzanine, les Balidran ont construit une troisième salle de bains et des sanitaires dans la partie Ouest. Ils se servent de la partie Est pour stocker tous les meubles et œuvres d'art dont Paulette se lasse. Une personne non avertie pourrait considérer cet espace comme une véritable galerie d'art, les Balidran appellent, eux, cet étage en mezzanine « leur grenier ». De là-haut, la vue est plongeante sur la table Louis XVI en acajou, où nous prenons place, et sur un billard un peu excentré où Monsieur aime terminer sa soirée, une canne dans une main et un digestif dans l'autre. Comme l'ensemble de sa vie, les repas de Balidran font l'objet d'une organisation bien réglée.

Une fois attablés, les invités ont le réflexe de lever la tête pour admirer la hauteur sous plafond à cet endroit et la lumière qui illumine la pièce, provenant de la baie vitrée qui s'étend de part et d'autre de la cheminée. Un lustre monumental se reflète dans les miroirs disposés sur les murs et dans cet autre – une pièce de collection qui a séjourné aux Palais des Papes d'Avignon – posé sur la cheminée. C'est ici que l'on repère les invités qui pénètrent pour la première fois dans la maison des Balidran car ils ne peuvent retenir leur émerveillement. Encore une fois, ça ne loupe pas.

– Votre salle à manger est magnifique, s'enthousiasme Mathieu, seul novice autour de la table.

– Merci, répond Paulette sans trop s'attarder sur le compliment, par lassitude certainement.

Le homard s'annonce enfin pendant que nous échangeons des banalités sur la météo, la politique et les voyages. À ce moment précis, l'hôte frappe délicatement son verre de son couteau, pour annoncer la couleur. Le tintement du cristal signifie qu'il est temps de se mettre au travail. Le timing est porteur d'un message très clair : « *Si vous voulez goûter au homard, donnez-moi vos idées. Je ne vous offre pas tout ce faste pour des prunes !* »

En préambule et sans surprise, Balidran fait le bilan de Valgrances n°7 et remercie sa fille, assise en face de moi, pour le très beau packaging et pour sa campagne de lancement qui a fait un bruit énorme dans les médias. Benjamin se retient de bondir de sa chaise, il glisse un sourire complice à Jérôme que j'interprète sans peur de me tromper de la manière suivante : « *Avec le budget qu'elle a soutiré à papa, heureusement que la campagne est réussie ! J'ai dû me casser la tête et racler tous les fonds de tiroir pour assouvir le caprice de la fifille à son papa !* »

Balidran clôt son traditionnel discours par sa non moins traditionnelle provocation :

– Bon, je suppose qu'à part la destination de vos prochaines vacances, vous n'avez réfléchi à rien d'autre !

Mais, cette année, j'ai pensé à une parade :

– Au risque de vous surprendre, j'ai eu une idée.

Toute l'attention se porte tout à coup sur moi. Comme si elle attendait ce moment depuis le début du repas, Valérie en profite pour coller son pied au mien et remonter le long de mon mollet. Je sursaute, mais parviens quand même à maîtriser ma surprise. À mon tour, je la défie du regard.

Un sourire coquin, que je connais bien, accompagne son geste. Je comprends qu'elle est d'humeur joueuse. Je me reprends aussitôt pour ne pas éveiller de soupçons autour de la table.

Je poursuis, en retirant ma jambe du pied assaillant :

– Je devrais plutôt parler d'une inspiration soudaine. Elle m'est venue le soir de la fête pour le lancement de Valgrances n°7.

Je marque une pause pour bien souligner la provocation envers Valérie. Son sourire disparaît. Malgré tout, elle revient à la charge sous la table.

– Allez-y, continuez, m'encourage Balidran en pensant que ma pause est un effet d'annonce pour faire monter la sauce.

– J'ai trouvé l'inspiration pour l'esquisse du parfum que je veux pour l'année prochaine, plus boisé, avec plus de fraîcheur, moins de mélanges... en un mot plus sauvage. Les Français ont besoin d'espace et de dépaysement. Mon parfum les emmènera en Asie, sous une pluie chaude, tropicale.

– Mouais, rétorque Valérie, sceptique. On se coupe de nos parfums précédents qui perpétuaient la tradition de la maison Valgrances, dont le savoir-faire s'appuie sur des produits locaux.

Elle glisse son pied sur mon genou, puis gagne ma cuisse qu'elle caresse avec minutie.

Paulette vole à mon secours.

– Moi, j'adore l'idée ! Il y a bien un moment où il va falloir emmener nos clients ailleurs, les surprendre. Toutes les grandes maisons de parfums ont fait ce virage. Pourquoi pas nous ? Un septennat, c'est bien trop long ! Même nos présidents l'ont compris.

Les autres invités n'osent pas prendre parti et se retournent vers Balidran pour scruter sa réaction. Tous, sauf Valérie qui reste fixée sur moi. Son pied, qui s'approche de ma zone sensible, commence à produire ses effets.

– Vous connaissez mon goût de la tradition, mais je dois bien avouer que nos ventes s'effritent – certes légèrement ! – mais d'une manière constante, parfum après parfum. L'idée d'un changement pourrait surprendre, surtout s'il s'accompagne d'un bon plan marketing et communication.

– Certes, le changement est plus facile à vendre que la continuité ! est obligée d'admettre Valérie.

– Si, en plus, nous tablons sur une sortie début 2007, une année où la France va connaître de nombreux changements, ne serait-ce qu'avec son président, cette piste est à creuser sérieusement. Bon boulot Camille ! me félicite Balidran. Prenez-en de la graine, vous autres.

Les autres, justement, plongent le nez dans leur assiette pour ne pas à avoir à croiser le regard de leur patron. Sous la table, Valérie a bien senti ma trique se dessiner sous mon pantalon. Elle la caresse de haut en bas sans que je sache si c'est pour me féliciter de mon idée ou par énervement. Je commence à avoir chaud.

Je déboutonne le premier bouton de mon polo et poursuis :

– Justement, on évoquait le marketing... J'ai pensé à un flacon en forme de pomander.

– Décidément, nous avons vraiment les mêmes goûts, m'appuie Paulette avec conviction. J'ai toujours eu une fascination pour ces flacons. Je trouve que ça donne au parfum et à la femme qui le porte une sensualité et une dimension sexuelle... folles !

– C'est quoi ? demande Kevin, en aboyant comme un bon chien de maître qui sent qu'on empiète sur le territoire de sa patronne et que ça va l'agacer.

– Un flacon en forme de sphère que les femmes portaient autour du cou et qui contenait leur parfum sous forme de pommade à l'époque. Il y en a un dans la partie musée de Valgrances, à Grasse.

– Vous ne l'avez jamais vu ? s'énerve Balidran. Quand on travaille dans une entreprise, il serait bien de s'intéresser un peu à son histoire.

Je suis ravi d'avoir taclé ce petit con. J'ai bien envie d'en rajouter une couche, mais mes pensées se focalisent sur mon pantalon où la plante de pied de Valérie redouble d'activité. Voyant que j'empiète sur son territoire et que je mets à mal son fidèle petit soldat, elle appuie plus fort sur ma verge. J'en suis follement excité. Aucun invité ne remarque que Valérie s'affaisse de plus en plus sur sa chaise, à moins qu'ils ne prennent sa position pour de la nonchalance. S'ils savaient ce qui se passe sous la table...

– J'ai peut-être mon mot à dire ? enrage Valérie.

– Mais bien sûr, ma chérie, tente de la calmer son père. Ce ne sont que des idées jetées à la volée. Le dernier mot te reviendra, bien évidemment.

Je déboutonne mon jean. Ma braguette suit le mouvement et s'ouvre sous les assauts de ma source d'excitation et sous l'empressement de ma queue à sortir de son cocon. Son pied se pose maintenant sur mon caleçon et ses orteils se faufilent sous les coutures du dernier rempart. Ils entrent en contact avec mes bourses que Valérie secoue délicieusement. Puis, son pied continue son incursion dans mon caleçon. Je m'accroche à la table pour contrôler mes pulsions. J'ai envie de tirer son pied d'un coup sec pour l'attirer sous la table et lui faire l'amour brutalement, comme elle le mérite. J'en rajoute une couche :

– Évidemment, Valérie, que le dernier mot te revient mais si tu me le permets, j'ai aussi une proposition à te faire pour le nom du futur parfum.

Le visage de Valérie s'assombrit. Je suis en train de la mettre hors d'elle. Mais dans notre petit jeu, plus elle se fâche, plus c'est bon.

– Alors là, je vous arrête tout de suite, mon petit, ce sera Valgrances n°8 ! me stoppe net Balidran en posant la main sur mon bras. Depuis que Valérie a officiellement rejoint l'entreprise, j'ai toujours tenu à ce que le parfum porte une partie de son prénom. C'est un moyen pour moi de lui passer le flambeau de l'entreprise familiale.

Balidran regarde sa fille d'un air attendri. Laquelle s'illumine et s'émeut des propos élogieux de son père. Problème ? Le joli échange entre le père et sa progéniture immobilise le pied de Valérie. Ce qui ne me plaît pas du tout ! Je tente de relancer la machine en frappant fort, sans tenir compte du refus de Balidran :

– J'avais pensé à Flagrance W, en hommage à une personne qui m'est chère et qui m'a inspiré pour ce nouveau parfum. W, c'est deux fois V ! Cela donne l'impression qu'on gagne en puissance et en qualité. On pourrait même profiter de ce virage pour s'élever en gamme, viser un public plus aisé et justifier une hausse du prix du parfum.

Les yeux des commerciaux et des financiers s'écarquillent. Paulette acquiesce. J'ai touché le point faible de Balidran, le porte-monnaie. Il reste muet comme une carpe. Tous ont l'air convaincus par ce nouveau nom... mais n'osent me soutenir face à une Valérie décontenancée. Même Kevin ne trouve rien à redire à ma démonstration. Devant ce silence pesant, Valérie m'administre un coup de talon dans les testicules et quitte précipitamment la table pour se réfugier dans la salle de bains sur la mezzanine. Je pousse un cri de douleur, avant de me reprendre et de me tenir le dos pour faire croire à la tablée qu'il s'agit d'un faux mouvement de ma part. Tous les invités restent médusés devant notre scène de ménage dont ils ont du mal à saisir la teneur. Pour mettre fin à leurs interrogations, je prends la parole :

– J'y suis allé un peu fort ! Je vais monter m'excuser.

Discrètement, je reboutonne mon pantalon sous la table. Puis je quitte les convives en leur tournant le dos pour qu'ils ne puissent pas apercevoir la bosse dans mon pantalon, qui n'a pas dégonflé malgré la violence qui lui a été faite. À croire que ma verge a l'habitude des échanges musclés avec Valérie.

J'emprunte l'escalier en bois et gagne la salle de bains où je crois percevoir des sanglots. Mais à peine ai-je le temps d'ouvrir la porte que Valérie, cachée derrière, se jette sur moi pour me gifler.

– T'es fier, connard ?

Comme chaque fois qu'elle est dans une colère noire, elle me donne la fièvre. Ses yeux noirs, ses lèvres tremblantes, ses mains crispées... c'est toujours le même refrain : j'ai envie d'elle. D'ailleurs, le problème réside là aujourd'hui : je n'ai envie d'elle que dans ces circonstances. Elle aussi a envie de moi. Lorsqu'elle est en colère, sa libido l'est aussi et son corps ne demande qu'à passer ses nerfs sur le corps d'un autre, en l'occurrence le mien. Sans répondre, je ferme la porte et colle Valérie contre elle en serrant son cou d'une main jusqu'à pratiquement la soulever. Je ne vais pas me laisser gifler sans réagir. Valérie s'accroche aux patères fixées sur la porte et s'y suspend pour reprendre son souffle. J'en profite pour descendre la fermeture Éclair de sa robe de mon autre main. Sa robe tombe. Je ne desserre pas mon emprise et dégrafe son soutien-gorge d'un geste sec. Je commence à malaxer son sein en pressant son téton entre mes doigts vengeurs, comme je sais qu'elle aime. Valérie m'attrape les cheveux et les tire en arrière pour se libérer de ma strangulation. Je suis obligé de lâcher sous cette troublante douleur. Valérie reprend son souffle bruyamment :

– Je vais gueuler ! Ma mère va voir que son chouchou est un sale pervers !

– Tu le feras pas. T'aimes trop te faire baiser comme ça.

Valérie me gifle. Encore. Putain que j'aime quand elle lâche ses nerfs sur moi de cette façon. Je l'agrippe comme je peux par le menton et la force à m'affronter du regard. Elle se débat, mais je la bloque fermement contre la porte. Et là, elle ne peut plus m'échapper. Je lui lèche le visage entre mes doigts et l'empêche de crier, puis écarte les phalanges pour pouvoir l'embrasser. Valérie refuse. Elle ne veut pas m'offrir ce cadeau. Elle veut seulement que nos corps assouvissent leurs pulsions malsaines. Un service sans amour en quelque sorte. Mais moi, j'ai besoin de sentir ses lèvres collées aux miennes. Valérie me postillonne dessus, mais ça ne me rebute pas. Au contraire. Je force l'entrée de sa bouche pour l'embrasser.

Valérie se laisse finalement convaincre. Elle a beau lutter contre ses sentiments, elle n'y arrive pas. Car de l'amour pour moi, il en coule des rivières dans ses veines. Elle me rend mon baiser qui a un goût succulent aujourd'hui, un mélange de passion et cruauté.

– J'ai envie de toi, m'avoue-t-elle enfin.

– Comment ? Répète le plus fort.

– J'ai envie de toi, putain !

– J'entends pas !

– J'AI ENVIE DE TOI !

Ses derniers mots résonnent si fort dans la salle de bains que je ne peux pas imaginer une seconde qu'ils n'ont pas été entendus en bas de l'escalier. Mais je n'en éprouve aucune gêne. Le goût du risque me rend totalement fou. Je déchire sa culotte bestialement et sors mon sexe de mon pantalon avec la même vigueur. Nos corps se retrouvent mécaniquement et jugulent notre violence qui se transforme en plaisir. Valérie s'accroche à la barre du porte-serviette et se laisse aller à son délice. Je la soulève et la prends dans des secousses saccadées qui la ravissent. Bien que fermée, la porte claque à chacune de mes nouvelles incursions au plus profond d'elle. Elle pousse des gémissements contrôlés. J'en profite pour la provoquer :

– T'as peur qu'on nous entende... poule mouillée !

– C'est bien mal me connaître... pauvre tache !

Joignant le geste à la parole, elle tourne la poignée de la porte. Cette dernière s'entrouvre.

Valérie sort ma verge de son vagin, la garde en main et l'entraîne avec elle dans la mezzanine. Je suis le mouvement passivement. Il n'y a plus de cloison entre nous et les personnes attablées en dessous. Un frisson de peur me parcourt. Je suis pris à mon propre piège. Je me demande même si Valérie ne me tend pas une embuscade tant, même nue, elle semble à l'aise dans cette situation. Aurait-elle décidé d'attirer l'attention sur nous ? Peut-être va-t-elle crier au viol pour me punir et me détruire aux yeux des autres ? Malheureusement, l'excitation est trop forte pour que je fasse le choix raisonnable qui serait de tout arrêter là. Je me rassure en entendant les voix des Balidran et de leurs invités qui discutent entre eux, ne semblant pas remarquer nos pas au-dessus de leur tête. Valérie file jusqu'au mur de la mezzanine opposé à la salle de bains contre lequel repose une majestueuse bibliothèque. Je l'accompagne, mon pantalon baissé à mes pieds, manquant à chaque pas trébucher. Valérie se suspend à la dernière étagère et reprend la même position que celle qu'elle avait dans la salle de bains. Elle m'encercle les fesses de ses jambes et m'ordonne de reprendre là où nous en sommes restés. J'obéis avec plaisir. Nos corps reprennent leurs mouvements et notre jouissance se remet immédiatement en route. Malgré tout, je tourne la tête machinalement et jette un coup d'œil par-dessus la balustrade pour vérifier que personne ne puisse nous voir. Valérie le remarque et ne manque pas de me tacler :

– C'est toi qui as la trouille ! se réjouit-elle en chuchotant. T'es vraiment une merde !

– T'aurais jamais dû dire ça.

Sa provocation m'énerve au plus haut point. J'ai la ferme intention de la punir en la défonçant comme jamais elle ne l'a été. Peine perdue ! Non seulement Valérie aime ce que je lui fais subir mais, en plus, elle s'amuse à pousser des bibelots de la bibliothèque à chacune de mes pénétrations avec le risque qu'ils se cassent au sol. À quoi joue-t-elle, cette garce ? Son petit jeu me rend fou. Plus je la punis, plus elle prend son pied et continue à dégager négligemment les bibelots que je replace rapidement ou, dans le pire des cas, que je rattrape au vol. La bibliothèque vibre de tout son poids. J'attrape Valérie avant qu'elle nous tombe dessus et la plaque au sol, sur la moquette de la mezzanine. Une manière aussi de reprendre le dessus et d'affirmer ma virilité. J'étire ses bras que je coince au-dessus de sa tête, de ma main gauche. De la droite, je saisis sa cuisse que je place derrière mon dos pour la pénétrer confortablement. Mes hanches reprennent leur travail de sape. Mon sexe est d'une vigueur inhabituelle. Valérie l'apprécie à sa juste valeur en fermant les yeux. Quel bonheur !

Je me rends compte qu'à côté de nous est posé un tableau, à même le sol. La peinture représente un homme brun. Sa posture très droite lui confère l'air d'un aristocrate. Ce doit certainement être un ancêtre de la lignée des Balidran. Ses yeux peints nous fixent et me donnent envie d'humilier Valérie davantage. Je lui fais signe de regarder la manière dont je baise sa progéniture :

– Regarde, papi, comment je défonce ta petite-fille.

Valérie ouvre les yeux et tourne la tête vers le tableau. J'ai dû viser dans le mille dans l'arbre généalogique. Ma réflexion l'énerve au plus haut point. Elle se soulève et me mord sauvagement l'avant-bras. Je me pince les lèvres pour ne pas crier, et parce que j'aime ça aussi. Valérie me pousse en arrière pour fuir le regard de son aïeul. Je l'agrippe. Nous roulons doucement jusqu'à la balustrade de la mezzanine. Pour me venger, j'enfonce mes doigts dans ses fesses. Valérie se débat pour se libérer de ma prise avant qu'un cri de douleur lui échappe et mette toute la maison en alerte. Mais personne ne réagit en bas. Valérie attrape les barreaux en bois de la balustrade et se hisse sur le ventre jusqu'au bord. Je me colle contre son dos et me remets à la pénétrer. Cette petite bousculade nous a excités au plus haut point. Je suis au bord de l'implosion. D'autant que dorénavant, chaque fois que j'avance en elle, mon visage frôle les barreaux et j'aperçois en bas les crânes des convives, que nous avons quittés depuis un moment maintenant.

Je décide d'accélérer la cadence. Je sens le corps de Valérie chauffer et frémir de plaisir. Je sais que ce comportement annonce chez elle une montée violente de plaisir. Je trouve dans les cartons à nos pieds un coussin que je place sous sa bouche pour étouffer ses cris de jouissance. La mienne monte dorénavant. J'explose ! Je contiens au mieux mes râles de délectation mais, n'y tenant plus, je m'écroule sur Valérie et enfonce mon visage dans le coussin, à côté du sien. Et je peux crier sans alerter personne. Ouf, c'était moins une ! Le tremblement passé, nous relevons nos visages dans le même mouvement. En avançant prudemment la tête, nous observons le déjeuner qui se poursuit en bas comme si de rien n'était. La scène est insolite. À tel point que lorsque nos regards se croisent, nous ne pouvons contrôler un fou rire nerveux. Kevin s'en rend compte et lève la tête. Les autres l'imitent. Nous nous reculons juste à temps, avant qu'ils puissent nous voir. Si nous sommes arrivés à tenir jusque-là notre étreinte passionnelle sous silence, ce fou rire a attiré toute l'attention sur nous. Et notamment celle de Paulette :

– Tout va bien là-haut ?

– Oui, oui, répond Valérie. On descendait justement.

Valérie file dans la salle de bains remettre sa robe pendant que je me rhabille tant bien que mal en restant allongé. En me rejoignant, Valérie me recoiffe pour que nous puissions retrouver les autres sans éveiller leurs soupçons. Elle me bluffe par son assurance alors que je masque mal ma gêne au moment de les retrouver. Elle rassure ses parents sur son état physique en prétextant un petit « problème féminin » pour expliquer sa mauvaise humeur de tout à l'heure. Mais pas d'inquiétude à avoir : son coup de mou est à présent terminé. Mensonge.

Je ne suis pas fier de ce que je viens de faire. La culpabilité me ronge en pensant à Wendy qui me fait confiance, et à Valérie à qui je donne de faux espoirs. Du coup, je prétexte un rendez-vous extérieur pour quitter la maison Balidran le plus vite possible et en me faisant le plus petit possible. Je remercie chaleureusement sa mère qui me regarde toujours avec des étoiles plein les yeux. Aujourd'hui, j'ai encore gravi un échelon dans l'échelle de son estime. Si elle savait ce que je fais à sa fille ! Puis je salue les autres convives hâtivement pour m'échapper de cette situation inconfortable. Mais en gagnant le perron de la porte d'entrée, Balidran m'interpelle, tout excité :

– J'espère pouvoir sentir rapidement Flagrance W !

Je tourne la tête vers Valérie pour voir une larme se former au coin de son œil. Pour la première fois depuis que je la connais, sa forteresse se fissure. Pour la première fois, ce ne sont pas des larmes de colère qu'elle tente de contenir mais une larme plus douloureuse encore, une larme de détresse. Pour la première fois, j'en éprouve de la peine. La porte se referme.

CHAPITRE X

Wendy

— Je vais le quitter !

– Mais non, ne fais pas ça ! Tu ne peux pas prendre une telle décision sur un coup de tête !

À travers la vitrine de Beautés Phocéennes, nous scrutons l'horizon qui ne va pas plus loin que chez Belles Mèches, le salon de coiffure tenu par notre amie, de l'autre côté de la rue. Soraya et moi sommes assises, côte à côte, dans de confortables fauteuils, d'habitude réservés à nos clientes. Nous n'avons pas faim ce midi. Nous préférons consacrer notre déjeuner à réfléchir à nos amours, à les comparer et se demander laquelle des deux est la mieux lotie. Une discussion de filles, en somme.

– Bastien ne me fait plus rêver, il ne me fait plus d'effet ! constate Soraya avec effroi.

– Après autant d'années en couple et avec deux enfants, c'est normal ma puce ! Vous êtes passés à un autre stade.

– Tu parles de quel stade ? Le stade « ennui mortel » où on s'endort tous les soirs devant la téloche après avoir couché les gosses et s'être engueulés parce que ni l'un ni l'autre n'a eu envie de préparer le dîner ? Le stade où on consacre le samedi aux courses et aux activités des mômes et qu'on sort chacun notre tour parce qu'une baby-sitter coûte cher ? Le stade où le dimanche soir, on fait éventuellement l'amour s'il n'y a pas un dîner chez mes parents ou un match de l'OM retransmis sur Canal + ?

– T'exagères, So...

– Et encore, si on peut appeler ça « faire l'amour » ! J'ai une meilleure expression pour qualifier notre sexualité aujourd'hui : « faire semblant avec des restes d'amour ». Le plus dur, c'est de me dire que je vais finir ma vie sans connaître autre chose que cette abominable routine. Finalement, je mérite mon sort. Pas plus moi que lui n'avons fait le nécessaire pour éviter le piège des années.

– C'est bon, t'as fini de te plaindre ?

– Oui !

– Je peux te montrer les bons côtés de ta vie maintenant : tu as un homme qui t'aime, quoi que tu en dises, et qui est toujours là quand tu as besoin de lui. Tu te rappelles ce que c'est que d'être seule quand tu as des soucis ? D'essayer de t'endormir angoissée quand tu as peur ? Quand tu es malade, de n'avoir personne pour aller t'acheter tes médicaments et prendre soin de toi au lit ? De n'avoir personne pour te consoler quand tu perds quelqu'un ? Bienvenue dans ma vie !

– Toi aussi, tu exagères...

– Le nombre de fois où j'ai pensé me taper le premier type venu rien que pour ne pas passer la nuit seule. Mais comme avec un mec, il y a neuf chances sur dix pour qu'il reparte juste après avoir tiré son coup...

– De ce côté-là, j'avoue que je n'ai pas à me plaindre. Bastien sait être présent dans les moments difficiles.

– Attends, je n'ai pas fini ! Tu as une maison sympa, des enfants en pleine forme, une famille qui te soutient... Même si ta vie n'est pas tous les jours amusante, crois-moi que plus d'une célibataire rêverait d'être à ta place. En plus, ce n'est qu'un passage. Dans quelques années, tes enfants seront indépendants et vous vous offrirez une seconde jeunesse avec Bastien. Sorties, dîners en amoureux, voyages, etc. Et je suis sûre que vous ferez à nouveau l'amour comme des petits fous ?

– Peut-être, oui...

– Il y a un chanteur, qui est mort je crois, qui disait : « On a vu rejaillir le feu d'un ancien volcan qu'on croyait trop vieux »...

– Oui, Jacques Brel, se moque Soraya. Et « des terres brûlées donnant plus de blé qu'un meilleur avril. »

– Voilà, et si Jacques a dit, c'est que c'est vrai !

Mes bêtises ont le mérite de redonner à Soraya un peu de gaieté. Mes arguments ne sont pas loin de la convaincre de rester en couple et de donner une deuxième chance à Bastien. Elle finit par admettre que poursuivre sa vie avec lui ne sera pas forcément un long chemin de croix. Malgré tout, elle va au bout de son raisonnement et – comme souvent quand les filles parlent d'amour – elle en vient à comparer :

– Même si j'arrive à relancer mon couple, ce que tu vis avec Camille, je peux faire une croix dessus. Plus jamais je ne revivrai un truc aussi fort !

– Je te rappelle quand même que mon histoire avec lui n'est pas une longue rivière tranquille. Pour une nuit exceptionnelle, je me tape une semaine de pleurs et de déprime. Au final, la balance ne penche pas côté bonheur pour l'instant, même si j'espère qu'elle finira par basculer du bon côté.

Soraya me regarde et, d'un coup, se met à rire aux éclats. Je me demande si j'ai encore dit une bêtise, mais, d'un geste de la main, elle me signifie que ce n'est pas de ma faute, ne pouvant pas articuler un mot sous l'emprise de son fou rire. J'aimerais partager son euphorie mais je n'en saisis vraiment pas la cause. Et Soraya ne s'arrête plus.

– Qu'est-ce qu'y a ?

Je lui donne un verre d'eau pour qu'elle reprenne son souffle. Elle se calme enfin.

– Je nous imaginais dans un feuilleton télévisé, entre la fille qui vit un amour passionnel et l'autre un amour raisonnable.

– T'as raison, c'est très série télé, nos histoires. Alors Brenda, tu choisis Steve ou Dylan dans le nouvel épisode de *Marseille Hills ?*

Et Soraya de repartir dans son fou rire. Partagé, ce coup-ci. À tour de rôle, nous prenons les postures exagérées d'actrices de soap-operas américains dans un délire qui ne s'arrête plus. Deux gamines ! Nous finissons quand même par nous calmer et retrouver un peu de sérieux. En guise de conclusion, Soraya tente de résumer :

– En fait, on n'est jamais contente de ce qu'on a dans la vie.

– Bah oui, on est des filles !

En définitive, notre échange aura porté ses fruits. Soraya va continuer sa vie avec Bastien, décidée à relancer son couple, en attendant des jours meilleurs. Quant à moi, je suis confortée dans mon choix de vivre mon histoire à fond avec Camille en ayant conscience de la chance que j'ai. Secrètement, j'espère même m'offrir, à terme, une vie de couple comme celle de Soraya et Bastien. Enfin, en évitant tout de même de commettre leurs erreurs. Je m'envole dans mes rêves de petite fille et de prince charmant, de bonheur à deux et de famille heureuse avec des enfants courant dans le jardin, un labrador à leur côté. Mais n'allons pas trop vite en besogne. Il faut profiter de ce que Camille m'offre pour l'instant. Et pour l'instant, c'est déjà merveilleux.

Notre discussion se termine au moment même où Chantal rentre de sa pause déjeuner. Sa mauvaise humeur tranche avec la joie de ses deux employées. Son air ne laisse rien présager de bon. Nous pressentons que la foudre ne va pas tarder à tomber. Reste à savoir sur laquelle de nous deux. D'un ton sec, Chantal se tourne vers moi et me lance :

– Wendy, vous passerez me voir dans mon bureau avant de partir !

Voilà, j'ai ma réponse.

L'après-midi se déroule comme un après-midi ordinaire à l'institut de beauté... enfin, presque. J'ai conscience que ma journée va mal se terminer. Chantal ne m'a pas adressé un mot depuis des heures et me regarde d'un œil noir qui me laisse deviner la couleur de notre entretien. Avant de partir, Soraya propose de m'attendre, mais je lui conseille de rentrer chez elle. Nous savons l'une comme l'autre que les mises au point de Chantal peuvent durer des plombes. L'heure fatidique approche. Pour retarder le moment tant redouté, je prends mon temps pour ranger les crèmes et les ustensiles utilisés tout au long de ma journée.

Pour l'avoir déjà vécu, je crains l'affrontement avec ma patronne qui a le chic pour me mettre mal à l'aise quand je suis dans son bureau et me faire perdre les pédales. Encore une fois, ça ne va pas louper !

Je suis assise en face d'elle depuis cinq bonnes minutes déjà, mais elle ne m'a pas encore adressé parole. Comme si elle n'avait personne en face d'elle, Chantal écrit sur une feuille en relevant parfois ses lunettes pour déchiffrer l'écran de son ordinateur. J'ai la sensation d'être transparente. J'ai presqu'envie de me lever et de rentrer chez moi, mais la connaissant, je sais qu'elle ne goûterait pas mon geste. Chantal traîne une réputation de tueuse qui lui colle à la peau depuis bien longtemps, si je m'en tiens à ce que m'a raconté Soraya quand j'ai rejoint l'équipe de Beautés Phocéennes.

Avant de se recaser en ouvrant un salon d'esthétisme, Chantal s'était fait un nom en obtenant très jeune un des plus hauts postes d'un grand groupe de cosmétique. Ses qualités commerciales et ses connaissances approfondies dans le domaine de la beauté lui ont permis de gravir rapidement les échelons de la boîte pour se rapprocher de l'équipe dirigeante. La jeunette aux dents qui rayaient le parquet, comme la surnommaient ses détracteurs, avait un avenir on ne peut plus prometteur. Mais aussi un gros talon d'Achille : sa gestion du personnel. Self-made-woman, Chantal vient d'un milieu modeste et s'enorgueillit aisément de sa réussite. Du coup, elle a tendance à être aussi exigeante avec ses employés qu'elle l'a été avec elle-même durant son parcours professionnel. Malheureusement pour elle, Chantal n'a aucune diplomatie et a tellement peur que l'on profite d'elle qu'elle en a développé une paranoïa aiguë. À force de voir des fainéants partout, elle s'est mis toute son entreprise à dos au point que des pétitions du personnel ont circulé pour demander son départ sous peine de grèves collectives. Du coup, malgré ses très bons résultats, le président du groupe fut contraint de lui demander de faire ses cartons. Elle a quitté sa société avec un gros chèque mais avec une réputation qu'elle a dû traîner comme un boulet toute sa carrière.

Repartie de zéro, Chantal s'est résolue à ouvrir à contrecœur Beautés Phocéennes, ce petit institut du quartier où elle avait grandi, en vivant très mal ce qu'elle prit pour une régression professionnelle. Elle se dit qu'au moins, dans une petite affaire, elle n'aurait plus ces problèmes de gestion de personnel. Peine perdue ! Me voilà une nouvelle fois convoquée dans son bureau.

Chantal se résout enfin à me parler, d'un air agacé :

– Bon Wendy, je vais pas y aller par quatre chemins. Je n'ai pas apprécié votre comportement l'autre jour avec Madame... je ne me souviens plus de son nom.

– Madame de Balidran !

– Oui, c'est ça, confirme-t-elle en regardant le planning des rendez-vous sur son ordinateur. Fuir comme ça, sans dire un mot et en me laissant seule avec une cliente furieuse... c'est inadmissible !

– Oui, je sais, je réponds en essayant de faire amende honorable. J'en suis désolée. L'histoire est un peu compliquée. Il s'agit de l'ex de mon petit ami qui est venue me tester sans que je sache qui elle était réellement et...

Chantal soulève ses lunettes et me dévisage, l'air effarée. Elle frappe son stylo sur son front, lève les yeux au ciel et me laisse m'embourber dans mes explications. Elle lâche ensuite un petit soupir, avant de poursuivre.

– Je ne suis pas maîtresse d'école et nous ne sommes pas dans une cour de récréation. Alors vos problèmes de cœur, et les autres d'ailleurs, vous les laissez chez vous.

– Oui mais...

– Il n'y a pas de mais, Wendy. Je comptais mettre ce comportement sur le compte de l'exceptionnel mais ce midi, rebelote, je reçois l'appel d'un client furax.

– Ah bon ? je m'étonne.

– Oui et ce coup-ci, c'est bien plus grave Wendy. Il s'est plaint d'un comportement... comment dire... aguicheur.

– Pardon ?

Je tombe des nues. Je n'en crois pas mes oreilles mais aucun doute possible, j'ai bien entendu : elle a dit « aguicheur ».

– J'ai pris votre défense, mais il m'a assuré être certain de vos avances. Il a ajouté que d'autres clients venaient à l'institut pour ce genre de massages « spéciaux ». Il m'a parlé d'un de vos rendez-vous « d'urgence » un lundi matin avec un certain... Camille.

Je manque de tomber à la renverse. J'hésite à lui avouer que Camille est mon copain et lui dire ce qui s'est réellement passé ce jour-là, mais l'histoire serait trop longue à expliquer. J'ai peur de m'empêtrer dans mon récit et qu'au final, mes arguments se retournent contre moi. Je préfère nier maladroitement, en m'emmêlant un peu les pinceaux. Chantal frappe à nouveau son front avec son stylo et en profite pour m'enfoncer la tête sous l'eau.

– Wendy, j'étais présente à l'institut ce jour-là et je me rappelle avoir trouvé votre comportement avec cet homme pour le moins étrange.

– Êtes-vous en train de me soupçonner de racolage? je m'emporte, furieuse qu'on puisse mettre en doute mon éthique, alors que j'ai toujours eu un comportement irréprochable dans cet institut.

– Non, je suis en train de vous rappeler les règles de Beautés Phocéennes.

– Je les connais très bien, merci ! Et puis-je connaître l'identité de votre mystérieux client à qui j'ai soi-disant fait des avances ?

– Peu importe, Wendy ! Je suis seulement en train de vous prévenir que si un jour, j'ai la preuve d'un acte de l'une de mes employées qui viendrait ternir la réputation de l'établissement, c'est la porte illico !

– Vous n'aurez pas ce genre de problème avec moi, Madame, car j'ai toujours été inattaquable dans mon travail et je continuerai à l'être.

– Alors, l'entretien est clos.

Ma gorge se noue et je reste stupéfaite de ce que je viens d'entendre. Malgré le désarroi visible sur mon visage, Chantal ne montre pas une once de compassion.

– À présent, vous pouvez y aller, Wendy. Et fermez la porte derrière vous.

CHAPITRE XI

Camille

Au même moment, du côté de Grasse

« Vous êtes bien sur le répondeur de Wendy, comme dans Peter Pan. Je ne suis pas disponible pour l'instant, mais laissez-moi un message et je vous rappellerai. Bye. »

– Wendy, c'est moi, Camille. Je vais entrer en réunion avec Balidran, je voulais savoir comment s'était passé ton rendez-vous avec ta patronne. Je ne pense pas en avoir pour très longtemps, rappelle-moi. Je t'embrasse.

Après avoir laissé ce message à Wendy, je prends soin de bien éteindre mon portable avant d'entrer dans le bâtiment de Balidran. À Valgrances, les règles sont aussi strictes que dans un lieu sacré ou dans un avion au décollage. Mon patron ne tolère aucune sonnerie intempestive ni même les vibrations d'un portable qui viendraient perturber sa réunion. Dans ces cas-là, il stoppe net les discussions pour « nous rappeler les règles de politesse de base » et remet la réunion à plus tard quand ses employés seront « à peu près éduqués et respectueux des autres ». Comme je viens de me taper le trajet Aix-Grasse en voiture, je préfère ne pas prendre de risques. Je sais mieux que quiconque que quand on joue au plus con avec Balidran, c'est toujours lui qui gagne.

Si l'usine et les jardins Valgrances ont le charme et le parfum de l'Histoire, le bâtiment administratif, d'une modernité et d'une banalité consternantes, tranche avec l'image que l'on peut se faire d'une entreprise de parfum. À chaque étage, les open spaces blancs, meublés de bureaux et d'imprimantes grisâtres, donnent à l'entreprise l'allure d'une banque. D'un niveau à l'autre, la monotonie est telle que je me perds souvent dans les couloirs et entre les différents services lorsque je vais chercher une feuille de salaire, remettre une note de frais ou m'occuper d'une quelconque démarche administrative. Seul le dernier étage offre une configuration originale, mais pas plus chaleureuse pour autant. Bien au contraire. Un long couloir mène au bureau du président mais, avant de l'atteindre, on traverse en enfilade les bureaux des chefs de service, tous de taille équivalente, au mètre carré près, pour éviter convoitises et jalousies. Dans un souci de respect de la hiérarchie, Balidran tient à ce que plus on se rapproche géographiquement de son bureau, plus le poste du membre du personnel qui l'occupe soit important dans l'entreprise. Cette organisation entraîne par définition de nombreux déménagements à chaque remaniement d'équipe. Il a néanmoins le mérite de révéler d'un simple coup d'œil quelles ont été les dernières promotions ou, pour les moins chanceux, les dernières mises au placard.

J'arpente le couloir du cinquième étage et y reconnais des visages familiers croisés pas plus tard que la semaine dernière au domicile des Balidran. Je salue Laetitia, Benjamin et Jérôme avant de frapper à la porte de mon patron et d'avoir, comme chaque fois que je me retrouve dans cette situation, une petite boule au ventre. Si je suis à l'aise au domicile des Balidran, je ne le suis clairement pas dans le bureau de mon patron. Non seulement je ne peux pas compter sur le soutien de Paulette mais, en plus, Balidran aime faire sentir à toute personne entrant sur son terrain de jeu qu'elle n'y est pas la bienvenue. Le siège de l'invité est plus bas que son propre fauteuil en cuir, la lumière aveuglante de la lampe de son bureau est directement dirigée sur vos yeux et l'air du bureau y empeste l'odeur de cigare, répugnante pour quiconque n'est pas habitué à en fumer. Entre autres exemples. Bref, malgré l'habitude, je m'apprête à passer un nouveau mauvais quart d'heure en sa compagnie.

– Asseyez-vous, Camille, m'invite Balidran en s'allumant un cigare sans que je sache si c'est réellement pour son plaisir ou juste pour m'emmerder. Je ne vous en propose toujours pas ?

– Non, toujours pas, Monsieur Balidran. Je pense que si j'en tire une seule bouffée, je peux renoncer à être nez pour le restant de ma vie.

– N'exagérez pas ! Ils ne sont pas si odorants.

Tu parles, de véritables boules puantes ! Balidran actionne la touche de son téléphone pour être mis en contact avec son assistante à qui il demande à ce qu'on ne soit pas dérangés durant notre entretien. Puis, il tourne son fauteuil noir vers moi et va droit au but :

– Alors, vous l'avez avec vous ?

– Tout à fait !

Je sors de ma veste un petit échantillon de Flagrance W ou plutôt de la base de ce que sera la prochaine création de la maison Valgrances, si tout va bien. Pour un nez lambda, cet échantillon ne représente pas grand-chose mais, pour moi, il est primordial. Il est le ciment des briques de senteurs que je vais lui ajouter par la suite, comme autant de couleurs à un arc-en-ciel. Une sorte de matière première brute sur laquelle reposeront toutes les subtilités du produit fini. C'est à partir de cet échantillon que je peux travailler et aller chercher de nouveaux effluves inédits jusque-là. C'est mon challenge à chaque nouvelle création et ce qui m'excite le plus sur Terre, avec les femmes bien sûr. Un mauvais choix de départ et ce sont des mois de travail qui seront à jeter à la poubelle. Compte tenu de ma situation de « nez free-lance », je ne peux pas me permettre de me tromper sur ces quelques gouttes. Mais ce flacon, précisément, ne m'inquiète pas du tout. J'ai même un très bon pressentiment, comme un chasseur qui se sait sur la bonne piste d'une proie, sans pouvoir l'expliquer.

– Très intéressant, me félicite Balidran, du bout des lèvres. Bon, à présent, vous savez bien que mon avis compte peu. Je ne suis pas « nez » et ne peux pas vous aiguiller à ce stade de la création.

Je ne sais quoi répondre. Effectivement, son avis ne sert à rien car la matière est encore trop brute pour que Balidran ait une quelconque idée de ce que sera le rendu final. Je hausse simplement les épaules pour confirmer... que ce rendez-vous était inutile. Merci pour les deux heures de bagnole !

– Mais je ne vous ai pas fait venir que pour cet échantillon, poursuit Balidran, à ma grande surprise. Je voulais qu'on fasse un point sur votre situation.

Je le provoque en connaissant d'avance sa réponse :

– Vous voulez m'augmenter ?

– Ah, ah, très drôle, Camille ! Vous savez bien que l'industrie du parfum n'est pas au beau fixe en ce moment et que tous les budgets doivent être resserrés.

– Oui, je le sais bien ! Mais...

– Je pense davantage à un contrat d'exclusivité dans notre domaine sur un an. Premier versement maintenant et le reste au rendu du parfum, après validation de l'équipe créative. Le tout accompagné des primes habituelles.

– Et on part sur combien ?

– 60 000 euros, comme pour Valgrances n°7.

– Pfff... Tous les prix augmentent, à part les vôtres. Vous n'avez pas entendu parler de l'inflation ?

– Soyez sérieux ! Vous savez combien de flacons je dois vendre pour vous payer ?

– Si on visait le marché étranger, peut-être que...

– Le marché étranger, j'y ai maintes fois pensé, mais les places sont chères et le risque trop gros. La France est un petit pays, Camille, et les maisons françaises sont déjà trop nombreuses. Nous ne sommes pas au bout de nos peines ! Vous verrez, quand les Chinois vont se lancer eux aussi dans le parfum, il ne restera plus qu'à nous recaser en guides pour leur faire faire la visite de notre musée.

Je reste une nouvelle fois sans réponse tant cette discussion, nous l'avons déjà eue plus d'une fois. Malheureusement, je ne suis pas en mesure de négocier. Balidran ne lâchera rien et je n'ai pas assez assuré mes arrières avec mes autres clients pour prendre le risque de perdre ce contrat. Je m'empare d'un stylo dans son pot à crayons :

– Où dois-je signer ?

– Votre accord oral me suffit. On verra plus tard pour la paperasse.

Je me lève péniblement du fauteuil de l'invité où je me trouve, à chaque visite un peu plus enfoncé. Je salue Balidran d'une poignée de main franche et m'apprête à quitter son bureau, mais au moment où je franchis le seuil de la porte, il m'interpelle. Une habitude chez lui.

– Au fait, Camille, le gardien du musée m'a fait part d'événements surprenants au lendemain de la fête pour Valgrances n°7. Les pétales de roses devant l'alambic étaient aplatis et dispersés de façon étrange. Il en a retrouvé un peu partout dans le musée. De plus, le robinet d'où coule le parfum gouttait alors que le gardien était sûr de l'avoir correctement fermé la veille. Il pense que des intrus sont entrés dans le musée durant la soirée. Vous savez à quel point je lui fais confiance. Je travaille avec lui depuis plus de vingt ans et je n'ai jamais rien eu à lui reprocher...

Balidran m'a pris de court. Aucune réponse ne me vient en tête. Je n'arrive pas à articuler le moindre mot. Je ne réussis qu'à adopter une moue dubitative, comme si je ne voyais pas où il voulait en venir. Et lorsqu'enfin une excuse me vient en tête, Balidran me coupe :

– Ne vous fatiguez pas ! Ce n'est pas aux vieux singes qu'on apprend à faire la grimace. Je suis un homme d'expérience avec les femmes et je sais à quel point la visite nocturne d'une parfumerie peut être appréciée. Mais si, un jour, je venais à apprendre que vous faites du mal à ma fille, je pourrais devenir très méchant. Compris ?

– Compris, mais...

– L'entretien est clos. Vous pouvez à présent y aller, Camille. Et fermez la porte derrière vous.

CHAPITRE XII

Wendy

Je sors de l'institut, encore sous le choc des sous-entendus de Chantal ! Appelons un chat un chat, elle m'a carrément demandé si j'étais... une pute. Après des mois et des mois de travail chez elle pour un salaire de misère en plus, elle ne me fait pas un minimum confiance et prend pour argent comptant les soupçons d'un mystérieux client. J'ai bien envie de claquer définitivement la porte de Beautés Phocéennes et laisser Chantal dans la panade pour me remplacer. Qu'elle aille trouver une esthéticienne-masseuse aussi consciencieuse que moi dans ce quartier !

Ou, mieux encore, qu'elle fasse à nouveau fonctionner ses doigts crochus sur les peaux molles de ses clientes ridées pour se rappeler ce qu'est mon quotidien dans son salon ! Malheureusement, telle que je la connais, si je démissionne, elle va refiler le surplus de travail à la pauvre Soraya qui en a déjà bien assez. Et puis, même si je me sens exploitée, je ne peux pas me passer de mon salaire. Entre mon loyer, ma voiture, mes courses et les dépenses ordinaires, je ne m'en sortirai pas. Mon compte en banque est déjà maigre comme un coucou, si je le prive d'un salaire, je signe son arrêt de mort. Je viens d'un milieu modeste. Je n'ai pas une entreprise de parfum en héritage, moi.

Cette dernière réflexion attise ma colère. Le coup du client qui se plaint que je sois une... pute (je n'arrive vraiment pas à m'y faire !), ça ne peut être qu'un coup de cette garce de Valérie. J'en suis convaincue ! Elle est tout à fait capable de payer quelqu'un pour passer ce genre d'appel anonyme, cette morue. Pour me remonter le moral, j'essaie de joindre Camille, mais je tombe sur son répondeur. Il doit être en train de négocier avec le père de la pouffiasse. Garce, morue, pouffiasse... Je me surprends moi-même des vulgarités qui me viennent en tête quand je pense à Valérie ou à Chantal et qui ne font pas partie de mon vocabulaire en temps ordinaire. Elles ont réussi à me mettre dans un état de hargne rarement atteint dans ma vie, pour ne pas dire jamais. Décidément, cette journée est à marquer d'une pierre noire !

Je tente à nouveau d'appeler Camille mais, encore une fois, je tombe sur sa messagerie. Du coup, j'en profite pour appeler Soraya.

Elle a à peine décroché que je lui fais un résumé rapide de la discussion que je viens d'avoir avec Chantal. Soraya reste sans voix :

– Toi... une pute ?

– Ah, on est d'accord, elle m'a bien soupçonnée de faire de la prostitution dans son salon !

– J'ai du mal à y croire. Comment elle a pu te traiter de la sorte ? Tu sais ce que je suis en train de me dire ?

– Non, vas-y...

– Comme on traîne tout le temps ensemble, elle doit penser que je suis au courant de tes passes ou, pire, que je fais la même chose avec mes clients. Quelle garce ! Elle me dégoûte !

L'emportement de Soraya atteint un tel niveau sonore que je suis obligée d'éloigner le téléphone de mon oreille pour continuer la conversation. Je suis rassurée : les mêmes vulgarités sortent de sa bouche et elle les exprime sans retenue.

Elle continue :

– Tu sais, si tu veux vraiment te barrer de ce salon, je ne t'en voudrai pas du tout. Elle a clairement dépassé les bornes.

– Merci, So ! Mais je ne peux pas me le permettre en ce moment. En revanche, on peut aller la trouver demain matin pour lui dire qu'elle est allée trop loin et exiger des excuses.

– Et comment ! Elle va voir de quel bois on se chauffe.

– Je te laisse, ma So, je rentre dans le parking pour récupérer Titine, ça risque de couper.

Je raccroche au moment où la porte de l'ascenseur se referme. L'esprit occupé par ma conversation téléphonique, je n'ai pas remarqué qu'un homme s'est faufilé avec moi dans la cabine au moment où les portes se refermaient. L'homme en question, la trentaine, casquette à l'envers, me fixe d'une façon étrange. Malsaine plus exactement. Pourtant, par expérience, j'ai pris l'habitude d'affronter sans peur certains regards ou certaines réflexions, d'autant plus que ma façon de m'habiller laisse rarement les hommes indifférents. Mais lui a vraiment un air dérangeant. Il me scrute littéralement de bas en haut, en s'attardant lourdement et longuement sur mes fesses et mes seins. En une fraction de seconde, il a réussi à instaurer une atmosphère pesante entre nous. Pour casser le silence, je lui demande à quel niveau du parking il est garé en même temps que j'appuie sur le bouton de mon niveau. Pas de réponse. Je me sens très mal à l'aise. L'homme s'avance vers les boutons où ma main est restée figée. Il la frôle et fait mine d'appuyer sur l'alarme. Mon sang ne fait qu'un tour. Il veut bloquer l'ascenseur. Il va me violer. Les images les plus horribles défilent dans mon imagination à une vitesse folle. Heureusement, la main de l'homme finit sa course sur le bouton du niveau – 4, soit un niveau en dessous du mien.

Je crois être sauvée mais, au moment de retirer sa main, l'homme tourne son poignet, laissant apparaître une longue lame d'épée tatouée le long des veines de son avant-bras. L'épée sort de sa chemise retroussée sur un biceps impressionnant et se termine en pointe à l'intérieur de son poignet. Il me montre son tatouage d'une façon bien trop exagérée pour que cela ne soit pas intentionnel. J'en ai la respiration coupée. Heureusement, la porte s'ouvre au niveau – 3 et, à mon grand soulagement, se referme derrière moi sans qu'il me suive. Cette seconde m'a semblé une éternité. En réalité, ce petit con a voulu me faire peur.

Et ça a parfaitement fonctionné. Mes mains sont moites, ma nuque crispée. Sitôt assise dans ma Titine, je verrouille toutes les portes, mets le contact. Calme-toi, Wendy, l'homme à la casquette n'est qu'un imbécile qui a voulu jouer avec toi. Je tente de m'en convaincre en me le répétant en boucle et à haute voix. Je remonte un à un les niveaux du parking pour enfin atteindre la barrière de la sortie. Au bout du tunnel, le jour m'apparaît comme une illumination après l'obscurité de ce lieu glauque. J'ai l'impression de me diriger vers les portes du paradis. Il ne me reste plus qu'à insérer ma carte d'abonnée dans la machine pour faire lever cette satanée barrière et fuir ces ténèbres.

Mais au moment où la fente avale ma carte, je tourne les yeux vers la droite et... il est là, à côté de moi, sur l'autre allée ! Il me fixe avec le même regard lugubre que dans l'ascenseur. Du haut de son 4x4, il me paraît encore plus grand, plus puissant, plus effrayant. Il me sourit d'un air sadique, le même que celui des psychopathes, dans les films d'horreur, qui prennent leur pied à torturer leurs victimes avant de les achever. Mes frayeurs reprennent de plus belle. Il me montre à nouveau la lame dessinée sur son bras et, d'un mouvement brusque, mime un geste au niveau de sa gorge, que j'interprète comme une décapitation. Un vrai taré ! Je sens des sueurs froides m'envahir. Je tape sur le klaxon de toutes mes forces, mais personne n'est présent dans ce putain de parking où tout est automatisé aujourd'hui. Un gardien m'aurait tellement rassurée. Mais non, ils préfèrent mettre des caméras partout. Ah, ils auront de belles images quand ils récupéreront la vidéo de mon assassinat.

La barrière se lève enfin. La sienne aussi. Je passe la première et appuie de tout mon poids sur la pédale d'embrayage pour ne pas caler. Il est juste derrière moi dans cette dernière montée avant la sortie. Son moteur est bien plus puissant que le mien. Je l'entends vrombir derrière moi. De plus en plus fort jusqu'à ce que... Bam ! Son pare-chocs entre en collision avec le mien. Il me pousse. Instinctivement, je freine de toutes mes forces et crie aussi fort que mes cordes vocales le peuvent. Mais il ne m'entend pas, il ne s'en soucie pas, il continue de plus belle son petit jeu d'intimidation. La montée paraît interminable. Le poids du 4x4 sur l'arrière de ma voiture me fait basculer en avant. Je me cogne la tête sur le volant. Aïe ! Je vois trente-six chandelles, mais je n'ai pas le temps de souffler. Il faut agir. Vite. Je change de tactique en accélérant, mais il reste collé au cul de Titine. La sortie du parking s'approche dangereusement. Si une voiture arrive de ma gauche, je vais me la prendre en pleine gueule. Si je ne fais rien, c'est dans le mur d'en face que je vais m'encastrer. Et après ? Après, il me finira comme bon lui semble.

Heureusement, à la fin de la montée, j'ai la présence d'esprit de remettre un grand coup d'accélérateur et de braquer à droite de toutes mes forces. Nos pare-chocs se détachent de quelques millimètres, ce qui laisse le temps à Titine de tourner dans un dérapage bruyant qui me donne l'impression que je vais partir en tonneaux. Après avoir tangué comme un bateau, Titine retrouve sa stabilité. En plus, elle ne cale pas. Je t'aime, ma Titine ! J'appuie sur le champignon, passe la seconde, puis la troisième, et grille le feu rouge du bout de la rue pour gagner le boulevard de mon institut sous les appels de phare d'autres conducteurs. Je réfléchis en même temps au commissariat le plus proche mais, dans la panique, impossible de retrouver le chemin pour m'y rendre. La peur embue mon cerveau. J'ai enclenché le mode survie et je ne pense qu'à une chose, rester le pied appuyé à fond sur la pédale d'accélérateur.

Le visage de Camille me vient à l'esprit. Je tente d'attraper mon portable posé sur le tableau de bord mais je tremble tellement que le téléphone tombe sur le tapis du siège passager. Je marque l'arrêt à un feu rouge pour le récupérer, sauf qu'il me manque quelques centimètres pour l'atteindre. Le feu passe au vert. Je panique. Lorsque je me redresse, mes yeux s'arrêtent dans le rétroviseur et s'écarquillent en apercevant une casquette rouge. Il est toujours derrière moi !

Il faut que je m'échappe. Je décide alors de suivre ma première idée, retrouver Camille. Direction Aix. Je grille les stops, accélère aux feux orange en espérant qu'il se fasse bloquer à un carrefour et tente de prendre les ruelles les plus étroites pour le semer... mais rien n'y fait ! Il ne me lâche pas d'une semelle. Je prie pour croiser un flic mais pas l'once d'un uniforme bleu dans les rues de Marseille. Ils ne sont jamais là quand on a besoin d'eux, ceux-là. Je peste : « Ah ça, pour coller des prunes de stationnement, il y a du monde ! » Je m'engage enfin sur le pont suspendu pour gagner l'autoroute du Soleil. Le fou me colle à nouveau. La hauteur du pont sur ma droite me donne le vertige. Un faux mouvement et je pars dans le vide. Ne pas paniquer, Wendy ! Le dingue sent mon angoisse, il me fait des appels de phare en venant frôler mon pare-chocs arrière. Il veut me faire perdre les pédales et n'est pas loin d'y parvenir. Je tremble comme une feuille. J'ai l'impression que ma vue se brouille, que je manque d'air et que mon cœur va s'arrêter. Je suis à deux doigts de faire un malaise. Ressaisis-toi, Wendy ! Tu ne vas pas mourir à cause de ce malade. Ce serait lui faire trop d'honneur.

Dans un réflexe de survie, je retrouve mes esprits au moment d'emprunter la bretelle d'autoroute. Je passe la quatrième, puis la cinquième, sans relâcher d'un pouce l'accélérateur. Titine peine mais tient bon malgré la surchauffe. Le compteur affiche 180 km/h. Tout vibre dans la voiture, alors que derrière moi, la casquette rouge avale les accélérations avec un flegme désarmant. Les bornes défilent à une vitesse que je n'ai jamais atteinte de ma vie et, pourtant, ce trajet ne m'a jamais paru aussi long. Je reste sur la file de gauche et fais des appels de phare chaque fois qu'une voiture ne se rabat pas après avoir doublé. Je déteste qu'on me fasse ça d'habitude et je dois admettre qu'en général je reste exprès sur la voie de gauche en grommelant contre ces conducteurs qui n'ont qu'à respecter les limitations de vitesse. Je prie pour ne pas tomber sur une « Wendy » aujourd'hui et jure mes grands dieux de ne plus jamais avoir cette attitude. Au cas où ce serait une voiture en train de se faire courser comme moi en ce moment !

Aix n'est plus qu'à 10 bornes. En passant le panneau d'indication des distances, le fou se rapproche et je vois à nouveau sa voiture grossir dans mon rétro. D'ici, je distingue plus précisément son visage. Lui aussi. Il me sourit sournoisement. Il se délecte de me voir paniquée et attend patiemment que j'aie un accident. Sale pervers ! Je comprends alors qu'il ne désire qu'une chose : ma mort !

Il profite d'une portion d'autoroute où il n'y a personne pour déboîter sur ma droite et venir à ma hauteur. J'accélère encore pour qu'il n'y parvienne pas, mais il n'a aucun mal à suivre ma cadence. Ça y est, nos deux voitures sont côte à côte dans cette folle course-poursuite. Il s'approche de ma portière droite, pour la frôler à nouveau. J'ai peur qu'il soit armé, comme dans les films, et qu'il se mette à portée de flingue pour me dégommer. Mais non, apparemment, il ne veut pas rayer sa voiture. Je réalise alors, qu'à part avec son pare-chocs à la sortie du parking, il n'a jamais tenté de me tamponner. En fait, il cherche juste à me pousser à la faute, à me faire commettre l'erreur fatale. Convaincue par cette hypothèse, je reprends du poil de la bête et lui fais un doigt d'honneur. Je hurle dans sa direction :

– Alors, abruti, on a peur d'abîmer sa carrosserie ?!

Je ne pense pas qu'il m'ait entendu, mais son sourire a disparu. Il paraît fâché. Je l'ai certainement atteint dans sa fierté de mâle. Il accélère et tente de me faire une queue de poisson. Je me rabats sur ma droite. Et décélère. Il freine brutalement pour me laisser repasser devant. Ses pneus crissent à en laisser des traces noires au sol et une odeur de cramé. Ma parole, il est complètement taré ! La sortie pour Aix approche et je ne peux pas me permettre d'entrer dans la ville avec ce cinglé à mes trousses. Me vient alors une idée. Je repasse sur la voie de gauche, puis sur la voie de droite, puis à nouveau sur la voie de gauche. Mes zigzags semblent le perturber, à voir sa moue interrogative que je guette dans le rétro. J'en remets une couche en levant distinctement mon index à son encontre. Ma provocation porte ses fruits. Agacé, il remonte à mon niveau. Je lui crie, autant pour l'énerver que pour me rassurer :

– Ça fait quoi de se faire mener par le bout du nez par une fille ?

Le type fulmine sous sa casquette et tend son oreille pour signaler qu'il n'entend rien. Je continue à lui parler pour le distraire. Mon comportement l'énerve. Il perd sa patience mais aussi sa concentration. J'en profite. D'un coup, je pile et braque Titine sur la droite pour prendre la sortie vers Aix. Le fou n'a pas le temps de m'imiter et poursuit sa route sur la quatre-voies. Je crie de joie et souffle un grand coup. Épuisés, mes nerfs lâchent d'un coup. Je me mets à pleurer comme une fontaine, mais j'éprouve en même temps une grande fierté de l'avoir semé. Ce mélange de sensations me laisse perplexe. Au bout de la voie de décélération, je retrouve mon calme et le respect du code de la route... Enfin, pas tout à fait, car je saisis aussitôt mon téléphone pour tenter d'appeler Camille une énième fois. Messagerie. Je réalise alors qu'il doit encore être à Grasse et qu'il ne sera pas rentré chez lui avant deux longues heures, au minimum. Je laisse un message en hurlant toute mon inquiétude :

– Magne-toi, chéri ! Je suis suivie par un fou ! J'ai besoin de toi ! Rappelle-moi ! Rappelle-moi de toute urgence.

Je tourne à un dernier carrefour. J'atteins enfin sa rue, me gare sur le trottoir à la va-vite et cours jusqu'au bas de son immeuble pour composer le code d'entrée. La porte s'ouvre... enfin ! Je ressens un grand soulagement. J'ai l'impression d'être dorénavant hors de danger. Mais ce n'est qu'une illusion car au moment de pousser la lourde porte en bois, je jette un dernier coup d'œil dans la rue et... je l'aperçois ! Le fou. Il emprunte le carrefour que je viens de quitter. Nos regards se croisent. Son sourire pervers renaît dans ses yeux de dingue. Mes frissons reprennent aussitôt et aussi violemment que lors de notre course-poursuite. Au loin, je l'entends freiner et tourner dans la rue de Camille. Je claque la porte de l'immeuble derrière moi et monte les escaliers quatre à quatre, jusqu'à l'étage de Camille. Mais pour quoi faire ?

Camille n'est pas là ! La précipitation m'a fait perdre les pédales. J'ai manœuvré comme un pilote de formule 1 pour finalement me faire cueillir sur le palier de ce qui devait être la porte de mon salut. Quelle conne ! En désespoir de cause, je me jette sur la porte d'entrée de l'appart de Camille et cogne dessus avec violence. En hurlant. En pleurant. En me laissant tomber sur son paillasson de désespoir. Mais, par miracle, la porte s'ouvre. Et Camille m'accueille. J'aboie :

– Pousse-toi et ferme la porte à clé. Faut appeler les flics !

– Quoi ? Qu'est-ce qui se passe, Wendy ?

– Y a un taré qui me suit depuis Marseille. Il a essayé de me tuer sur l'autoroute.

Camille regarde par le judas. Puis il ouvre la porte pour voir s'il y a quelqu'un dans la cage d'escalier. Avant de rentrer dans l'appartement sereinement.

– Il n'y a personne, Wendy !

– Il est dans la rue avec un 4x4 rouge. Et il porte une casquette de la même couleur.

Sceptique, Camille ouvre la fenêtre du salon et enjambe la marche qui mène à son balcon. Le panorama lui offre une vue dégagée sur toute la rue. De l'intérieur, je vois ses mouvements de tête de droite à gauche, en train de scruter les passants. Paisiblement, il redescend du balcon et referme la fenêtre derrière lui.

– Il n'y a personne non plus.

– Si je te dis que quelqu'un veut me tuer, fais-moi confiance ! Il m'a suivie depuis le parking près de mon travail. Je t'ai laissé plein de messages pour te prévenir. Pourquoi tu ne me rappelles pas ?

Camille s'approche de sa veste adossée à une chaise et en sort son portable.

– Merde ! J'ai oublié de le rallumer après mon entretien chez Balidran.

Il actionne le bouton vert après avoir composé le 888 et écoute ses messages, qui sont tous les miens. Ce que je lui dis au téléphone le laisse perplexe :

– Je crois que t'as eu un gros coup de stress.

Sa réaction me fait sortir de mes gonds :

– Tu me crois pas, c'est ça ?

– Mais bien sûr que si, je te crois. Il y a plein de fous à Marseille. Il a dû te siffler, tu ne lui as pas répondu ou tu ne l'as pas entendu, alors il a voulu te faire peur.

– Peut-être, suis-je obligée d'admettre, même si je reste convaincue que tout ce qui m'est arrivé était prémédité.

Camille s'approche de moi et me prend dans ses bras. J'évacue peu à peu ma peur et bénis le Ciel qu'il soit là. Sans lui, je ne sais pas ce que j'aurais fait. Je vais à mon tour sur le balcon constater que la rue est vide de 4x4 et de casquettes rouges. Je continue à cogiter sur tout ce qui m'est arrivé et rentre dans l'appartement en tentant une explication.

J'en fais part à Camille :

– Je me demande si ce n'est pas un coup de Valérie, tout ça.

– Valérie ? s'amuse Camille. Laisse-la où elle est. Ce n'est pas le style à se lancer dans un rallye. Elle conduit comme un pied. Et puis, tu viens de me dire que c'est un mec qui t'a coursée.

Je m'embrouille les pinceaux en voulant lui raconter trop vite toute mon histoire, de mon entretien avec Chantal jusqu'à la course-poursuite. Je me rends compte que, même pour moi, la succession des événements n'est plus très claire dans mon esprit. Je continue quand même, à la vitesse d'une mitraillette :

– Attends, je ne t'ai pas tout dit. Chantal m'a convoquée parce qu'elle me soupçonne de faire des passes au salon. Un homme l'a appelée et a cité ton massage comme exemple.

– Mon massage ? Mais on n'a rien fait ce jour-là !

– Je sais, mais Chantal pense que si. Qui a pu lui dire ça, selon toi ?

– Certainement pas Valérie, je ne lui en ai jamais parlé.

– Tu n'en as pas parlé à Fred ? Ne va pas chercher plus loin, il lui a répété.

– Je suis sûr que non ! Même si je lui en ai parlé, j'ai entièrement confiance en lui, surtout après notre passage aux urgences.

– Alors qui ? De mon côté, je n'ai raconté l'histoire qu'à Soraya.

– Et c'est une source fiable ? Tu m'as dit qu'elle s'ennuyait avec son mec. Ce ne serait pas la première fois qu'une histoire de jalousie entre copines pousse l'une d'elles à faire n'importe quoi.

– Ne mêle pas Soraya à tout ça ! je m'emporte. S'il y a quelqu'un en qui j'ai entièrement confiance, c'est bien elle.

– Ne t'énerve pas, mon cœur.

Camille m'embrasse et me serre un peu plus fort pour me calmer. La tension redescend entre nous. Je prends conscience que Valérie, dont je reste persuadée qu'elle est impliquée dans tout ça, est en passe de réussir à semer le trouble entre Camille et moi. Son objectif ! Du coup, je me radoucis. D'autant que Camille enchaîne d'une voix pleine d'affection :

– Tu sais ce qu'on va faire, on va tout oublier. Demain, c'est dimanche, je t'emmène où tu veux. Qu'est-ce qui te ferait plaisir ?

– Je sais pas...

– Réfléchis ! Je suis sûr qu'il y a quelque chose que tu souhaites faire mais que tu n'oses pas me demander.

– Non, je t'assure. Être avec toi suffit à mon bonheur.

– Vraiment ? Il n'y a vraiment rien qui te fasse rêver ? Ne me dis pas que je suis tombé sur la seule fille au monde qui n'a jamais voulu vivre une journée de star ou de princesse ? Surtout quand on a un prénom tout droit sorti d'un conte de fées !

Je marque un temps d'arrêt. Camille comprend qu'il a frappé dans le mille.

– Si je te dis oui, qu'est-ce que tu vas faire ? Venir me chercher sur un cheval blanc pour m'emmener dans un château ?

– Non, s'amuse Camille. Mais je viens de penser à un lieu qui fera parfaitement l'affaire pour un moment romantique. Il nous permettra à tous les deux de décompresser et d'oublier cette sale journée.

Camille me caresse les cheveux avec une douceur incroyable. Il me renvoie en enfance lorsque ma mère me consolait de la même manière. Je réalise que ça fait bien longtemps que je n'ai pas connu des bras aussi protecteurs et rassurants. Et puis, il y a son odeur. Il sent l'homme, un parfum fort, viril et subtil à la fois. J'arrive à en déceler plusieurs nuances et me demande si ses talents de « nez » ne sont pas en train de déteindre sur moi. À moins qu'il s'agisse d'une odeur plus universelle mais que je n'avais jamais réellement ressentie jusqu'ici, le parfum de l'amour.

CHAPITRE XIII

Camille

Wendy vient de partir. Une nuit dans mes bras aura suffi à lui faire oublier ses angoisses, lui remonter le moral et lui redonner une bonne énergie. Je me dis que j'ai un don avec les femmes et que je devrais enseigner mes talents à l'université. Sans fausse modestie.

À peine la porte d'entrée vient-elle de claquer que je me précipite sur mon téléphone en pensant à une autre femme. À l'autre bout du fil, la sonnerie retentit, mais personne ne décroche. Je m'énerve :

– Mat, je sais qu'on est dimanche mais j'ai besoin que tu me rendes un service. Merci de me rappeler au plus vite.

« Fais chier », je jure en lâchant mon téléphone après avoir raccroché ou avant, je ne sais pas exactement. De toute façon, même si Mathieu a entendu mes grossièretés, il ne s'en offusquera pas. L'habitude. J'enrage chaque fois que j'ai besoin de lui et qu'il ne répond pas présent. Pourtant, je n'ai pas lieu de me plaindre. Mathieu est une perle d'assistant. Ouvert du lundi au dimanche, je ne me gêne jamais pour le solliciter 24h/24 sans même me soucier de le déranger. J'ai une totale confiance en lui au point de lui laisser l'accès à mon agenda où se mêlent sans distinction mes rendez-vous professionnels et mes remarques sur mes nuits infidèles. Racontées sans aucune pudeur.

Il a même les clés de mon appart au cas où il y aurait chez moi une fuite ou une galère dans ce goût-là que je n'aurais ni le temps ni surtout l'envie de gérer. J'ai conscience de lui en demander beaucoup, mais il n'ose jamais rien me refuser. Vie professionnelle ou vie privée, il met autant de cœur à l'ouvrage, quelle que soit la nature de ma demande. Son tempérament est d'une souplesse digne d'une gymnaste chinoise. Je l'ai recruté pour cela, entre autres. Il me fallait un assistant pas trop con, organisé, timide, introverti, poli et bien coiffé. À mes yeux, Mathieu a ces qualités qui le rendent à la fois efficace, malléable à souhait et présentable en société.

À ma décharge, je ne suis pas un monstre de patron non plus, aucune comparaison possible avec un diable qui s'habillerait en Prada. Râleur et exigeant certes, mais reconnaissant et bon payeur. Et puis, je pense que Mathieu m'admire pour mon aisance et mon bagout au travail comme avec les femmes. Tiens, ces atouts aussi, je devrais les enseigner à l'université ! Je lui distille régulièrement quelques précieux conseils pour qu'il gagne en assurance et je ne serais pas surpris que, lorsqu'il se trouve en compagnie de ses amis, il ne tente pas de m'imiter. Peut-être même adopte-t-il mes techniques de drague pour ses rencards ? (J'ai malgré tout, de sérieux doutes sur le fait qu'à 26 ans, il soit encore puceau même s'il n'a jamais osé me l'avouer.) Du coup, je me donne bonne conscience en me disant qu'entre nous deux, c'est du gagnant-gagnant. Cela renforce mon intime conviction qu'il ne me laissera jamais tomber. En tout cas, pas aujourd'hui... puisqu'il me rappelle à l'instant.

– Désolé, patron, j'étais sous la douche.

– C'est bon, c'est pas grave, je lui réponds avec une clémence qui n'a pas lieu d'être. Valérie ne me répond plus et je besoin de la voir. Peux-tu te renseigner sur le lieu où elle vit depuis qu'elle a quitté l'appart ?

– Elle habite dans le studio de ses parents, près du cours Mirabeau.

Là, Mathieu me bluffe. J'en reste sans voix. Une perle d'assistant, j'en suis, chaque jour qui passe, un peu plus convaincu.

– Comment tu sais ça, toi ? je lui demande, un brin d'admiration dans la voix.

– Kevin me l'a avoué. Je me suis dit que ça pourrait vous servir un jour ou l'autre.

– Bien vu ! Trouve-moi l'adresse précise et envoie-la moi par texto, s'il te plaît.

– D'accord, je vais tâcher de vous trouver ça. C'est urgent ? Parce qu'on est dimanche et je me vois mal enquêter aujourd'hui sans que mes indics trouvent ça suspect.

– Non, pas d'urgence, il faut juste que j'y passe un jour de la semaine prochaine. Tiens, d'ailleurs, indique-moi par texto quel jour n'est pas trop chargé dans mon agenda pour que j'y fasse un saut.

– Ok, chef !

– Et pour la énième fois, arrête de m'appeler comme ça.

– Ok. Bon dimanche, chef !

– Argh... je me demande pourquoi je te paie aussi cher.

Je raccroche dans la foulée, sans formule de politesse inutile. En sachant très bien pourquoi je le paie aussi cher.

CHAPITRE XIV

Wendy

Dimanche 8 mai 2005. La France commémore les soixante ans de sa victoire contre les Allemands. Ce jour particulier fait la une de tous les journaux, les émissions de radio tournent en boucle sur l'événement, les télés jonglent entre envoyés spéciaux sur les plages normandes et débats philosophiques entre historiens sur les plateaux. Les tableaux noirs des salles de cours – vidées de leurs élèves – sont marqués d'une craie blanche par cette date chargée d'Histoire. La France bat au rythme du souvenir douloureux de l'un des événements les plus traumatisants de son histoire. Et moi, je vis une autre victoire, la mienne, ma libération sexuelle.

Le soleil brille sur Aix et le thermomètre s'approche de sa forme estivale. Météo et moral au beau fixe. L'un va souvent avec l'autre chez moi. J'ai mis une jupe printanière – légère avec des fleurs très seventies – tee-shirt blanc et chaussures beiges à lacets avec de hauts talons en liège que je ressors pour la première fois de leur placard depuis l'été dernier. Ma tenue reflète bien mon humeur du jour. Il y a des jours comme ça où tout va bien, on ne sait pas pourquoi. Ou peut-être que si en fait, je connais la raison, elle tient en sept lettres : C-A-M-I-L-L-E.

Je repense à ma journée d'hier, à mes frayeurs qui se sont envolées à une vitesse aussi folle que celle atteinte hier à bord de Titine sur l'autoroute Aix-Marseille. Une nuit passée avec Camille a réussi à effacer ce sombre épisode de ma mémoire. Je veux mettre mes soucis de côté et ne penser qu'à sa promesse : un moment romantique dans un lieu tenu secret. Le menu me fait déjà saliver. Depuis que je suis rentrée chez moi ce matin pour me changer, j'essaie d'imaginer à quoi pourrait ressembler cette fin de journée. J'ai laissé filer mon imagination en changeant maintes fois de robe pour la stimuler. Et à chaque robe, un scénario différent. Mes idées partent dans toutes les directions mais finissent par converger vers la même image, le sourire enjôleur de Camille. Je repense à nos premiers mots, à notre première rencontre, à notre premier baiser, à nos premiers ébats. J'ai l'impression que tout ça remonte à une éternité et, pourtant, je le connais depuis un mois à peine. Mais je l'ai attendu depuis si longtemps, rêvé depuis les premiers contes de fées que maman me lisait, il a pris une apparence humaine depuis mes premiers Disney et je l'ai glorifié à chaque histoire d'amour pourrie qui s'est mal terminée. Le messie s'est fait désirer mais, au final, cette attente ne donne que plus de saveur à sa venue.

Un coup de klaxon me tire de mes pensées. Il est là, dehors. Mon prince charmant. Il n'a pas la coupe Playmobil ni l'allure proprette du mec de Cendrillon. Le mien est savamment décoiffé avec une barbe de trois jours. Tellement plus sexy. Il ne porte pas le costume blanc deux pièces du prince de la Belle au bois dormant, mais un jean ajusté, des lunettes de soleil profilées et une chemise à carreaux cintrée qui fait ressortir ses pectoraux et quelques poils dispersés. Tellement plus viril. Il ne vient pas me chercher sur son cheval blanc comme le prince de Blanche-Neige, mais au volant de sa Porsche cabriolet et décapotée pour l'occasion. Tellement plus sexuel. Je l'admire discrètement par la fenêtre, avant de me montrer et de lui faire signe que je le rejoins. Je me recoiffe une dernière fois et range deux, trois bricoles dans l'appartement pour le faire attendre. Une princesse, ça se fait désirer.

Je le rejoins enfin. Je minaude en ouvrant la porte d'entrée de l'immeuble. En m'apercevant, Camille s'empare d'un bouquet de roses rouges caché sur le siège passager et le brandit fièrement dans ma direction.

– C'est pour moi ? je fais mine de m'étonner.

– Bien sûr, c'est la surprise du chevalier qui vient enlever sa promise pour l'emmener au pays des merveilles provençales. Vous montez à bord ?

– Comment pourrais-je refuser l'offre d'un chevalier ?

Je ferme la porte de l'immeuble tandis que Camille démarre mon carrosse. J'abandonne mes problèmes chez moi, qui cèdent la place à l'insouciance pour la journée. Nous sortons de la ville. Je me laisse guider dans la campagne enchanteresse sans savoir où il m'emmène, sans même savoir si on s'arrêtera un jour. Peu importe. Ce voyage me procure déjà tant de bonheur. Tour à tour, les champs font place aux vignes puis à la garrigue. Je ferme les yeux. Les senteurs m'enivrent les unes après les autres et chacune de manière différente. Les rayons du soleil réchauffent délicatement ma peau rafraîchie par le vent qui s'engouffre dans mes boucles blondes. La température est idéale. J'observe le paysage. Le mélange des couleurs n'en finit pas de m'émerveiller. Je redécouvre mon pays, certainement avec d'autres yeux aujourd'hui. Le soleil se reflète sur les pétales jaunes du colza, brûle les pierres des petits cabanons provençaux, joue à cache-cache avec le feuillage des oliviers avant de donner leur pleine mesure au rouge vif des coquelicots ou au violet de la lavande. Sublime.

Camille ne dit pas un mot. Il me sourit et me laisse jouir de ce plaisir des sens en solitaire, plaisir que je suis pourtant heureuse de partager avec lui. Mon contentement le ravit. L'excite aussi. Il pose sa main sur ma cuisse et la remonte subtilement. Un nouveau type de frisson me parcourt. Je prends alors sa main et l'embrasse en laissant mes lèvres traîner sensuellement sur sa paume. Je glisse ma seconde main sous ma jupe pour m'emparer de ma culotte en satin que je retire avec souplesse et volupté. Je sens le vent parcourir mes jambes et mes cuisses, entrer en moi et continuer son chemin en s'engouffrant sous mon tee-shirt pour en ressortir au niveau de mon cou. Je penche ma tête en arrière pour me perdre dans l'immensité du bleu. Délectation. Camille a un œil sur la route, l'autre rivé sur moi. Un bras sur le volant, l'autre rivé sous ma jupe pour me masturber à l'abri des regards des habitants qui nous laissent en paix.

La route n'en finit pas. Nous passons sous un pont aux abords d'Avignon et filons sur la ville fortifiée de Carpentras, puis en direction de Vaison-la-Romaine, la médiévale. En toile de fond, les Dentelles de Montmirail, symboles de notre amour en dents de scie jusqu'à présent et que j'espère aujourd'hui élever à hauteur du sommet du mont Ventoux, qui finit de perdre ses dernières neiges. Où m'emmène-t-il ? Je ne veux pas savoir. Je ne veux pas y penser. Juste profiter de l'instant, goûter chaque minute de ce voyage enchanté. Brusquement, nous quittons la nationale pour emprunter un petit chemin. Après le calme plat du bitume, la nouvelle route est chahutée par les creux et les cailloux des chemins de terre. Le temps ralentit. Nous nous enfonçons dans les champs de tournesols qui grandissent alors que nous, nous rapetissons. La luminosité diminue, cachée par les fleurs dorées qui atteignent des sommets. Je me sens devenir une petite fourmi. C'est agréable. Puis, tout à coup, la route en terre et les champs s'arrêtent en même temps, comme si nous entrions dans un autre monde. Camille coupe le moteur. Je descends de la voiture en inspirant une bouffée d'oxygène pour mieux prendre possession de ce nouvel espace. Tout y est parfait. Une pelouse luxuriante parsemée de bouquets de fleurs sauvages, de thym, de romarin, de lavande, qui inondent cet oasis d'une flagrance occitane. Le calme y est olympien, tout juste chatouillé par le bruit du vent caressant les quelques pins qui délimitent mon périmètre de bonheur et par le battement des ailes des papillons butinant les coquelicots. Toute la Provence réunie en une seule parcelle. Un petit paradis tenu secret où Camille m'avoue venir se ressourcer, où il régénère son nez lorsque celui a été abîmé par la ville et par ses soirées de débauche.

Je m'approche d'un joli puits en pierre recouvert de son toit vert, la seule trace de civilisation dans cet espace envahi par la nature. Pendant ce temps, derrière moi, Camille déploie une grande nappe à carreaux qu'il dépose dans un coin où la pelouse gagne en épaisseur. Il débouche un rosé frais de Bandol. Le bruit du bouchon me fait sursauter. Il remplit deux verres qu'il tient habilement dans sa main gauche. Je cours jusqu'à lui et me jette à son cou, manquant lui faire renverser le vin. Il me sourit, de son sourire franc et détendu qui traduit un bonheur sincère, sans arrière-pensées. Nos tourments sont derrière nous. Je l'embrasse de manière un peu brutale et maladroite. Pas de place aux convenances. Je laisse mes désirs s'exprimer comme ils viennent, spontanément. Il me prend par la taille, m'enserre de ses bras, nos fronts sont collés, nos sourcils se frôlent, nos regards se perdent l'un dans l'autre.

Dans le même mouvement, nous nous asseyons en tailleur, nos yeux toujours rivés l'un à l'autre, nos lèvres toujours humides. Nos visages siamois ne se détachent que pour trinquer à cet incroyable moment. Nous humons le vin, le faisons machinalement tournoyer dans nos verres et le goûtons avec délectation. Son odeur et sa couleur viennent s'ajouter à l'arc-en-ciel olfactif et visuel qui, déjà, nous inonde. Camille est heureux. Pour la première fois depuis notre rencontre, j'en suis persuadée. Il ne me ment pas. Il est ravi au moins autant que je le suis.

– Un repas nous attend dans le coffre de la voiture, me glisse-t-il entre deux baisers.

Je le regarde d'un air coquin avant de boire mon vin cul sec. Je jette mon verre vide qui rebondit sur la pelouse et roule sur quelques mètres. Je passe mes mains dans mes cheveux et les secoue frénétiquement pour donner à mes boucles une épaisseur sauvage. Puis, d'une main ferme, je pousse Camille à la renverse.

– Je n'ai pas faim.

Camille est allongé sur le dos, tenant encore dans la main son verre et son contenu alcoolisé. Je m'avance sur lui à genoux et l'enjambe à califourchon en remontant ma jupe. Il ne peut plus bouger. Lentement, je déboutonne un à un les boutons de mon chemisier en faisant aller ma tête langoureusement de droite à gauche. Mon chemisier finit par s'ouvrir, laissant apparaître ma poitrine généreuse. Le vent s'y engouffre et me déshabille avec douceur. J'attrape mes seins et frotte lascivement mes tétons tendus d'excitation. Camille assiste passivement au spectacle, la bouche entrouverte. Je sens sous moi son sexe grossir, glisser sous mon pubis et tenter de me soulever malgré l'épaisseur de son jean qui le retient prisonnier. Je continue de masser mes seins en mordillant mes lèvres. Camille savoure. Son verre penche de plus en plus.

Depuis les préliminaires dans la voiture, la température de mon corps n'est pas redescendue d'un degré, au contraire, je la sens encore grimper. Je me sens carrément rouge d'ivresse, de désir, de plaisir. Je continue à me trémousser dans le vent qui nous caresse ; penchée sur son corps, j'ôte un à un les boutons de sa chemise avec la même langueur que j'ai défait les miens à l'instant. Son torse se dévoile peu à peu. Sa peau, douce, tendue, si agréable à toucher, est dorée dans la belle luminosité qui nous éclaire et met en valeur ses muscles saillants. Je laisse aller mes doigts, de ses biceps puissants à ses abdos réguliers en passant par ses épaules sculptées dans le marbre et ses pectoraux si bien dessinés. Qu'il est sexy, mon homme !

Peu à peu, la frénésie qui s'est emparée de moi descend jusqu'à mes hanches. Mon bassin se met à son tour à bouger d'avant en arrière. Je sens Camille bouillir. Son supplice a assez duré. Je vais le libérer. Je m'empare de sa ceinture que je tire fermement pour en faire sauter l'attache, puis déboutonne le premier verrou de son pantalon. Je profite du passage de ma main dans cette zone sensible pour caresser mon clitoris trempé, qui doit être aussi rouge que mon visage. Deuxième bouton déverrouillé, troisième, quatrième... Son pantalon s'entrouvre sur son slip noir marqué par une forme large, dure et chaude, qui sculpte le coton. Je m'empare de sa verge en passant sous l'élastique de son slip et le branle dans un mouvement libératoire. Camille, soulagé, laisse échapper un râle de contentement. Malgré sa position passive, il a gagné une légère amplitude de mouvement. Il frotte son sexe contre le mien et ajuste son bassin tel un canon prêt à tirer droit vers sa cible. Dans sa main gauche, quelques gouttes de vin s'échappent de son verre pour mourir sur les brins d'herbe.

Son double décimètre me pénètre avec la lenteur et la douceur d'une caresse. Je le sens prendre possession de moi, millimètre par millimètre. J'ai la sensation que personne n'a jamais pénétré si loin en moi. Savoureux ! Mon vagin est à l'aise avec ce nouvel habitant, je peux commencer à me mouvoir, à laisser aller mes hanches au rythme désiré, suivant la fréquence de mon plaisir et de ses ondulations enchanteresses. Lentement pour commencer. Je vais de haut en bas, de droite à gauche, explorer avec l'aide de sa verge les recoins de ma zone du délice, à la recherche du point aussi chéri que fantasmé par les femmes. Les frissons ont envahi mon corps et éveillent tous mes sens. Ma peau respire à l'unisson l'air qui nous entoure, seulement dérangée par mes mains qui remontent de mes hanches jusqu'à mes seins que je masturbe avec vigueur. Je goûte mes lèvres qui ont encore le parfum du vin et des récents baisers de mon prince. Au loin me parviennent les bruits de la campagne, entrecoupés des râles de Camille, de plus en plus forts, de plus en plus longs. Les miens accompagnent ma respiration pour se déployer bruyamment dans ma gorge. Le parfum insistant des herbes et des fleurs autour de nous ajoute une saveur sauvage à l'odeur sexuelle de nos corps enflammés et transpirants. Enfin, mes yeux se rivent à lui quand il entrouvre la bouche d'un air exalté et s'applique à souffler régulièrement pour tempérer ses ardeurs, pour me faire comprendre qu'il faut que je ralentisse si je veux que le moment se prolonge. Que dalle, mec ! Je ne vais pas me laisser dicter ta loi. Au contraire. Par provocation, je serre et desserre mon vagin, sachant bien que ce mouvement l'enflamme plus encore. Ses soufflements redoublent. De mon côté, je prends mon pied à le dominer, à observer ce qui reste de vin dans son verre tourbillonner comme une mer déchaînée en pleine tempête.

J'accélère. Je me cambre pour qu'il aille plus loin, toujours plus loin. La jouissance me fait écarter davantage les cuisses. Mes jambes glissent peu à peu le long de ses cuisses musclées. Ses bourses caressent mes fesses plus distinctement. Je le sens encore plus profondément en moi. S'il n'a pas atteint le point G, il doit s'en être vraiment rapproché. À chaque à-coup, mon buste s'affaisse sur le sien. Nous sommes bientôt l'un sur l'autre, à l'horizontale. Je me sens bouillir comme une Cocote-Minute. Désormais, Camille est vraiment maître de ses mouvements, prêt à donner l'assaut final. Nos corps sont collés l'un à l'autre par la sueur. J'entends son cœur s'emballer. Il m'attrape par les hanches et en trois mouvements – peut-être les plus délicieux de ma vie – il fait descendre mon bassin en même temps qu'il enfonce le sien au plus profond de moi. Je jouis en gémissant avec tout ce qui me reste de force et en enfonçant mes ongles dans ses côtes. Camille répond par un sonore « Putain! Putain que c'est bon! » au moment de venir en moi. Je suis au sommet de l'exaltation et je n'ai pas envie d'en redescendre.

– Tu es fou Camille ! je lui lance en l'embrassant encore et toujours.

Je serre les muscles de mon vagin pour ne pas que son sexe m'échappe. Je veux le garder en moi encore longtemps. Le plus longtemps possible. Nos corps sont parfaitement alignés l'un sur l'autre, nous ne formons plus qu'une masse humaine. Je remarque son verre, à quelques mètres de nous, fêlé, et les dernières gouttes de vin naufragées qui se répandent. Je ne sais pas à quel moment Camille a jeté son verre. Je ne l'ai pas vu. J'étais ailleurs. Dans un autre monde. J'y suis si bien d'ailleurs. Je m'endors dans le creux de son épaule.

À mon réveil, les doutes que j'avais sur Camille semblent s'être envolés. Si j'étais convaincue du bonheur qu'il peut m'apporter, je doutais de pouvoir le combler dans un moment si romantique. Et à travers une sexualité si ordinaire.

– Tu as réussi à jouir ? je m'étonne.

– Bah évidemment, rigole Camille. Quelle question !

– Non, c'est que... Je pensais ...

– Qu'il me faut du hard ou de l'exceptionnel pour jouir, c'est ça ?

– Je dois admettre que... et puis, Valérie...

– Il faut que tu arrêtes de croire tout ce que dit Valérie. Ça tourne à l'obsession ! Je suis capable de m'adapter à ma partenaire, surtout quand je me dis que je vais faire un long bout de chemin avec elle. Mon plaisir, c'est aussi de t'en donner.

Mon cœur s'emballe en entendant cette déclaration. J'ai l'impression que jamais auparavant, aucun homme ne m'avait considérée de la sorte.

– Je suis touchée, suis-je obligée d'admettre. Alors si tu peux me faire l'amour comme j'aime le faire, je me sens capable en retour de t'aimer comme tu le désires.

Mon aveu, empreint de sincérité, n'est pas tombé dans l'oreille d'un sourd.

CHAPITRE XV

Camille

— Je savais que tu reviendrais.

Valérie me reçoit en culotte et tee-shirt, avec une totale désinvolture, comme si ma venue ne la surprenait pas le moins du monde. Elle ne montre aucune émotion, ni positive ni négative. L'église, à quelques mètres de l'appartement, sonne les douze coups de midi et la chaleur n'est pas loin d'être suffocante sur le palier de son appartement situé sous les toits du dernier étage d'un immeuble ancien. L'agréable fraîcheur qui sort du studio climatisé m'attire inexorablement. À peine ai-je un pied à l'intérieur qu'un parfum particulier s'empare de moi et des souvenirs me reviennent par bribes. Peu à peu, ces souvenirs s'imbriquent les uns dans les autres comme les pièces d'un puzzle. Je redécouvre les meubles, la décoration et surtout le lit de l'appart ; rien n'a bougé d'un pouce depuis la dernière fois où je suis venu. Comment ai-je pu oublier cette garçonnière ? Située au dernier étage d'un hôtel particulier en pierre de taille, cette ancienne chambre de bonne, confortablement réaménagée, est aussi charmante que petite, comparée aux autres habitations de la famille. Nichée au fond d'un couloir, elle a un parfum de secret, de scandale. D'ailleurs, la famille Balidran n'en parle que très peu et c'est certainement pour cette raison que je l'avais effacée de ma mémoire. Au début de notre relation avec Valérie, alors que mes parents étaient encore en vie et que j'habitais chez eux, nous nous retrouvions ici quelquefois pour faire l'amour sans peur de crier notre passion débordante. Surtout celle de Valérie qui sait se montrer pour le moins démonstrative dans ces moments-là. Doux euphémisme. Puis, très vite, nous avons eu notre propre appartement et donc, n'avions plus aucune raison de retourner dans ce petit studio.

En voyant les quelques photos de famille accrochées sur les murs, je me rappelle que Valérie m'avait confié qu'elle avait surpris plusieurs fois son grand-père paternel en bas de l'immeuble, avec des compagnes différentes, alors qu'elle buvait des cocktails sur le cours Mirabeau. L'objet de ses visites ne faisait aucun doute. Comme cet appartement n'a pas été vendu depuis le décès de son grand-père et n'est a priori pas loué puisque Valérie l'occupe aujourd'hui, j'en déduis que, désormais, ce doit être au tour de Balidran père de venir y flâner en bonne compagnie. Voilà une piste à creuser qui pourrait constituer un très bon moyen de chantage professionnel.

Mais, pour l'heure, je suis ici pour d'autres raisons.

– Val, il faut qu'on parle.

– Vas-y, je t'écoute.

– Je ne suis pas là pour ce que tu penses.

– Ah bon ? Tu sais lire dans mes pensées maintenant ?

– Depuis le temps, je te connais un peu, oui !

Valérie s'allonge de tout son long sur le lit, étrangement neuf, qui tranche avec le reste du mobilier plus ancien et moins bien entretenu. Elle regarde le plafond en soupente et m'avoue :

– Je n'étais pas revenue ici depuis neuf ans, la dernière fois qu'on avait baisé comme des dieux.

– Je pensais que vous l'aviez vendu, ce studio, j'avance en tentant de percer le mystère. Il vous sert encore ?

– Oui. Il est très pratique quand un connard me jette de son appart.

Bien fait pour ta gueule, Camille ! Le moment est mal choisi pour jouer au détective. Je n'ose rectifier son propos en lui faisant remarquer qu'elle est partie de chez moi de son propre fait. Ce serait malvenu de ma part. Surtout que je suis là pour lui dire des choses pas forcément agréables à entendre. Je m'avance dans la pièce, sans trop m'approcher d'elle :

– Val, je voulais que tu saches que ce qui m'arrive avec Wendy, je ne l'ai pas voulu. Tout ça m'a dépassé. Je n'imaginais pas que ça se déroulerait de cette façon. Je suis sincèrement désolé du mal que je peux te faire.

– Quoi ? Qu'est-ce qui t'arrive au juste ? T'as rencontré une cagole, tu l'as sautée et puis voilà... Pas la peine d'en faire tout un plat. C'est pas la première fois que ça t'arrive.

– Non, Val, c'est bien plus qu'un coup d'un soir avec Wendy !

– Oui, j'en suis convaincue, c'est la femme de ta vie, continue Valérie, désabusée, sur ce ton ironique et arrogant que je lui connais bien.

– Je crois, effectivement.

– L'ambitieux Camille avec la petite esthéticienne des quartiers populaires de Marseille. C'est mignon ! Si Disney m'appelle pour le scénar de son prochain dessin animé, je lui passe ton numéro, promis.

Valérie me parle en fermant les yeux. Elle fait mine de m'ignorer et de vouloir s'endormir. Sa désinvolture me met hors de moi. Si je n'écoutais que mes pulsions, je lui sauterais dessus et l'étranglerais. Mais Valérie n'attend que ça, que je m'énerve. Je tente de maîtriser mes nerfs :

– Valérie, nous sommes adultes, il faut vraiment qu'on ait une discussion sérieuse, que tu évacues ce que tu as sur le cœur et qu'on crève l'abcès une bonne fois pour toutes.

– Je vais très bien, merci docteur. L'appart est petit mais confortable. Il est amplement suffisant pour les quelques semaines qu'il te faudra pour passer ta crise de la quarantaine anticipée. S'il y en a un dans cette pièce qui doit consulter un psy, c'est bien toi pour soigner cette vilaine maladie qui te pousse à vouloir posséder toutes les femmes.

– Je ne suis pas cet homme-là.

– Tu vois, tu refuses encore de regarder la vérité en face. Ton psy a beaucoup de boulot ! Maintenant, s'il te plaît, ferme la porte derrière toi et reviens plus tard. Dans quelques semaines.

Je remue la tête et fais craquer mes doigts pour me détendre. Je m'avance jusqu'au pied du lit et y dépose ma sacoche de travail, conscient que la discussion risque de durer plus longtemps que prévu. Comment s'y prendre pour briser le silence et entamer le bloc de déni qui se trouve face à moi ? Aucune idée. ! Je continue malgré tout à tenter de la raisonner en étant le plus doux et le plus honnête possible.

– Dès le premier jour où je l'ai rencontrée, son parfum m'a envoûté. Elle a quelque chose que tu n'as pas. Que les autres femmes n'ont pas. Sa candeur, sa joie de vivre, tout est facile avec elle. J'ai besoin de simplicité dans ma vie. Depuis que je suis avec elle, je suis un autre homme. Je suis heureux, Val. Comme jamais je ne l'ai été.

Valérie ne bronche pas, elle a toujours les yeux fermés. Elle fait mine de dormir. Je déteste son comportement immature plus que tout au monde. Peut-être parce qu'il me renvoie à ma propre image, celle de l'ado attardé et irraisonné que je fus pendant des années. Je ne pensais pas que ce symptôme pouvait atteindre Valérie. J'ai beau me dire que c'est son chagrin qui est en train de s'exprimer, elle me gonfle !

Malgré tout, je me force à avoir de la compassion pour elle. Je prends sur moi. En m'asseyant au bord du lit à ses côtés, je lui prends la main comme un infirmier accompagne son malade et continue de faire preuve d'une grande compréhension. En tout cas, j'essaie...

– Insulte-moi, gifle-moi si ça peut te soulager. Mais ne fais pas la sourde, on n'y arrivera jamais si tu adoptes cette attitude.

Silence. J'ai la terrible impression qu'elle se fout de ma gueule. L'énervement monte jusqu'à l'implosion. Mon sang ne fait qu'un tour et je serre violemment son poignet. Je la tire vers moi d'un coup sec, de toutes mes forces. Valérie se redresse, surprise, manquant de laisser quelques vertèbres dans le mouvement, et ouvre grand les yeux.

– Ah... enfin, je retrouve le mec que je connais et pas la lavette qu'elle est en train de faire de toi. Fais-moi l'amour. Tout de suite. Violemment.

Valérie me saisit par le col et arrache ma chemise. Elle enlève son tee-shirt et se retrouve seins nus. Elle se colle contre moi. Ses seins fâchés sont durs et vraiment magnifiques. Ils ne sont pas loin de me faire craquer, comme ils l'ont fait jusqu'ici chaque fois qu'on montait dans les tours. Mais quelque chose a changé depuis que j'ai rencontré Wendy. J'ai appris à résister. Je ne cède pas.

– Tu me fais chier, Valérie. Je me casse.

Je prends le chemin de la sortie, mais Valérie se rue sur moi et me pousse violemment contre le mur. Je trébuche, risquant de m'assommer. À peine le temps de me relever que Valérie saisit une paire de menottes, cachées dans le tiroir d'une commode comme si elle avait prévu ma venue un jour ou l'autre, comme si elle l'avait scénarisée et que tout se déroulait comme prévu. Elle profite de mon léger étourdissement pour me menotter un poignet qu'elle attache ensuite au tuyau du chauffage longeant le faux plafond. Puis elle se recule en me montrant la clé des menottes, l'air faussement réjouie.

– Tu te souviens ? me demande-t-elle. La dernière fois qu'on a baisé ici, tu m'avais attachée au lit, à plat ventre, et baisée par-derrière.

– T'es pitoyable ! File-moi la clé.

– Viens la chercher, me dit-elle en la plaçant avec provocation dans sa culotte.

Valérie s'approche de moi en se malaxant les seins comme j'ai tant aimé la voir faire durant toutes les années où nous étions en couple. Je tente de récupérer la clé en constatant au passage sa chaude et humide excitation. Je m'efforce de ne pas rentrer dans son jeu mais, malheureusement, mon corps n'a pas la force de résistance de ma conscience. Ma queue durcit et mes besoins charnels se font de plus en plus pressants. Valérie le remarque. Elle me laisse me saisir de la clé et descend ensuite le long de mon torse découvert, qu'elle lèche d'une langue humide et gourmande, me laissant envisager le meilleur quelques centimètres plus bas. Sous l'effet de cette délicieuse sensation, mes mains se relâchent et je laisse tomber la clé au sol, hors de ma portée.

Le claquement de la clé sur le parquet me fait revenir à moi. Le visage de Wendy m'apparaît alors dans un flash irréel dont je ne saisis pas l'origine. Ma bonne conscience, certainement. J'attrape Valérie par les cheveux en l'obligeant à se relever. Puis, j'approche son visage au plus près du mien et la menace ouvertement. Ma compréhension a ses limites et si la méthode douce ne fonctionne pas, je vais passer à la méthode forte.

Je lui hurle dessus en articulant chaque mot et en laissant quelques postillons s'échapper sur son visage :

– Maintenant, tu vas m'écouter ! Tu arrêtes ton petit jeu et tu nous fous la paix. C'est compris ?

Vexée certainement, et sous l'effet de la douleur assurément, Valérie se rebiffe. Elle me gifle sèchement en laissant la trace distincte de ses cinq doigts sur ma joue. Dans le même temps, elle profite de ce moment de confusion pour se libérer et donner un coup de pied rageur à la clé des menottes qui valse à l'autre bout du studio. Puis elle se relève les yeux gonflés. Je peux y lire toute la haine qu'elle nourrit contre moi. Elle serre ses poings, relève une mèche tombante et essuie bruyamment son nez qui coule. Sa respiration est entrecoupée de spasmes. Elle est dans un état second et je ne suis même pas sûre qu'elle s'en rende compte. Comme possédée.

– C'est toi qui vas m'écouter, me crie-t-elle à distance respectable pour que je ne puisse pas l'attraper. Je n'ai pas foutu dix ans de ma vie en l'air pour l'amourette d'un petit con qui se découvre tout à coup un cœur de midinette.

– Val, je te le répète, je suis le premier désolé de ce qui nous arrive. Il faut me croire.

Je dois impérativement calmer le jeu. C'est le seul moyen qui me reste pour tenter de me libérer, vu que mes menaces ne produisent aucun effet. La tempête s'estompe un peu. Valérie reprend ses esprits et s'assied au bord du lit pour réfléchir à la situation. Elle se prend la tête entre les mains en tentant de contrôler ses dernières convulsions. Le silence est pesant et ma position inconfortable. Quelque peu apaisée, Valérie se lève pour prendre un mouchoir en papier. Elle se mouche dedans et constate un filet de sang dans le kleenex. Elle me le montre, l'air accusateur :

– Tu vois dans quel état tu me fous.

– Val, tu te mets toute seule dans cet état. Je comprends ta colère mais là, tu vas trop loin. Qu'est-ce que tu vas faire ? Me retenir en otage ?

À l'instant où je prononce cette phrase, je la regrette amèrement en voyant le visage de Valérie s'illuminer.

– Mais oui, c'est ça la solution. Je vais te laisser réfléchir à ta vie, à nous, le temps que tu comprennes quelle est la meilleure décision à prendre pour nous deux.

– Ne fais pas ça !

– Mais si, mon chéri, c'est pour ton bien.

Valérie remet son tee-shirt, enfile un pantalon et s'apprête à sortir.

– Tu sais que ce que tu es en train de faire est puni par la loi ?

– Quand tu auras réalisé que j'agis uniquement en pensant à ce qu'il y a de mieux pour toi, tu me remercieras et on reprendra notre amour là où on l'a laissé.

– Mais t'es complètement tarée, ma parole !

– Je suis folle, oui. Folle de toi ! Folle à cause de toi !

– Réfléchis un peu. Mes proches vont donner l'alerte s'ils n'ont pas de nouvelles de moi. Mat sait où je suis et Wendy...

Nouvelle erreur de ma part. La simple évocation de ce prénom provoque sa fureur, et Valérie repart au quart de tour. Son visage reprend un air furibond et menaçant. Elle se précipite sur ma sacoche et la fouille pour y dénicher mon portable. Elle tape mon code secret que je n'ai pas eu la prudence de changer depuis notre séparation.

– Tu as raison, on va la prévenir, cette pauvre Wendy. Faut pas qu'elle s'inquiète.

– Ne fais pas ça... Arrête... Qu'est-ce que tu lui écris ?

Valérie ne me répond pas, concentrée sur les lettres qu'elle pianote sur mon portable.

– Qu'est-ce que tu lui écris, putain ?

– Ne t'inquiète pas. Je lui envoie le message que tu aurais dû lui écrire depuis longtemps. Depuis le jour où tu l'as rencontrée.

– Ne fais pas ça, salope.

– Moi aussi, je t'aime !

Valérie savoure son idée et ma réaction. Elle attrape une paire de ballerines qu'elle chausse sans me regarder. Face au miroir de la salle de bains ouverte sur la chambre, elle se recoiffe en soupirant, désolée de constater les effets catastrophiques de notre dispute sur sa coiffure. Puis, elle saisit ses clés, l'air de rien, comme si je n'existais pas.

– Maintenant, tu m'excuseras, mais je dois y aller. Profite du temps que je t'offre pour réfléchir. Réfléchir.

Valérie mime un moulinet devant sa tempe pour donner plus de poids à ses paroles. Des pulsions meurtrières s'emparent de moi. J'essaie de me libérer en secouant les menottes dans tous les sens et en tirant sur mon poignet pour tenter de faire glisser ma main. Mais rien n'y fait !

– T'es vraiment une grosse SALOPE ! Je vais crier de toutes mes forces pour alerter l'immeuble. Tu ne vas pas t'en sortir comme ça.

– Vas-y, n'hésite pas ! Papa a bien insonorisé l'appart.

– Mais merde, qu'est-ce que tu attends de moi au final ?

– Que tu comprennes une bonne fois pour toutes qu'on ne laisse pas bébé dans un coin.

Elle mime une dernière fois le moulinet, dépose un baiser sur sa main qu'elle m'envoie aussitôt en soufflant dessus, puis elle claque la porte. Je crache dans sa direction pour ne pas que son baiser fictif m'atteigne. Mais, surtout, je crache mon impuissance et mon désespoir.

CHAPITRE XVI

Wendy

— Des prostituées ? Mais comment avez-vous pu croire que je vous pensais capables de telles horreurs ?

Chantal s'est levée de sa chaise pour mettre les formes à l'offense qui lui a été faite. Elle a lâché son éternel stylo à bille bleu pour poser ses deux mains à plat sur son bureau. Soraya et moi pouvons lire à travers les verres de ses lunettes un mélange de surprise, d'indignation et d'incompréhension. Chantal est offusquée, vexée, limite heurtée. D'une façon inattendue, elle renverse totalement la situation. Dépourvues d'autres arguments, nous ne savons pas quoi lui répondre. J'ai l'impression de revenir des années en arrière lorsque je me faisais convoquer par le principal du collège parce que j'avais fait une bêtise et que je n'avais d'autre choix que de baisser la tête et d'attendre que la tempête passe. À un détail près, j'étais consciente des bêtises que j'avais commises à l'époque. Là, non. Je suis certaine des propos entendus, je sais que Chantal est en tort et que nous sommes les victimes dans cette histoire, même si à cet instant précis, n'importe quel témoin entrant dans son bureau penserait l'inverse.

Nous avions envisagé plusieurs scénarios avec Soraya, mais pas celui-ci. Chantal nie ses accusations à peine voilées quelques jours plus tôt. Tantôt je la défie du regard pour essayer de percer ses basses intentions, tantôt je cherche en Soraya un réconfort, tout en essayant de savoir ce qu'elle pense de la situation. Dans son numéro de patronne sensible et outrée que ses employées puissent penser du mal d'elle, je dois bien reconnaître que Chantal excelle. Elle enchaîne les démonstrations de bonne foi en nous portant une écoute et une attention dont elle ne nous avait jamais gratifiées auparavant. Et vas-y que sa porte nous est toujours ouverte, qu'elle est prête à monter au créneau pour nous défendre si des clients nous maltraitent, qu'elle est très satisfaite de l'équipe que nous formons, bla-bla-bla. Je n'ai qu'une envie, mettre les voiles, mais ce serait un aveu d'échec de ma part. Je dois la pousser dans ses retranchements pour la faire avouer qu'elle m'a menacée, ici même et pas plus tard que la semaine dernière.

– Excusez-moi de vous interrompre Chantal, j'ose en y mettant les formes. Mais j'étais assise dans ce fauteuil et je me souviens très bien de ce que vous m'avez dit ce soir-là. Un client vous avait appelée pour vous dire que je lui avais fait des propositions indécentes.

– Un client m'a appelée pour me dire qu'il avait trouvé sa prestation bâclée, me corrige-t-elle. Et comme son appel faisait suite au mécontentement de Mlle de Balidran, je vous ai convoquée pour vous demander de vous reprendre vis-à-vis de la clientèle. Il en va de la réputation du salon et de notre avenir à toutes les trois, Wendy.

Je commence à bouillir intérieurement. Un tel déni de vérité me donne des envies de meurtre. Je hausse le ton :

– Ne changez pas de sujet. Vous avez parlé de « comportements aguicheurs » et de « massages spéciaux ». Je m'en souviens comme si c'était hier.

– Je m'excuse si on s'est mal comprises, mais...

– C'est plus fort que le roquefort de ne pas vouloir reconnaître ses accusations !

Je me lève à mon tour, furieuse, et pose mes poings sur son bureau, au plus près de ses mains. Sous le coup de l'emportement, j'en ai renversé ma chaise en arrière et fait voler des papiers sur le bureau. Je me penche pour m'approcher ostensiblement de son visage, pour lui tenir tête. Je la fixe droit dans les yeux. Le duel se poursuit quelques secondes dans un silence de mort. On entendrait une mouche voler. Soraya assiste à la scène, médusée. Une nouvelle fois, je fais un saut en enfance, plus loin encore dans le passé, lorsque je jouais dans la cour de l'école à fredonner la comptine *Je te tiens, tu me tiens, par la barbichette.* Laquelle de nous deux craquera en premier ? Laquelle avouera ses mensonges et méritera une tapette ? Rien ne se passe. Jusqu'au moment où je crois percevoir sur les lèvres de Chantal un rictus de satisfaction. Sa moue me met hors de moi. Je saisis son agrafeuse – le premier objet sur son bureau à portée de ma main – et m'apprête à la lui coller sur la figure. Heureusement, Soraya se lève à temps et retient mon bras avant que je commette l'irréparable.

– Arrête, Wendy ! m'ordonne Soraya.

– Non, ne faites pas ça, Mlle Lesage ! enchaîne Chantal en jouant la patronne gagnée par l'effroi.

Nous nous rasseyons toutes les trois en même temps. Je me pince les lèvres et détourne le regard de cette tête de conne qui me hérisse le poil. Ma nervosité est palpable. Et elle n'est pas près de redescendre lorsque je regarde à nouveau Chantal qui continue ses mimiques de vierge effarouchée, comme une mauvaise actrice de série Z. Je suis sur le point de me remettre debout, mais Soraya me saisit à nouveau fermement le bras et exige que je me calme. Je finis par l'écouter. Je prends une profonde respiration et place mes mains en position du lotus, comme j'ai coutume de le faire lorsque je suis contrariée. Malgré tout, je ne quitte pas cette garce du regard, prête à me défendre si elle tente un nouveau coup de Trafalgar. Chantal replace ses lunettes et retrouve une voix posée :

– Je crois que les choses sont allées trop loin. Reprenons toutes les trois nos esprits et je verrai les suites que je donnerai à cette affaire. Maintenant, veuillez quitter mon bureau, Mesdemoiselles.

Soraya et moi obéissons et nous levons de nos fauteuils en cuir en y laissant des traces de sueur. Mais au moment où nous nous apprêtons à sortir de son bureau, Chantal revient sur sa décision :

– Soraya, pouvez-vous rester quelques minutes, s'il vous plaît ? J'aimerais m'entretenir avec vous, en tête à tête.

– Je reste aussi ! j'interviens en refermant la porte du bureau dans mon dos.

– Non, toi tu sors prendre l'air, Wendy, me conseille Soraya avec fermeté en me poussant vers la sortie.

– Mais elle va te retourner la tête, je chuchote à ma copine.

– Ne t'en fais pas pour moi, je suis une grande fille !

À contrecœur, j'écoute Soraya et retourne dans le salon en shootant dans la corbeille à papier pour évacuer la tension accumulée depuis toutes ces longues minutes. Je décide de faire le ménage pour me défouler et prouver au monde entier que je suis une employée modèle. Irréprochable. J'enrage avec mon seau et ma serpillière. Cette vieille peau a réussi à me faire douter de moi ! En frottant le sol, je jette de temps en temps des coups d'œil à travers la vitre opaque du bureau de Chantal pour tenter de deviner le climat qui y règne. Apparemment, la discussion continue d'être animée si j'en juge le comportement des deux protagonistes qui sont restées debout et dont les gestes enlevés sont dans la pure tradition d'une dispute méditerranéenne. Une dizaine de minutes plus tard, Chantal et Soraya sortent du bureau. Vêtue de sa veste, Chantal est prête à rentrer chez elle, son trousseau de clés en main. Elle ferme son bureau à double tour, traverse le salon pour gagner les vestiaires communs d'où elle ressort quelques secondes plus tard avec son sac sur l'épaule. Elle traverse à nouveau le salon sans croiser mon regard et s'en va sans nous saluer. Devant ma moue dubitative, Soraya m'éclaire :

– Elle m'a demandé de fermer la boutique. Elle a besoin de s'aérer la tête.

– Qu'est-ce qu'elle t'a dit ?

– Que ton comportement est très grave ! me sermonne Soraya d'un ton ferme. Et elle n'a pas tort. Qu'est-ce qui t'a pris ? Je t'ai jamais vue dans un tel état.

– Elle ment comme une dentiste...

– ... comme une arracheuse de dents...

– Bref, elle ment et je suis sûre qu'elle a une idée derrière la tête.

– Mais si tu l'avais frappée avec l'agrafeuse, t'aurais foutu ta carrière en l'air. Elle aurait porté plainte contre toi et le dossier aurait pu te suivre longtemps.

– Mais je n'allais pas le faire ! C'était juste pour l'impressionner.

– J'en suis pas sûre, Wendy ! Tu es devenue incontrôlable, tu avais les yeux exorbités et tu t'agitais comme une folle échappée d'un hôpital psychiatrique.

– T'exagères pas un peu ?

– Non, Wendy ! Je t'assure que tu m'as vraiment flanqué la trouille.

J'essaie de mettre un peu de légèreté dans notre conversation en mimant à nouveau la scène de l'agrafeuse et en tentant de faire sourire Soraya. Nous avons pris cette habitude de dédramatiser ainsi nos disputes. Mais ce coup-ci, elle reste fermée à toute forme d'humour. Elle n'est pas d'humeur. Elle me regarde en levant les yeux au ciel. Et ajoute :

– Il faut vraiment que tu gagnes en maturité, Wendy.

– Oh, ça va, t'es pas ma mère !

La vacherie est sortie toute seule. Voilà le genre de réflexion que déteste Soraya qui – si elle a beaucoup de recul sur elle-même – en a moins sur son âge et sur les années qui passent. Je sens parfois que nos vingt ans d'écart la tracassent. Elle lève à nouveau les yeux au ciel et secoue la tête, d'un air de dire « ma pauvre fille, tu ne comprends décidément rien à la vie ». Je m'en veux de l'avoir offensée, mais elle ne me laisse pas le temps de m'excuser et enchaîne :

– Je me demande bien pourquoi je t'ai défendue face à Chantal.

Sa réflexion me peine. À son tour, elle touche un point sensible en moi. Notre amitié sincère, voilà un motif suffisant pour tenir tête à la garce, non ? Mais pas question d'envenimer la situation, et je veux retrouver au plus vite notre belle entente. Parce que je tiens plus que tout au monde à Soraya, je m'approche d'elle, les yeux remplis de regrets. Je lui prends la main.

– Je suis désolée, je ne voulais pas te vexer, ma So ! Cette truie est en train de me faire péter les plombs. Je ne veux surtout pas qu'on se fâche à cause d'elle.

Soraya a un temps d'hésitation. Finalement, elle me prend dans ses bras.

– Mais non, ne t'inquiète pas, ajoute-t-elle. Tu restes ma préférée chez Beautés Phocéennes... et de loin !

– Heureusement ! J'ai vraiment besoin de toi en ce moment. Je commence réellement à saturer entre Chantal, Valérie, le fou qui m'a poursuivie en voiture...

– Un fou t'a poursuivie ?

– Bah oui, tu sais bien, je t'ai parlé de ma course-poursuite entre Marseille et Aix au téléphone, pendant que tu donnais le bain au petiot.

– Ah oui, c'est vrai...

Soraya n'a pas du tout l'air convaincue par mon histoire de course-poursuite. Je me détache d'elle pour analyser sa réaction qui ne fait plus aucun doute. Je lui demande :

– Tu ne me crois pas, c'est ça ?

– Je crois surtout que ton histoire avec Camille va trop vite pour toi et qu'elle est en train de te tourner la tête. Tu manques de sérénité en ce moment et chaque événement prend des proportions démesurées. Tu as besoin de repos. Attends un peu que les choses s'apaisent entre Camille et son ex, et tout ira mieux ensuite. C'est la condition sine qua non si tu veux construire une jolie histoire avec lui.

– Tu as sûrement raison.

Je ne veux pas polémiquer à nouveau avec elle, même si je brûle d'envie de lui dire que je ne suis pas folle et que tout ce que je lui ai raconté, je l'ai réellement vécu. Mais à quoi bon ? Nous risquerions de repartir dans une nouvelle discussion animée où nous ne tomberions pas d'accord de toute façon. Un nouveau débat jetterait un froid entre nous. Et ça, je ne le veux pas. J'ai trop besoin de son soutien en ce moment. Besoin d'amis. Besoin de câlins. Alors, je prends sur moi et pose ma tête sur sa confortable épaule. Soraya me serre chaleureusement en me faisant les petites gratouilles sur le crâne dont je raffole. Elle me connaît si bien. Ces minutes sont si réconfortantes. Malheureusement, Soraya doit y mettre un terme.

– Je vais y aller, ma puce. Je suis en retard. Ma famille m'attend, comme toujours.

– Je comprends. Merci en tout cas, ma So. Merci pour tout.

– De rien. Ça sert à ça, une amie.

Elle me reprend quelques secondes dans ses bras avant de constater que le salon n'est ni nettoyé ni rangé. Elle soupire à l'idée de se remettre au boulot. Je comprends tout de suite sa préoccupation et la soulage :

– Rentre chez toi ! Je m'occupe de tout !

– Tu es sûre ? Tu es en état ? Je vais quand même t'aider. À deux, on ira plus vite.

– Rentre chez toi, je te dis. J'ai tout mon temps. Regarde, je n'ai aucune nouvelle de Camille. Je vais sûrement en profiter pour passer une soirée solo et me faire une bonne nuit de sommeil. J'ai tout mon temps.

Je lui montre en même temps mon portable où les textos que j'ai envoyés à Camille sont tous restés sans réponse. Soraya se laisse convaincre. Elle file retrouver sa famille sans même repasser par les vestiaires. Avant de partir, elle tient tout de même à être rassurée d'une chose.

– Tu ne vas pas faire de bêtises ?

– Mais non, rassure-toi, je n'ai pas l'intention de saccager le salon. Je n'ai rien à me reprocher et je continuerai à être une employée irréprochable. File maintenant.

Soraya m'obéit en me soufflant un dernier baiser.

Je reprends mon balai et ma serpillière, et m'emploie à frotter énergiquement le sol en repensant à ce chapitre de ma vie qui laissera forcément des traces. Je m'efforce de prendre les choses avec philosophie. L'avenir nous dira à quelle sauce Chantal va me manger et ce que je vais devenir. Elle a désormais de quoi monter un bon gros dossier contre moi. Dès lors, mon avenir professionnel n'est plus tout à fait entre mes mains. Et puis, je me demande ce que Camille fabrique à cet instant précis et pourquoi il ne répond jamais présent quand j'ai besoin de lui. À l'avenir, il devra rectifier le tir si, comme le dit très justement Soraya, nous voulons repartir sur des bases saines et propices à un long et bel amour.

Après une bonne demi-heure de travail, le salon brille enfin comme un sou neuf. Je m'accorde une pause bien méritée sur mon fauteuil en buvant un Coca Light et en regardant les passants de l'autre côté de la vitrine. En espérant aussi, secrètement, que Camille m'appelle en me demandant de le rejoindre le plus vite possible. Mais aucune onde de son portable n'arrive jusqu'au mien. Du coup, je décide de rentrer chez moi. Tant pis pour Camille, tant mieux pour mon repos ! Je range le balai et la serpillère dans le placard, à leur place, et je passe par les vestiaires, comme chaque soir. Je commence à me changer, comme chaque soir. Je détache mes cheveux et m'approche de mon miroir pour me refaire une petite beauté, comme chaque soir. Mais comme un soir qui n'a rien d'ordinaire, je découvre avec effroi, inscrit sur la glace au rouge à lèvres rouge baveux, un message qui manque de me provoquer une crise cardiaque :

« *Il est à moi ! Rien qu'à moi ! Ne t'en approche plus !* »

CHAPITRE XVII

Camille

Mon épaule me fait un mal de chien. Voilà presque sept heures que j'attends, le bras prisonnier de ce maudit tuyau. Les cloches de l'église martèlent chaque nouvelle heure de mon supplice et, à chaque son de cloche, j'espère que ce sera le dernier gong. Mais non, elle ne revient toujours pas. Je n'en peux plus. J'ai l'impression que des fourmis me mordillent tout le corps. Si seulement Valérie m'avait accordé la faveur d'un tabouret pour que je puisse m'asseoir.

Même pas. Elle n'a même pas eu cette clémence. Je suis resté debout les six premières heures, à essayer de triturer le verrou des menottes pour détraquer le mécanisme et me libérer. En me disant que ce ne sont que des jouets et qu'il doit bien y avoir une faille pour des amoureux maladroits qui auraient perdu la clé. Mais tous mes espoirs se sont vite envolés. Je viens d'apprendre à mes dépens que les menottes pour jeux sexuels sont aussi solides que celles utilisées par les flics pour arrêter les plus gros truands. Un comble !

J'ai tenté aussi d'appeler au secours, mais Valérie ne m'a pas menti, son père a fait insonoriser le studio, certainement pour pouvoir sauter ses poules dans la plus grande discrétion. Et puis je ne suis pas sûr qu'il y ait grand monde dans la journée, surtout en semaine, dans cet immeuble d'habitation. Si, en plus, on ajoute la circulation du cours Mirabeau, j'ai rapidement perdu espoir que mes cris, mes SOS trouvent auprès d'un voisin un écho salvateur. Alors, j'ai pris sur moi. J'ai tenté de trouver une autre position en m'accroupissant et en reposant mon dos contre le mur, avec ce maudit bras prisonnier et tendu comme la corde d'un arc. Peine perdue ! Tous les quarts d'heure, je suis obligé de me relever pour dégourdir mes cuisses qui brûlent et pour masser mon épaule sur le point de se déboîter. Et le pire, c'est que je ne sais toujours pas quand mon calvaire va prendre fin.

Valérie voulait que je réfléchisse. Elle ne va pas être déçue. J'envisage tous les moyens pour prendre ma revanche, pour lui faire payer cette humiliation au centuple. Je fulmine à l'évocation de son prénom et davantage encore lorsque je repense à son visage satisfait quand elle m'a quitté en me laissant prisonnier. Mais avant d'envisager une revanche, il faut cogiter à un moyen de l'amadouer et de récupérer les clés. La tâche va être ardue car Valérie n'est pas née de la dernière pluie. C'est sûr que j'aurais eu plus de facilités à me libérer avec Wendy comme bourreau qui – il faut bien l'admettre – est plus influençable et plus manipulable... Arggh ! Je m'en veux aussitôt d'avoir eu cette pensée. Valérie est en train d'obtenir ce qu'elle voulait, que je dévalorise sa rivale à son profit. Quelle fine stratège, cette femme ! Je me force à avoir tout de suite une pensée positive sur Wendy pour rééquilibrer les choses. Je cherche. Et puis merde ! Je n'ai pas besoin d'établir une liste comparative entre les deux. Je suis mieux avec Wendy, un point c'est tout. Je l'aime. Dorénavant, ce sera mon unique ligne de défense.

Il ne reste que quelques minutes avant que j'entende pour la septième fois le clocher de l'église s'affoler et pour que je peste un peu plus. Fatigué, je renonce une nouvelle fois à rester accroupi et opte pour la position verticale lorsque le bruit tant attendu se fait entendre. Ces maudites clés s'introduisent enfin dans la serrure. Elles tournent deux fois sur elles-mêmes. J'entends le verrou sauter, et mes craintes aussi par la même occasion. La porte s'entrouvre lentement. Mais d'un coup, je ne sais plus si son arrivée est une bonne ou une mauvaise nouvelle. Ma tortionnaire vient-elle me libérer ou alourdir ma peine ? Je ne sais plus très bien pourquoi j'ai tant attendu ce moment. Je le redoute maintenant. Ses pas marqués font craquer le parquet de façon effrayante. Valérie prend une voix qui n'a rien de naturel :

– Tu as bien réfléchi, mon chéri ?

Ne pas entrer dans ses provocations ! Je me le répète intérieurement : tenter de mettre fin à son petit manège et jouer franc jeu avec elle. M'en tenir à cette tactique dorénavant. Et mettre tout en œuvre pour maîtriser sa colère :

– Tu te rends compte que s'il y avait eu le feu ou je ne sais quoi de grave, tu t'en serais voulu toute ta vie ?

– Pas du tout ! J'y aurais vu un signe du destin ou une punition divine contre toi.

Que répondre à ça ? Je suis désespéré par son attitude si puérile. De dépit, j'en perds ma ligne de conduite :

– Tu dis vraiment n'importe quoi. T'es d'une bêtise affolante...

– Je vois que tu n'as pas beaucoup avancé dans ta réflexion. Il va te falloir plus de temps encore.

Valérie entre dans sa kitchenette et se sert un verre d'eau. Elle m'en propose un. Je ne lui réponds pas. Je reste focalisé sur mon but ultime, ma libération.

– Qu'est-ce que tu vas faire maintenant ? Me laisser ici jusqu'à ce que je meure de faim, de soif ou d'épuisement ?

– Non, jusqu'à ce que tu te décides à quitter cette garce. Le temps que tu réalises qu'elle ne t'apportera jamais ce que je t'offre. Tu verras, dans un mois, tu ne banderas plus pour elle.

– Non, ça n'arrivera pas, Val !

– Alors, je ne sais pas encore ce que je vais faire. Je suis capable de tout !

Valérie allume le gaz sous les plaques chauffantes de la gazinière dans la cuisine. Elle joue avec les boutons en les tournant un coup à gauche, un coup à droite, fière de son petit effet. Je fais mine de m'en moquer. Mais dans un excès de colère aussi soudain que brutal, Valérie tourne à fond les trois ouvertures afin que le gaz s'échappe en masse dans l'appart.

– T'es complètement tarée. Wendy a raison. Je suis sûr que tu l'as fait suivre et que tu as tenté de la tuer.

– Quoi ? demande Val en faisant l'étonnée.

– T'as engagé quelqu'un pour lui faire peur et la courser en voiture à la sortie de son boulot et sur l'autoroute jusqu'à Aix.

– Une poursuite dans Marseille ? Non, tu dois confondre avec un film de Luc Besson. Elle te rend complètement débile, cette Wendy.

– Ne parle pas d'elle comme ça. Elle n'a peut-être pas ton standing mais au moins, elle n'est pas complètement timbrée !

Dans le mille ! Ma réflexion blesse profondément Valérie qui change d'un coup de ton et d'attitude. Elle fulmine :

– Mais tu ne réalises pas que c'est toi qui m'as rendue comme ça, pauvre con ! Tu vas comprendre que sans toi, je ne suis plus rien. Tu vas comprendre qu'on ne peut pas se faire aimer de quelqu'un pendant dix ans en lui en faisant voir des vertes et des pas mûres, puis la jeter comme une merde du jour au lendemain.

– Val, j'essaie de t'expliquer que ce n'était pas prémédité, que l'amour m'est tombé dessus sans que je m'y attende et que je ne peux plus vivre avec toi. Ce serait te mentir. Je ne serais plus heureux dans tes bras et tu ne le seras pas non plus. Tu peux faire du chantage, m'enchaîner ou trouver d'autres solutions pour me garder, ça ne changera rien à l'affaire. Nous deux, c'est du passé. J'en suis sûr et certain maintenant.

Valérie titube comme un boxeur qui vient de recevoir une série de crochets sans pouvoir se protéger ni riposter. Elle s'assied sur le lit pour digérer les coups reçus. L'odeur de gaz de plus en plus oppressante n'arrange rien à son état. La pâleur de son visage me donne des sueurs froides. Si elle tombe dans les pommes, nous allons mourir tous les deux asphyxiés. Je tente le tout pour le tout :

– Maintenant, tu as les cartes en main pour décider de la fin de notre histoire. Une chose est sûre, quand je te vois comme ça, je ne reconnais en rien mon « p'tit cœur ». J'en viens à me demander comment j'ai pu t'aimer aussi fort. Aussi longtemps.

Un coup de poignard. Le coup de grâce. Valérie fond en larmes. Elle me tourne le dos pour que je ne la voie pas craquer. Mais sa peine est trop grande et j'entends ses longs et douloureux sanglots. Elle tripote les clés des menottes restées sur le lit puis, après quelques secondes d'hésitation, les jette dans ma direction à l'aveuglette, sans se retourner. Les clés frappent le mur et tombent à proximité de mes pieds. Je tire une dernière fois sur mon bras prisonnier et, dans un surprenant mouvement élastique de mon corps, je réussis à introduire un doigt dans l'anneau en métal réunissant les clés et à m'en emparer. Je me détache aussi vite que je peux et me précipite dans la cuisine pour fermer le gaz et ouvrir les fenêtres en grand. Valérie n'a pas bougé, les épaules abattues, les cheveux tombants, la figure dans ses mains. Inconsolable.

Je détache les menottes du tuyau auquel elles ont été bien trop longtemps attachées aujourd'hui. Ce geste me fait revivre le supplice enduré tout l'après-midi. L'idée de me venger de Valérie en la menottant à son tour me traverse l'esprit. Mais en m'avançant vers elle, j'aperçois le reflet de son visage dans une glace fissurée et poussiéreuse, posée sur la table de chevet. Ses joues creusées, ses pommettes gonflées par le chagrin et son teint blafard – presque macabre – rendent totalement méconnaissable la chaude beauté méditerranéenne qui m'a rendu tellement heureux pendant des années. En avançant un peu plus, je suis choqué par son regard, encore de braise il y a quelques heures et dorénavant blême et hagard, où plus rien ne pétille, plus rien ne brille, plus rien ne vit. Devant un tel désastre, les menottes m'échappent des mains et tombent au sol. Je culpabilise en voyant les monstrueux dégâts que j'ai causés. Je ne pensais pas qu'une femme pouvait se mettre dans un tel état pour moi, qu'une femme pouvait m'aimer à ce point. J'en suis flatté. Désolé. Meurtri. Je dépose un baiser humide sur sa tête en gémissant quelques mots :

– Je suis navré Valérie.

Et je pars.

CHAPITRE XVIII

Wendy

Besoin d'un nettoyage intégral. À peine rentrée chez moi, je me fais couler un bon bain relaxant. Après cette folle journée, j'éprouve le besoin de laver mon corps de toutes ces suées endurées, de laver mon cerveau de toutes ces visions effroyables, de laver mon âme de toutes mes intentions peu louables envers ma patronne. Je profite de l'eau qui coule en abondance pour agrémenter la baignoire de gros sels, d'huiles essentielles et d'un cœur de bain pour faire mousser cette potion magique qui m'offre à chaque fois un moment de relaxation et de bien-être divin.

J'allume des bougies parfumées, que je dispose autour de la baignoire. En musique de fond, je choisis un orchestre symphonique jouant les plus belles musiques de films. Le bain est à bonne température, pas trop chaud pour me rafraîchir de la température ambiante de l'appartement orienté plein sud et qui a chauffé toute la journée, pas trop froid car je suis une grande frileuse. Lorsque vient l'exquis moment de me glisser dans mon bain, je sens un poids me quitter au fur et à mesure que mon corps disparaît sous la mousse. Le poids des soucis à coup sûr. Je place mon coussin étanche sous ma nuque, soupire en fermant les yeux et laisse la magie du moment opérer. Mon âme se détache peu à peu de mon corps quand, au même moment, mon lecteur MP3 joue la musique du film *Ghost*. Plus rien n'a d'emprise sur moi. Je m'évade en prenant de profondes respirations apprises au cours de yoga et en vidant ma tête grâce aux techniques de méditation pour ne plus penser à rien, pour m'apaiser. Je ne vois que du noir, un noir agréable et apaisant. Je pars loin, très loin.

Malheureusement, il était écrit que cette journée serait pourrie jusqu'au bout, car de grands coups sur ma porte d'entrée me sortent de mon état de semi-conscience pour me ramener violemment à la réalité. Je glisse dans mon bain en me cognant la tête en arrière et en manquant de boire la tasse. La douceur du moment est vite engloutie par la colère. D'autant que les coups sur la porte s'intensifient en fréquence et en force. Je me lève, furieuse, en enfilant mon peignoir. Puis, quand je me regarde dans la glace, de mauvais souvenirs refont surface : des mots écrits au rouge à lèvres et le visage d'un homme effrayant dans mon rétroviseur. Un sentiment d'horreur me gagne. Et si tout recommençait...

Je me précipite dans la cuisine pour saisir le plus grand couteau dont je dispose. Je m'approche de la porte d'entrée à pas feutrés alors que les coups continuent avec une régularité glaçante. En prenant mon courage à deux mains, je regarde à travers le judas. Mon corps se relâche instantanément en voyant la silhouette, certes déformée mais rassurante, d'un être connu et aimé. Camille. J'ouvre la porte sans réfléchir, sans penser au couteau de boucher qui pend au bout de mon bras.

– Sympa l'accueil ! réagit Camille en apercevant le couteau.

– Oups ! Désolée...

Je le cache derrière mon dos et, une fois Camille entré dans l'appartement, je file le ranger à sa place dans la cuisine. Camille me suit, l'air circonspect devant mon comportement.

– Tu ne m'embrasses pas ?

– Oh si... pardon ! J'étais dans mon bain. La tête ailleurs.

Je me précipite pour l'embrasser et ressens en lui de l'inquiétude et des doutes. Il ne s'attarde pas sur notre baiser, l'expédie même. Quelque chose ne tourne pas rond chez lui.

– Tu es injoignable, me reproche-t-il.

Je pense alors au mode avion que j'ai enclenché pour profiter au mieux de mon bain. Et puis, je me rebiffe. Après tout, c'est l'hôpital qui se fout de la charité.

– Tu peux parler ! Je n'ai eu aucune nouvelle de toi depuis hier.

– J'ai eu une journée difficile, admet-il. T'as pas reçu un texto de ma part ce midi ?

– Non, rien du tout.

– T'es sûre ?

– Oui, sûre et certaine ! C'est pas faute de l'avoir attendu.

Camille n'a pas l'air convaincu. J'en viens à douter de moi et vérifie sur mon portable, mais son dernier message remonte bien à la veille. Je lui montre l'écran car j'ai le sentiment désagréable qu'il ne me croit pas et me prendrait même pour une mythomane.

– C'est bon, je te crois, finit-il par lâcher. C'est que... bref, j'ai vraiment passé une sale journée !

– Qu'est-ce qui t'est arrivé ?

– Rien, dit-il, hésitant. Pas mal de contrariétés au boulot. Ça ne me dit pas pourquoi tu me reçois avec un couteau ?

– Je n'étais pas rassurée. Valérie a encore fait des siennes ! Elle a inscrit au rouge à lèvres des menaces et des insultes sur le miroir de mon vestiaire, au salon.

– Quand ?

– Aujourd'hui ! Pendant ma pause dej certainement.

– C'est pas possible !

– Ah bon ? Pourquoi ?

Camille pèse ses mots. Je le sens tergiverser. Je trouve son comportement étrange et c'est à présent moi qui ai de sérieux doutes sur lui.

– Disons que je l'ai croisée au moment où tu prenais ta pause déjeuner et qu'elle ne pouvait pas être à Aix et à Marseille à la fois.

– Je ne vois pas à quel autre moment elle aurait pu faire ça. Le matin, le message n'y était pas et on n'a pas quitté le salon de l'après-midi. On l'aurait forcément vue passer.

– Alors, ce doit être quelqu'un d'autre.

– Je ne vois pas qui d'autre m'aurait demandé de te laisser tranquille en affirmant que tu lui appartenais.

– Tu as pris une photo ?

– Non. Tu ne me crois pas, c'est ça ?

– Si... Mais je pourrais vérifier si c'est vraiment son écriture.

– Donc, tu ne me crois pas ! Désolé, je n'ai pas eu l'idée d'immortaliser ce moment. Je l'ai effacé et je suis partie car j'étais seule dans le salon et pas franchement rassurée. Je n'étais pas en état de penser à photographier le miroir pour le montrer ensuite à... un mec qui reconnaît les écritures.

– Un graphologue.

– Arrête de me reprendre à chaque fois et arrête aussi de mettre systématiquement ma parole en doute. Je commence vraiment à en avoir par-dessus la tête. Si je ne suis pas assez bien pour toi et si tu n'as pas confiance en moi, tu n'as qu'à partir, et puis c'est tout.

Je lui ouvre la porte d'entrée. Je me dirige ensuite vers la cuisine pour mettre la bouilloire en marche. J'ai besoin d'une infusion pour me calmer. Je cherche les feuilles d'eucalyptus parmi les herbes et les épices rangées dans le placard dédié à cet effet. Mais dans l'énervement, un bocal m'échappe, qui se casse sur le sol et recouvre le carrelage d'un mélange de curry et de morceaux de verre. Merde ! Je ramasse les débris en râlant et en pestant contre la Terre entière. J'ai envie de crier, de casser autre chose, de pleurer pour évacuer toute ma frustration accumulée ces derniers jours. Comme l'eau dans la bouilloire dont le loquet vient de sauter, je suis prête à exploser.

Derrière moi, Camille ne dit rien, ne se soucie de rien. Je ne sais pas ce qu'il fait, je ne veux même pas le savoir, je risquerais de me servir de mon couteau de boucher tant son comportement commence à me porter sur les nerfs. Malgré tout, je ne peux pas me retenir :

– Ne viens pas m'aider, surtout !

Je l'entends au loin refermer la porte d'entrée et, enfin, s'approcher de moi. Je ne me retourne pas. Il me saisit par les hanches alors que je verse l'eau bouillante dans la tasse, sur les feuilles d'eucalyptus. Il m'entoure de ses bras, glisse ses mains sous mon peignoir et se colle à mon dos. Son souffle soulève les quelques mèches humides que je n'ai pas eu le temps de relever et d'attacher avec le reste de mes cheveux lorsque je suis sortie du bain. Il finit par déposer un doux baiser dans mon cou en me serrant plus fort dans ses bras.

– Pourquoi te mets-tu dans cet état-là ?

– C'est ta salope d'ex...

– Arrête, ne sois pas si dure avec elle ! Elle est malheureuse.

– Je m'en fous! Elle n'a pas à me faire vivre cet enfer.

– T'exagères pas un peu ?

Mes doigts se crispent sur ma tasse. Camille a des doutes, ce qui me met hors de moi. Mes poils se hérissent, mon ventre se contracte et mon sang chauffe. Camille le remarque mais n'en éprouve aucun regret. Au contraire. Ma métamorphose l'excite. Je le sens à son corps frémissant derrière moi. Il se fait entreprenant. Il remonte une main sous mon peignoir jusqu'à mon sein, tandis que l'autre détache le nœud de ma ceinture. Mon peignoir s'ouvre. Camille mord le col comme un loup affamé et le tire vers lui pour faire tomber ce tissu qui le gêne. Mais je ne me laisse pas faire et replace fermement le peignoir qui était en train de glisser sur mes épaules. Je le renoue avec la même autorité. Camille continue de m'embrasser dans le cou et me susurre :

– Les femmes en colère m'ont toujours fait un effet fou !

– Je ne suis pas d'humeur ce soir ! Je n'aime pas quand tu ne me fais pas confiance.

Vexé et frustré, Camille se détache de moi. Il s'énerve et reprend les affaires qu'il avait laissées sur la table d'entrée en arrivant. Il remet ses chaussures et s'apprête à partir. Ma fierté me dit de ne pas bouger mais j'appréhende de dormir seule ce soir. Je cours vers lui :

– Tu t'en vas ?

– Je n'aime pas les caprices.

Impuissante, je le regarde lacer ses chaussures. Je ne sais plus comment le retenir. Dans un geste désespéré, je mets mon amour-propre de côté et dénoue mon peignoir, laissant apparaître ma nudité. Camille s'en aperçoit en se relevant mais son excitation est passée. Il n'a pour moi comme attention qu'un baiser sur le front qui ressemble plus à de la tendresse qu'à du désir. Il confirme :

– Je crois que ça nous fera du bien à tous les deux de dormir chacun chez soi. On a besoin de repos et de réfléchir à notre couple.

– D'accord, je me sens obligée de répondre en me blotissant dans mon peignoir.

Je le raccompagne sur le palier. Camille m'embrasse et me sourit timidement en attendant l'ascenseur. Au moment d'y monter, il se retourne vers moi et me dit, en hésitant :

– Wendy, j'ai besoin d'être rassuré. J'ai fait une croix sur un amour de dix ans pour toi.

– Je t'ai déjà donné plein de preuves de mon amour. Moi aussi, j'ai quitté mon mec pour toi.

– C'est pas pareil ! J'ai besoin d'être sûr que tu m'apporteras tout ce dont j'ai besoin.

– Ne t'inquiète pas, on sera heureux tous les deux.

Il ne réagit pas, ne me rassure pas. Je déteste ce moment qui s'éternise et en devient gênant. J'hésite à me mettre à genoux pour le supplier de rester. Mais je ne le fais pas, par orgueil certainement. Je regarde les portes du vieil ascenseur se refermer en grinçant. Il commence à descendre. Je m'en approche avec l'espoir d'apercevoir une dernière fois le regard attendri de Camille à travers les grilles en fer, un regard qui me rassurerait tant. Mais il fixe un point droit devant lui et ne me voit pas.

Je repense à la conversation que j'ai eue avec Soraya quelques jours plus tôt lorsque je lui disais qu'elle avait de la chance d'avoir les bras d'un homme pour la rassurer quand elle broyait du noir. En définitive, cette chance, je ne l'ai toujours pas !

CHAPITRE XIX

Camille

Pourquoi le bonheur effraie-t-il autant les hommes ? Pourquoi, alors que je croyais être l'homme le plus heureux du monde avec Wendy, je pense toujours à Valérie et à d'autres aussi ? Je pense à toutes les chattes, sur Terre, que je n'ai pas fourrées, à tous ses petits culs que j'ai envie de presser entre mes mains, à tous ses seins sur lesquels je veux poser ma tête. Pourquoi, alors que Wendy me satisfait pleinement sexuellement, j'en veux plus ? Je veux que nous explorions d'autres univers, j'ai envie de l'emmener sur des chemins risqués, sur des pentes dangereuses où elle pourrait perdre toute la considération qu'elle a pour moi. Tout son amour. Je veux la mettre dans une situation inconfortable, voir comment elle réagit, comment elle s'en sortira. Je veux qu'elle me surprenne, qu'elle fasse grimper l'estime que j'ai pour elle, je veux être fier d'avoir la femme la plus excitante du monde. Et que mes potes aient la langue qui pend quand je leur raconterai tout ce que nous avons fait ensemble, qu'ils en bavent de jalousie quand ils verront à quel point Wendy m'obéit, que notre vie à deux n'a rien à voir avec leur petite vie minable de couple installé. Je veux, je veux, je veux... Je sais à quel point je ne suis qu'un égoïste. Mais on ne se refait pas !

« *Tu m'en donnes beaucoup mais ce n'est pas encore assez ! RDV vendredi à 23h pour une sortie nocturne coquine. Habille-toi sexy. Je passe te prendre en bas de chez toi. Je ne t'en dirai pas plus. Bisous.* » Message envoyé. Je ne peux plus faire marche arrière. Juste attendre. J'ai fait exprès de ne lui donner aucune nouvelle depuis mon départ précipité il y a quatre jours. J'imagine son visage au moment de recevoir mon texto, ou plutôt les différentes expressions possibles de son visage. Son visage crispé, choqué, irrité. Elle balance son portable sur son lit en criant : « Merde ! Je suis encore tombée sur un putain de pervers ! Il s'est bien foutu de ma gueule, ce salopard ! » Ou son visage amusé, fripon, mystérieux. Elle se dit :

« Ah, ah, il cache bien son jeu, ce petit bourge. M'habiller sexy ? T'as pas idée à quel point. Je vais te faire baver, fantasmer, jouer avec tes nerfs. Tu vas boire le calice jusqu'à la lie. »

Mon téléphone vibre sur la table basse. Je vais enfin savoir. J'hésite avant de le lire, puis je me lance. Sa réponse tient en deux lettres, deux minables lettres écrites en capitales. « *OK* ». Est-ce un ok qui signifie « avec joie » ? Est-ce un ok qui signifie « je ne vois pas trop où tu veux en venir mais je suis libre vendredi, voyons-nous » ? Ou est-ce le « *ok* » que j'envoie régulièrement, quand je suis pressé, en lisant le message en diagonale et en me disant que je rappellerai mon correspondant plus tard. Argh ! Elle m'a bien eu sur ce coup-là. J'envoie valser les journaux posés sur la table basse. Je n'aime pas perdre l'avantage, ne plus être maître des cartes, et force est de constater qu'elle les a magistralement bien rebattues et s'est copieusement servie en atouts. Je ne sais toujours pas comment elle va réagir à la soirée que je lui prépare. J'ai peut-être plus de doutes qu'elle maintenant. Mais je ne changerai pas la moindre virgule de mon programme. Ma petite Wendy, je vais voir ce que tu as réellement dans le ventre.

Vendredi 23h30. Je prends Wendy par la main pour l'aider à descendre de voiture. Elle ne me sourit pas. Talons aiguilles et robe de soirée léopard se finissant en un bustier noir ultra moulant laissant deviner qu'elle est seins nus sous sa robe... Hum, Wendy a respecté ma consigne à la lettre. Même si ce n'est pas ce que j'aurais choisi personnellement, cette touche de vulgarité va faire sensation dans l'endroit où je l'emmène, j'en suis sûr. Nous n'avons échangé que des banalités depuis que je l'ai embarquée dans ma Porsche en évitant soigneusement d'évoquer la nuit qui nous attend. À l'aise l'un comme l'autre dans cette partie de poker face[1], je ne sais pas ce qu'elle ressent... et vice versa. Nous cheminons à travers Cassis dans la tiédeur agréable d'une nuit étoilée, avant d'arriver dans la rue de notre destination finale, que l'on pourrait renommer ce soir la rue des péchés.

Terminus. Wendy semble se demander ce qu'elle fait là. Elle a compris en voyant les ampoules rouges du Club Privé Satin, situé dans une ruelle isolée, à quelques mètres de l'entrée du club de strip-tease portant le même nom, que cette succursale n'est pas un club pour enfants. En même temps, je sens monter en elle une curiosité malsaine incontrôlable. Elle me tient fermement par la main, mais je n'ai pas besoin de la traîner. Elle suit. À l'image d'un môme au moment d'entrer dans une maison hantée de fête foraine, Wendy a peur mais elle est irrémédiablement attirée par cette promesse de frissons inédits. Elle ne dit pas un mot et moi, je me complais dans son silence.

1. Expression qui signifie rester impassible comme lorsque l'on bluffe au poker.

Parler ne pourrait que gâcher ce moment intime ou, pire, lui offrir une échappatoire. Mais je n'y crois pas. Elle ne s'enfuira pas. Elle aurait peur de me décevoir, pire de me perdre. Depuis notre première rencontre, je sais que je la tiens par la peur. Je suis peut-être prétentieux, mais le monde que je lui offre n'a rien de comparable avec celui qu'elle a connu auparavant. Quand tu goûtes au champagne, tu ne reviens pas au vin pétillant. Cette emprise sur elle me fait d'autant plus fantasmer. Jusqu'où je peux l'emmener ? J'en saurai plus dans quelques minutes, en entrant dans le club échangiste. En silence.

Le videur nous fait un signe de la tête, il m'a reconnu en habitué que je suis et ne me demande aucune pièce d'identité. Parfait, le mystère instauré perdure. Nous entrons dans le hall étroit, éclairé d'une lumière feutrée rouge. Blanca, une charmante créature en porte-jarretelles, un loup élégamment posé sur les yeux, nous débarrasse de ma veste et du sac de Wendy. Je lui tends un billet de 20 euros, toujours sans un mot. Elle me remercie d'un signe de tête.

J'emprunte le couloir principal d'un pas décidé, comme l'aventurier qui s'engage dans la forêt avec sa machette. Le décor est minimaliste mais très chic et impeccable. Je sens la main de Wendy, froide et tremblante, mais je ne lui adresse aucun regard. Elle doit vivre cette expérience seule, s'éveiller aux sens du lieu. Je l'imagine regarder à droite et à gauche, apercevoir les renfoncements, d'où s'échappe une lumière feutrée écarlate qui se reflète sur les miroirs nacrés du couloir, accompagnée de doux gémissements. Puis d'autres salons où des claquements de fesses et des cris stridents stimulent notre imagination. Mais je ne m'arrête pas. Nous enjambons des bas négligemment jetés, des talons aiguilles retournés, des chemises hommes Prada tachées de grands crus, tous abandonnés à la hâte par leurs propriétaires disparus ensuite dans ces fameuses alcôves. Ces habits sont autant de témoignages de longues soirées de débauche qui se terminent en folle frénésie sexuelle. Je continue à suivre ce couloir décoré de tentures grandioses du *Kama Sutra* et éclairé désormais par des bougies flottantes disposées à même le sol, selon un espacement précis, qui donnent au couloir une impression de profondeur sans fin. Je veux que Wendy fasse le tour des lieux. Le temps qu'elle s'habitue aux bruits et surtout à l'odeur, mélange incongru d'encens, de champagne, de Chanel n°5 mais aussi de sueur humaine et de foutre.

Je commence à avoir chaud et déboutonne ma chemise. Ma queue se durcit au clic du bouton qui saute. Elle a compris le signal. Elle a ses repères et sait qu'elle va bientôt entrer en action. Elle entrevoit aussi le bout de couloir et l'escalier en colimaçon à la rampe dorée qui mène au premier étage, vers un autre couloir plus luxueux, vers d'autres cabines privées plus clinquantes, plus bling-bling, plus confortables, avec vue sur la mer, où j'ai mes aises. C'est sur cet escalier que commençaient mes caresses voluptueuses avec Valérie. Elle essayait de me semer mais je la rattrapais par le talon de ses Louboutin à travers les barreaux des marches. Je la faisais délicatement trébucher pour qu'elle s'allonge le long de l'escalier. Je faisais alors remonter mes doigts habilement le long de ses mollets, effleurais ses genoux, puis reprenais mes caresses sur ses cuisses en engouffrant mes mains sous sa jupe moulante. J'atteignais sa culotte que j'enroulais sur elle-même comme du papier à rouler. Je la faisais glisser le long de ses jambes puis par-dessus ses talons avant de la jeter négligemment du haut de l'escalier. À partir de ce moment-là, elle savait qu'elle ne reverrait plus jamais ce dernier rempart entre les mains baladeuses du club et son sexe. Ça la rendait vulnérable et moi... ça m'excitait terriblement.

Avant qu'elle ait le temps de se relever, je faisais à nouveau monter mes mains le long de ses jambes avec le même rituel : des caresses qui s'intensifiaient au fur et à mesure que j'approchais de mon Graal. Bien vite, la sueur de mes doigts rejoignait l'humidité de sa chatte. Il était si facile alors d'introduire deux doigts, préambule d'une longue nuit de sexe. Nos regards se croisaient entre les marches de l'escalier. Je la dévisageais, comme d'autres couples envieux derrière moi qui attendaient sagement de pouvoir emprunter l'escalier. Valérie n'avait d'yeux que pour moi. Elle plissait les paupières et ouvrait la bouche en cœur, l'amorce d'un long orgasme à venir. Je soutenais son regard en embrassant gracieusement ses Louboutin qu'elle chérissait tant. Dans le même temps, j'exerçais des va-et-vient dans son vagin, pas trop profonds mais en effleurant langoureusement son clitoris. Puis, dès que je la sentais monter un peu trop haut, je retirais subrepticement mes deux doigts. Les préliminaires étaient déjà bien trop entamés et le chemin menant à notre chambre fétiche encore long.

Au moment d'enjamber la première marche de l'escalier, je reviens à moi. « Oh, Camille ! T'es avec Wendy aujourd'hui ! » Pour la première fois depuis notre entrée au Club Satin, j'échange un regard avec elle. Son visage n'a pas bougé d'un pouce. Immuable. Sans expression. Je n'envisage pas de la faire passer devant et de réitérer le rituel que je vivais avec Valérie. Elle n'est pas encore acclimatée. Laissons-lui du temps. Je monte en premier et cherche son regard à travers les marches. Je lui fais un clin d'œil. Elle me sourit timidement. On progresse. À l'arrivée au premier étage, je me retourne, la hisse par la main sur les deux dernières marches et la surprends en l'attirant vers moi. Nos corps se percutent. Je l'embrasse fougueusement. Elle m'attrape les fesses et prolonge mon baiser avec sa langue. La température monte en elle. J'en profite pour balayer sa frange avec mes deux mains, puis enfoncer mes doigts dans sa chevelure. Je plonge mes yeux verts dans ses yeux noisette. J'attends un signe, n'importe lequel qui me donne la permission de poursuivre notre aventure. Wendy m'affronte du regard, puis lâche mes fesses. Un renoncement ? L'envie de partir ? Non, elle s'empare de ma ceinture et fait sauter la boucle brutalement. Puis déboutonne le premier bouton de mon pantalon serré. Ma queue gravit un nouveau palier d'excitation. Mon slip va exploser. Ma verge a compris, j'ai compris... Wendy a dit oui ! Nous continuons notre chemin vers ma cabine. Mais cette fois-ci, je suis derrière Wendy. Je la colle. Elle sent ma queue dans le creux de ses reins pendant que je lui lèche la nuque, ma tête enfouie dans sa longue et opulente chevelure aux reflets d'or. Je me laisse guider en aveugle, en comptant mes pas pour savoir quand bifurquer vers mon salon privé, le blanc, comme le rappelle un masque vénitien de cette couleur qui permet de le distinguer des autres. Nous avançons collés l'un à l'autre, comme si déjà nous ne faisions plus qu'un. Ça y est, nous devons être devant l'arche du délice. Je relève la tête à la recherche du masque blanc normalement accroché aux voilages en dentelles devant le salon, mais mon regard est attiré vers le bas.

Je suis interloqué, presque choqué. Une paire de Louboutin traîne là. Et pas n'importe laquelle.

Valérie est là, j'en suis sûr maintenant. Que dois-je faire ? Demi-tour. C'est ce que ferait un homme sensé. Mais j'ai envie de tout, sauf de partir. Je souhaite les voir se confronter, les voir se défier sur le terrain de jeu où l'une et l'autre se croient les plus fortes. Faire l'amour à sa copine et à sa maîtresse en même temps, mon fantasme ultime. Après ça, je pourrai me retirer dans un couvent et attendre sereinement la mort. L'occasion est trop belle, je ne peux pas la laisser passer. Je me sers un verre de vodka sur la table basse disposée à l'entrée de chaque salon privé, à côté d'une méridienne en velours. Wendy m'imite. Elle trinque, insouciante, sans avoir la moindre idée de ce qui se trame derrière son dos. Elle boit son verre cul sec et tente de m'entraîner dans le salon. Ça y est, elle est dans l'ambiance, prête pour son expérience. Si elle savait ! Elle me sourit, en se mordillant la lèvre inférieure. Elle est chaude comme la braise. Mais c'est encore trop tôt, Wendy ! Il faut qu'elle tombe dans une fièvre sexuelle délirante pour accepter l'inacceptable. Je dois la rendre folle, lui enlever toute capacité d'analyse, toute faculté de réflexion. Je la retiens avec autorité et la colle contre un immense miroir Louis XV qui fait face au salon. Je l'embrasse à pleine bouche, divinement, en jouant avec sa langue. Je dois gagner du temps. Je dégrafe une à une les pressions de son bustier en dentelle Implicite, je connais cette manque de lingerie. Je pense en même temps à un plan : lui mettre un bandeau ? Mais je n'ai rien sous la main pour lui masquer les yeux. Si j'avais su, j'aurais dépouillé de son loup Blanca, la femme du vestiaire. Vite, je dois trouver une autre solution. Je plonge ma bouche entre ses seins et les lèche avec le bout hardi de ma langue. L'effet escompté se produit, des frissons la parcourent. Mais j'ai de plus en plus de mal à la contrôler. Wendy a le visage d'une lionne affamée qui vient de s'échapper de sa cage : les pupilles écarquillées, la crinière blonde décoiffée, les incisives prêtes à dévorer ma peau. Elle m'agrippe les cheveux de ses longues griffes vernies de rouge et remonte ma tête jusqu'à sa bouche. Elle me rugit à l'oreille, avec délicatesse : « Maintenant, c'est moi qui prends les commandes. » Elle veut m'impressionner et n'est pas loin de réussir. Avec une agilité féline, elle descend sa langue le long de mon torse en déboutonnant les derniers boutons de ma chemise et de mon pantalon. Ce dernier tombe à mes mollets. Ma verge ne tient plus dans mon slip, elle va le faire exploser. Je la sens bouillante mais ne peux la remettre en place car Wendy retient fermement mes poignets. Sa langue se faufile maintenant entre les poils de mon torse pour atteindre mon téton gauche – qu'elle lèche par petits coups de langue – avant de le coincer entre ses dents. La douleur ne fait qu'attiser mon désir. Je m'efforce de penser à autre chose. Ton plan, Camille ! Trouves-en un avant de rentrer dans le salon, et reste concentré sur lui. Wendy continue sa descente vers mon nombril. Sur le miroir, elle laisse la trace lascive de son dos dénudé. La chaleur est torride. Le reflet dans le miroir n'offre plus qu'une vision trouble et embuée du salon privé derrière moi, éclairé par un majestueux lustre rococo. Je ne distingue que des ombres de membres qui gesticulent, qui s'entremêlent, qui se pénètrent. Parmi eux, ceux de Valérie se fraient un chemin dans cet enchevêtrement de corps. J'en suis sûr.

Wendy, elle, reste concentrée sur moi. Elle atteint mon nombril qu'elle contourne habilement pour arriver à mon slip. Elle devine mon envie primaire de l'arracher pour lui coller ma queue dans la bouche. Mais elle préfère faire durer le supplice. De la langue, elle lèche ce satané coton qui sépare encore mon sexe de son but ultime. La sensation humide sur mes bourses est aussi agréable que frustrante. Ma verge grossit encore un peu. Comment est-ce possible ? Wendy laisse sa langue parcourir la forme on ne peut plus droite de ma verge avec une lenteur énervante. Elle arrive enfin à la frontière du coton, et le premier contact entre sa langue et mon gland sonne comme une délivrance. Du bout des lèvres, elle joue avec mon prépuce. Je n'ai qu'une envie, me branler sur elle, mais Wendy retient toujours mes poignets. Sa langue tourne autour de mon gland comme une toupie. Ces secondes sont exquises.

Je lâche un long soupir de satisfaction. Wendy l'entend et relève sa garde. J'en profite pour libérer mes poignets et attraper sa chevelure. C'est bon, j'ai repris le contrôle ! Je lui maintiens la tête fermement et enfonce ma verge dans son palais. Les va-et-vient sont autant de coups de pompe qui gonflent mon plaisir. Je n'en reviens pas, aucune femme ne m'a jamais aussi bien sucé. Quel pied ! Mon regard s'arrête sur le spectacle que m'offre Wendy plus bas. Mais je n'oublie pas pour autant de jeter des regards en face à moi, où les silhouettes dans le miroir me rappellent qu'une autre bouche m'attend.

« Mes loubies ». Valérie a coutume de les appeler ainsi. Comment ne pas les reconnaître ? Elles sont uniques en leur genre, drapées de cuir noir avec une terminaison en dentelle grise jusqu'aux doigts de pied que Valérie sait savamment assortir à ses sous-vêtements, le tout surélevé par des échasses interminables. Mon regard ne peut s'échapper de cette paire de Louboutin, trop originale pour me tromper sur leur propriétaire. J'essaie de percevoir dans la glace un autre indice qui confirmerait mon intuition. Mais je n'aperçois que des parties de corps qui fusionnent, aucun détail ne me permet de la voir ou de la reconnaître. Je tente malgré tout de chercher parmi cet entrelacs de corps le tatouage de Valérie, des initiales VB qui, dans une écriture gothique, épousent élégamment la forme de son mollet. Mais le miroir est trop embué pour que je puisse voir quoi que ce soit. Mon regard lâche, tout devient flou. Un autre sens prend alors le relais, l'ouïe. Mon oreille tente de percer le brouhaha érotique pour reconnaître des gémissements familiers. Je me concentre. Eurêka. Ces petits cris que j'entends, je les distinguerais même dans une jungle. J'en suis sûr maintenant, c'est elle. Le cri de la sirène. De ma sirène. Je dois y aller. Je relève à la hâte la tête de Wendy, enlève mon slip et mes chaussures dans un même mouvement. Je dézippe la jupe de Wendy qui tombe à ses pieds. Nous sommes nus comme des vers. Je l'embrasse une dernière fois fougueusement et nous entrons dans le salon avec l'excitation de deux ados qui vont connaître leur première fois.

Valérie est bien là, allongée de tout son long, telle Cléopâtre, sur une large banquette ronde et blanche, garnie de moelleux coussins, qui trône au milieu de la pièce. Les flammes des lanternes volantes suspendues au plafond illuminent la pièce. Face à nous, une immense baie vitrée donne sur le cap Canaille – qui n'a jamais aussi bien porté son nom – avec en fond, la mer éclairée par la lune et par des centaines de bateaux de pêcheurs. Valérie s'en moque. Elle tourne le dos aux beautés du paysage. Elle est aimée par Kevin, son assistant, assis derrière elle, qui l'enlace tout en tenant ses seins dans chacune de ses mains et par une autre femme qui, assise à même le sol, caresse ses jambes avec de longues plumes aux couleurs du salon. Valérie me remarque à l'instant même où j'entre dans son royaume. Un sixième sens entre nous. Elle me sourit de ce sourire coquin que je connais et que j'apprécie tant. Le plaisir de me voir se lit dans ses yeux en amande. Elle me fixe sans prêter la moindre attention à mon accompagnatrice. D'un geste d'impératrice, elle fait cesser les caresses de la femme en contrebas et se défait des bras de Kevin. Elle se lève avec une grâce majestueuse pour s'avancer jusqu'à moi, emmanche ma verge comme un sceptre et m'embrasse dans le cou en insistant pour y laisser la marque rouge de la forme de ses lèvres. Je suis hypnotisé. Sans y faire attention, je lâche la main de Wendy pour saisir les hanches de Valérie. J'ai besoin de ses lèvres, j'en rêve. Comme aimantés, nous nous embrassons. Une habitude. Un recommencement. Une évidence. Les secondes s'égrènent, nous sommes dans un autre monde où plus rien n'a d'importance à part nous. Mais Valérie l'interrompt brusquement comme gênée par une présence. Elle regarde par-dessus mon épaule. Merde... Wendy !

Je me retourne, fautif. Wendy est là, stoïque, droite comme un i et paralysée. Elle fixe Valérie mais surtout Kevin et son tatouage tribal qui se finit par une lame d'épée sur son avant-bras et qui semble la terroriser. Ses grands yeux s'embrument comme le miroir laissé derrière elle et finissent par déborder. Deux larmes se forment et coulent symétriquement sur chacune de ses joues.

Deux larmes de déception, de mépris et de haine. Wendy n'a pas la force de me claquer ou de se jeter sur Valérie pour l'étriper. Elle a simplement l'instinct de la bête blessée, fuir le plus loin et le plus vite possible. Je me retrouve comme un con, le sexe ramolli. Mon plan à trois, mon fantasme ultime, vient de partir en fumée. Pire, je réalise ce que je viens de perdre. Je viens certainement de faire une croix sur l'amour de ma vie.

CHAPITRE XX

Wendy

You're beautiful, you're beautiful is true. Le refrain tourne en boucle sur mon lecteur MP3 dont les enceintes portables résonnent comme un cri perdu dans la montagne de tristesse de mon appartement. J'ai beau me tourner vers la Bonne Mère[2] pour implorer son aide, rien n'y fait. Les couleurs vives des murs n'ont jamais paru aussi ternes. Ni James Blunt ni personne n'a réussi à me remonter le moral depuis plus de trois semaines maintenant. Je n'ai pas quitté mon appartement si ce n'est pour acheter des plats à réchauffer, des boîtes de conserve, des macaronis tout préparés sans goût ni saveur.

2. Nom donné par les Marseillais à la basilique Notre-Dame de la Garde.

À chaque jour son plat, aussi insipide que mon moral est maussade. Je n'ai pas faim de toute façon. Je n'ai pas faim et je n'ai pas sommeil. Je ne parviens pas à dormir, mais je n'ai pas envie de me lever de mon lit. Je n'ai pas envie de quitter mon lit mais pas envie d'y être non plus, car je l'imagine à côté de moi. Je le sens. Cet enfoiré a laissé son fantôme chez moi. Son sourire apparaît dans le marc du café, ses yeux verts sur les photos accrochées aux murs du salon, son corps musclé dans le reflet du miroir de la salle de bains, et qui se moque en nous comparant l'un l'autre : lui en pleine forme, si grand, si beau et moi, si horrible ! Horrible, il n'y a que cet adjectif qui me vienne en tête et encore, il est bien trop faible pour décrire l'état pathétique dans lequel je suis tombée.

Moche et, en plus, je pue. Tout est sale chez moi. Le calcaire forme une tache dans la baignoire, qui s'étend de plus en plus, jour après jour, comme le sel d'une mer asséchée ou le sable d'une région gagnée par le désert. J'ai décidé de ne plus me laver. Mes poils ont poussé, mes dents ont jauni, les cernes ont envahi mes joues. J'accepte de m'asperger de temps en temps le visage lorsque mes pensées vont trop loin dans le spleen, lorsqu'elles me suggèrent de monter sur le balcon pour m'offrir un dernier vertige, lorsqu'elles me poussent à tourner le gaz des foyers de la gazinière en m'allongeant les bras croisés sur mon lit avec un bon somnifère, lorsqu'elles me soufflent d'ouvrir l'armoire à pharmacie pour me préparer un cocktail exquis et trinquer une dernière fois à ce connard. Jusqu'à présent, je résiste en me disant qu'il n'en vaut pas la peine, que ma disparition ne lui ferait peut-être ni chaud ni froid, qu'il ne l'apprendrait même pas, si ça trouve. Je résiste, mais jusqu'à quand ?

Mes narines sont envahies. L'odeur devient vraiment pestilentielle dans la pièce. Un nauséabond mélange de renfermé, de bouffe grasse et huileuse, relevé par la transpiration d'une femme habillée comme une clocharde, le tout couronné par des effluves d'alcool sortant d'une rangée de bouteilles de toutes formes, de toutes tailles, débouchées, voire renversées pour certaines. Je n'aère plus. La vaisselle déborde. Je ne veux pas rafraîchir la pièce et risquer de sentir à nouveau mon odeur, ce putain de parfum naturel qui a attiré ce bâtard, l'a séduit mais ne l'a pas retenu. Je ne veux plus le sentir ce parfum qu'il aimait tant et qui me rappelle sans cesse son visage. Je ne suis pas loin de réussir. Le moi d'avant se fait avaler petit à petit par le nouveau moi, ce monstre qui effraierait n'importe qui.

Affalée sur le canapé, je souris pour la première fois depuis une semaine en songeant que bientôt, vu la vitesse à laquelle je me dégrade, je ne vais plus me reconnaître. Et comme je ne serai plus moi, je ne serai plus triste. Je raisonne comme une folle échappée de son asile. La sonnerie du téléphone me sort de cette folie naissante.

Je crie comme une furie qu'on doit entendre jusqu'au dernier étage de l'immeuble :

– Ah non, c'est pas encore toi espèce d'enflure !

Je continue de vitupérer sur le même ton vulgaire :

– J'en ai plein le cul ! Je ne te répondrai pas, j'en ai rien à foutre de tes centaines de messages et de tes milliers de textos !

Je poursuis en joignant le geste à la parole et en jetant mon portable à travers la pièce vers une corbeille à papier que je n'atteins évidemment pas, vu mon état :

– Tu vois, je les balance tous à la poubelle !

Le portable retombe face contre terre et décroche un appel. Je me suis recouchée sur le canapé mais, au bout de quelques secondes, j'entends comme un murmure, Soraya qui hurle pourtant à l'autre bout du fil :

– Wendy, Wendy, réponds-moi, bordel !

Le son de sa voix est comme une bouée de sauvetage. Soraya, la seule personne qui est toujours là pour moi. Sainte Soraya. L'amie qui ne me lâche jamais, m'écoute toujours, me couvre quand j'ai un souci à l'institut, vient arroser mes plantes quand je pars en vacances, qui est là quand ma mère me prend la tête, quand j'ai des problèmes d'argent et quand je me fais larguer. Soraya, So, ma petite So... je répète son nom en me faisant tomber du canapé et en rampant pitoyablement jusqu'à la poubelle. Je n'ai pas la force de prendre le portable en main, je me concentre juste pour parler devant le micro du téléphone.

– Soraya, Soraya, c'est toi ?

– Putain, Wendy, qu'est-ce que tu fous ?

– Rien, rien, je suis malade. Je suis malade. Je suis désolée.

– T'es bourrée ?

– Non, je suis malade, je te dis.

– Ça fait une semaine que je te couvre auprès de Chantal. Elle devient folle.

Je marque un temps d'arrêt. Chantal ? Ah oui ! Ma patronne. Elle m'a mise à pied deux semaines, mais je devais reprendre le travail lundi dernier. Je ne l'ai pas prévenue que je ne venais pas, j'ai juste envoyé un texto à Soraya en lui disant que j'étais souffrante et depuis, je n'ai même pas pensé lui envoyer une fausse excuse. À quoi bon ? De toute façon, je suis certaine que Chantal va me virer. Malgré tout, j'essaie de rassurer Soraya :

– Je reviens bientôt, quand je ne serai plus malade.

– Bon sang, Wendy, dis-moi ce que tu as ?

J'aimerais lui mentir, mais je n'en ai pas la force. Je n'ai même plus la présence d'esprit de trouver le nom d'une maladie quelconque ou d'inventer un autre mensonge. Alors, je me racle une dernière fois la gorge, contrôle le sanglot qui agit comme une boule dans mon œsophage en me coupant la parole, et lâche avec toute la détresse du monde.

– On a rompu...

À peine ma phrase finie, j'éteins le portable. Je ne peux plus parler. Je peux juste poser ma joue sur le parquet et l'inonder d'un torrent de larmes.

Je ne sais pas depuis combien de temps je me suis endormie, mais assez longtemps pour avoir les marques du sol sur ma joue, ce qui donne à mon look du moment une touche encore plus effrayante. Le claquement de la porte me fait sursauter. J'ai peur. Pas d'un voleur, ou plutôt si, d'un voleur de cœur. J'ai peur qu'il se soit servi du double de mes clés et qu'il me voie dans cet état lamentable. Je ne pourrais pas l'affronter, je suis trop faible. Mon Dieu, faites que ce ne soit pas Camille.

– Wendy, qu'est-ce que tu fous ?!

Merci mon Dieu. La voix est bien trop fluette pour que ce soit la sienne. Merci, mon Dieu, de m'avoir envoyé Soraya à sa place.

– Wendy, relève-toi ! Je suis là, ça va bien se passer.

Soraya s'agite aux quatre coins de l'appartement. Elle ouvre les fenêtres en grand, fait couler l'eau du robinet de la cuisine avec du produit vaisselle dans l'évier qui dégueule de couverts et d'ustensiles de cuisine pleins de restes de nourriture, ramasse des fringues pour se frayer un chemin jusqu'à moi. Elle se met à genoux, dans mon dos, et me relève comme un médecin s'occuperait d'une personne ayant fait un arrêt cardiaque.

Elle m'enserre de ses bras si confortables et me dépose un doux baiser sur le crâne. Comment peux-tu, Soraya ? Comment peux-tu toucher de tes lèvres mes cheveux si infâmes ? Elle me tire vers le canapé en essuyant quelques larmes et court me chercher une aspirine en poussant des soupirs d'effroi chaque fois qu'elle découvre une nouvelle trace de ma déchéance.

Mon messie n'en finit pas de faire des va-et-vient dans mon petit appartement, pourtant si dévasté. Je tente comme je peux de digérer mon niveau d'alcool, de me motiver en regardant sa silhouette aller de droite à gauche, de haut en bas. L'appartement retrouve une apparence décente et une odeur à peu près convenable. Moi, non ! Soraya en a conscience et vient à mon secours comme la plus serviable des infirmières. Elle me fait vomir, m'aide à me doucher, à me shampouiner, à me brosser les dents avant de me reposer sur le canapé qui a retrouvé lui aussi ses couleurs d'origine. Enveloppée dans une couette, je me réchauffe les mains sur la tasse de thé que Soraya, toujours elle, a fait infuser. Je sens mon cœur se réchauffer légèrement, lui que je pensais définitivement mort.

– Maintenant, tu vas tout me raconter depuis le début et on va trouver une solution, comme chaque fois.

– Il n'y a pas de solution, je lui réponds d'une voix à peu près stable. Ma vie n'est qu'un long tunnel noir sans issue. Je l'ai quitté. Enfin, il m'a quittée. Enfin non. Je ne sais plus, So.

Autant que mes souvenirs me le permettent, je reprends point par point le récit de ma longue déchéance, du parfait bonheur au malheur absolu. Des flashs me reviennent en tête : lui, des fleurs, un puits, du vin, un orgasme, une femme avec un loup sur les yeux, des bougies, des ombres en train de copuler, Valérie, un tatouage, un courant d'air, un courant de larmes, moi courant sur un parking, et puis le trou noir. Soraya s'efforce de remettre les choses dans l'ordre et de me faire préciser les moments importants, d'éviter ceux bercés d'illusions qui restent pourtant inscrits dans ma mémoire à l'encre indélébile. Après m'avoir écoutée, elle me coupe.

– « Tu me donnes beaucoup mais ce n'est pas encore assez ! » Mais quel homme sur Terre peut dire ça à sa copine ? s'offusque Soraya.

– Camille, je réponds, dépitée.

– Pas une seule fois durant votre histoire, il ne s'est vraiment préoccupé de toi ? Il ne t'a jamais demandé ce que tu attendais de votre relation ?

– Je ne sais pas. Je m'en foutais, j'étais bien. C'est bon parfois de se laisser guider.

– Oui, jusqu'au jour où tu te laisses complètement bouffer !

– Peut-être...

– Il n'avait pas à t'emmener dans cette putain de boîte de pervers pour te sauter en même temps que son ex... Wendy, réalise ce qu'il t'a demandé. C'est lui qui a un problème dans sa tête.

– Oui, mais aujourd'hui, c'est moi qui suis mal, tellement mal !

– Ma choupinette, on va s'en sortir.

Soraya m'ôte la tasse des mains, qu'elle pose sur la table basse avant de me prendre dans ses bras. Elle me serre fort, de longues minutes, sans rien dire. Je pose ma tête sur son épaule et je regarde mon appartement dans le brouillard épais de mes larmes. Peu à peu, ma respiration berce mon corps et mon cœur meurtris qui semblent aller mieux, même si je sais que ce n'est qu'une illusion. Il leur faudra plus de temps pour guérir. Mais je jouis de cet instant avec un ravissement non simulé, le premier depuis si longtemps. Et le sommeil finit par me gagner.

Soraya m'allonge de tout mon long sur le canapé et me recouvre d'une housse de couette propre. Elle m'écrit quelques mots sur un papier qu'elle pose au-dessus de la pile des courriers qu'elle a dû récupérer en voyant ma boîte aux lettres déborder. Ses quelques mots disent qu'elle passera demain une heure avant l'ouverture de l'institut pour m'aider à me préparer et pour qu'on aille travailler ensemble. Elle est parfaite, cette Soraya. Enfin non, si elle était tout à fait parfaite, elle n'aurait pas posé son mot sur le dessus de la pile, juste au-dessus d'une lettre arrivée le matin même et dont l'écriture m'est familière. L'écriture du diable.

CHAPITRE XXI

Camille

2 juin 2005, Aix-en-Provence

« C'est jeudi soir. Je rentre tout juste chez moi. J'ai passé la soirée chez Fred. Tu as beau le trouver spécial, je remercie le Ciel chaque jour d'avoir un ami comme lui dans ces moments-là. J'étais persuadé que vous finiriez par vous apprécier. Je commençais à l'imaginer comme j'imaginais beaucoup de choses à partager avec toi : une maison, des vacances, un avenir... C'est cruel car lorsque je passe devant une agence immobilière dans la

rue, et que j'aperçois la photo paradisiaque d'une plage à l'autre bout du monde, un couple heureux, ton visage resurgit à mon esprit, accompagné de mots que tu as prononcés ou que tu aurais pu dire. Le pire étant cette affiche qui refleurit partout dans la ville à l'approche des vacances scolaires pour ce maudit spectacle pour enfants racontant l'histoire d'un petit garçon tout de vert vêtu, qui ne veut pas grandir. Et notre premier échange me revient en tête : "Je suis Wendy comme dans Peter Pan..." Je dois l'avouer, tu m'as fait rire ce soir-là. Mais même ça me manque aujourd'hui. En y repensant, j'esquisse un sourire avant de vite redescendre sur Terre et me rappeler que tu n'es plus là, que tout ça est derrière nous... et qu'il faut avancer même si c'est pénible. En l'espace de deux mois, j'ai vécu tant de choses, ressenti tant de sentiments opposés, suis passé par tant de phases que j'ai l'impression d'avoir vécu une année entière condensée en un trimestre. Le temps de notre romance, les mois sont devenus des semaines, les jours des minutes, les heures des secondes. C'est déroutant, émouvant et si intense ! Comment peut-on être si heureux un dimanche en traversant la Provence, et poignardé le vendredi suivant dans un club que je maudirai jusqu'à la fin de mes jours, pour enfin être gagné par une si douloureuse mélancolie qui ne me laisse pas un instant de répit jusqu'à aujourd'hui, mon 35e anniversaire, le plus triste de ma vie... Et demain ? Je ne sais pas !

Je ne sais pas non plus pourquoi je t'écris, mais j'avais envie de le faire. Je sais qu'écrire me permet de faire le point, de mettre un peu d'ordre dans mes idées et, dans ce cas précis, dans mes sentiments. Tu vas trouver ma démarche égoïste, encore une fois. Je n'y peux rien. Depuis que je suis né, le curseur de mon ego penche inexorablement à droite, seule toi arrivais à le rééquilibrer à peu près. Sans toi, il redevient incontrôlable.

Et puis, au moment de prendre ma plume, j'ai réalisé que j'écrivais à longueur de journée à des clients hautains, à des personnes insignifiantes, aux plus gros casse-couilles de la Terre, et que je n'avais jamais écrit à la personne que j'aime le plus au monde. Je sais à quel point rien ne remplace les mots. J'ai gardé toutes les lettres que l'on m'a envoyées depuis mon plus jeune âge dans une boîte – certainement l'objet auquel je tiens le plus dans mon appartement (oui, bien plus que mon rétroprojecteur 3D, que mon canapé en cuir ou que ma table basse en fer forgé où j'ai tant de fois fait l'amour, je sais que ça doit t'étonner...).

Égoïstement encore, j'ai besoin de mettre sur le papier tout ce qu'on a vécu, tout ce qui me manque, tout ce qui me fait si mal aujourd'hui mais que je n'ai envie d'oublier pour rien au monde. Notre rencontre tout d'abord : je t'ai trouvée si belle ce jour-là, tu en imposais derrière ton buffet, avec ce naturel qui te va à merveille. Et puis, tu t'es penchée sur moi. J'ai senti ton parfum, la révélation !

Tu m'obsédais déjà, je voulais à tout prix te revoir pour te sentir à nouveau. J'ai arrêté mes plans réguliers et je me suis éloigné de Valérie... Il n'y avait plus que toi qui m'intéressais ! Tu m'as tout de suite alerté sur le fait que je n'avais pas tourné la page avec elle, que mes pulsions resurgiraient et qu'elle ne me laisserait pas partir facilement. Je n'y ai pas prêté attention en me disant qu'on verrait plus tard. Sans penser que plus tard arriverait si vite et ferait tant de mal.

D'autant que la suite m'a donné beaucoup d'espoirs. Le restaurant, notre baiser sur le lavabo, notre étreinte dans le parking... quelle passion ! Notre virée provençale, quand j'ai conduit à tes côtés, touché tes seins, ton calice humide que j'ai tellement adoré dévorer. Et ta bouche qui m'obsède tant. Tes lèvres douces, ta langue délicate et toujours ton large sourire lorsqu'on se détachait l'un de l'autre pour reprendre notre respiration... alors. Alors, j'ai voulu faire l'amour dans l'endroit qui m'est le plus cher au monde. Ah, si seulement tu baisais mal ! Ça aurait quand même facilité les choses. Mais là encore, tu excelles comme en tant de choses. Sensuelle, bestiale, dans le bon tempo, avec une pointe d'humour et tellement de complicité. Je ne pensais pas un jour prendre autant mon pied dans une sexualité si simple, si naturelle. J'avais oublié la jouissance à deux. Quand je pense au nombre de femmes (les sainte-nitouches, celles qui passent leur temps à s'admirer dans la glace, les prétentieuses, les frigides) que j'ai baisées avant d'arriver à toi et quand je réalise que c'est certainement mon avenir sans toi que je dépeins. Ça me déprime ! Surtout, retrouverai-je un jour nos petits instants de bonheur après l'amour ? Ton visage détendu lorsque tu jouissais, le battement de ton cœur qui peinait à s'arrêter et que je ressentais au plus profond de moi, ton sourire encore et toujours, et ce p'tit mot que tu lâchais et que j'aime tant : "T'es fou, Camille !"

Je l'entends encore tellement souvent quand je pense à toi ! J'en rêve même : "T'es fou, Camille !" Fou de ça, fou de toi, c'est clair !

Il y a de fortes chances pour que tu déchires cette lettre sans même l'ouvrir, comme tu as dû le faire avec mes centaines de SMS, jetés comme autant de bouteilles à la mer que tu as laissés sans réponse, ou avec mes centaines d'appels qui ont tous échoué sur la voix de ton répondeur, qui ont à chaque fois enfoncé le poignard un peu plus profondément dans mon cœur.

Malgré tout, au cas où tu lirais cette lettre, je voulais aussi que tu saches toute la vérité sur notre histoire et sur ses zones d'ombre. Lorsque j'ai dit à Mathieu que nous avions rompu, il n'avait pas l'air surpris. Je sentais qu'il me cachait quelque chose. Je l'ai habilement cuisiné, puis je l'ai menacé physiquement pour qu'il me raconte tout ce qu'il savait sur nous. Je suis tombé de très haut ! Il m'a avoué avoir trahi ma confiance en lui. Il m'a avoué qu'il était de mèche avec Kevin, son meilleur ami, à qui il livrait toutes les informations sur nous, nos rendez-vous et nos sentiments. En bon assistant, Kevin les relayait ensuite à Valérie, qui n'est pas avare lorsqu'il s'agit de récompenser ses taupes. Comment n'ai-je pas pu m'en douter ? Il m'a avoué que Kevin t'avait poursuivie à bord de son 4x4 entre Marseille et Aix pour te filer la plus grosse trouille de ta vie, pour te faire passer pour folle à mes yeux. Comment ai-je pu mettre tes paroles en question ? Il m'a avoué qu'il avait lu sur mon agenda que je comptais t'emmener au Club Satin ce fameux vendredi 13. Notre rencontre sur place avec Valérie et Kevin ne devait rien au hasard. Elle était préméditée. Je m'en veux tellement de t'avoir fait vivre cette humiliation, de t'avoir contrainte à te retrouver face à Valérie et face à ce fou qui t'avait poursuivie en voiture. Je comprends tellement ta réaction et le fait que tu ne veuilles plus me voir après cet affront. J'ai si honte ! Je me sens si minable ! Je te promets que je n'étais au courant de rien même si ça n'excuse en rien mon comportement. J'ai agi comme un con, et mon malheur aujourd'hui est bien fait pour ma gueule.

Depuis trois semaines, j'essaie de trouver des bons côtés à mon malheur. Et il y en a ! Au boulot, déjà. Les jours qui ont suivi le Club Satin, je ne voulais pas y aller. Je voulais rester chez moi. Je n'avais plus goût à rien. J'avais mal dormi.

Je n'avais pas la force. Je m'y suis rendu malgré tout en simulant... jusqu'à ce que Balidran débarque à Aix, dans mon bureau, pour se plaindre que je n'avançais pas assez vite sur ma dernière création. Je lui ai alors déballé tout le mal que je pensais de lui : "Vous n'êtes jamais content... parce que vous ne connaissez rien au métier, vous n'êtes qu'un vulgaire industriel de province qui ne se remet jamais en question. Si votre entreprise stagne, ce n'est pas de la faute de vos employés mais celle d'un patron qui a des œillères et qui ne raisonne qu'à petite échelle. Un patron qui ne se rend pas compte qu'il a de l'or entre les mains, avec lequel il pourrait conquérir le marché international. Alors, vous et vos goûts de merde, allez vous faire foutre !" Grand silence dans le bureau. Puis, claquement de porte. J'étais hyper fier ! Je savais que j'avais perdu l'un de mes plus gros clients mais j'étais soulagé d'avoir dit ses quatre vérités à ce connard.

Le pauvre, il avait pris toute la rage que je contenais en moi contre Valérie et que je n'avais pas pu déverser sur sa fille. Deux coups en un. Le pire, c'est qu'il m'a écrit un mail quelques jours après pour me dire qu'il ne voulait plus me voir physiquement pour l'instant mais qu'il comptait respecter notre contrat et qu'il attendait mon parfum au plus vite. J'avais tout gagné ! Je travaille bien mieux et bien plus vite sans être perpétuellement dérangé par Balidran. Du coup, j'ai passé ces semaines de souffrance à élaborer jour et nuit cette création que tu m'as inspirée et qui m'oblige à me rappeler constamment ton odeur, ce parfum que je ne veux jamais oublier. J'ai fini Flagrance W en un temps record. Certainement ma plus belle réussite !

Malgré tout, dans notre rupture, ça ne pèse pas bien lourd dans la balance à côté du poids du manque.

À présent, ne t'inquiète pas pour moi. J'ai de l'expérience, je sais être fort et m'organiser pour ne pas laisser la mélancolie s'installer en moi durablement. Et puis, je ne quitterai pas ce monde sans lui avoir fait partager la senteur qui a changé à jamais ma vie.

Fred est en permanence à mes côtés. Il m'oblige à sortir. Pour lui faire plaisir, je l'ai accompagné à un cocktail, ce soir, pour ne pas rester seul et avec des idées noires le soir de mon anniversaire. J'avoue, je voulais également vérifier mon sex-appeal. Mais bien vite, je me suis rendu compte que le problème était tout autre. Ce n'était pas aux femmes que je voulais plaire. Aucune ne me plaisait d'ailleurs. Parce qu'elles n'étaient pas Wendy. Leur seul tort.

Je dérouille. Et je vais encore dérouiller, je sais. C'est dommage que tout cela arrive au sommet de notre relation, sans qu'on ait eu le temps de découvrir nos mauvais côtés, nos défauts, ou d'éprouver une certaine lassitude... cela aurait peut-être facilité les choses. Enfin, je n'en suis même pas sûr ! Je ne suis plus sûr de rien. C'est vraiment brutal !

Je me suis laissé entraîner dans notre relation avec une certaine naïveté, j'avoue ! Je n'ai jamais pris le temps de me poser pour analyser ce que je ressentais. Sans me rendre compte à quel point je tenais à toi ! On ne mesure son amour que lorsque le manque se fait sentir. Là, c'est sûr, certain, indéniable : je t'aime ! »

La lettre est accompagnée d'un petit flacon d'un parfum abouti, nommé Flagrance W.

CHAPITRE XXII

Message de Ptit Cœur, reçu le 21 juin 2005 à 10h25 :

« J'ai mal. Très mal. Même si j'ai beaucoup à redire à ta lettre, je dois admettre qu'elle m'a touchée. Je voulais te le dire de vive voix, mais je ne suis pas sûre que ça soit une bonne idée qu'on se revoie. »

Message envoyé le 21 juin 2005 à 10h28 :

« Mon amour, voir ton nom apparaître sur mon portable m'a ému aux larmes. Lire tes quelques mots a fini par me faire pleurer. Laisse-moi te prouver la sincérité de mes sentiments, laisse-moi

te convaincre de la profondeur de mon amour. Offre-moi un peu de ton temps. N'importe quand, n'importe où. Mon agenda t'est entièrement dévoué. »

Message de Ptit Cœur, le 21 juin 2005 à 10h30 :

« Je finis à 19h ce soir. Passe me prendre au salon. XX »

Message envoyé le 21 juin 2005 à 10h31 :

« J'y serai sans faute. À toute à l'heure, Princesse. Je t'embrasse. »

CHAPITRE XXIII

Wendy

Pour la millième fois depuis le début de l'après-midi, mon regard se pose sur la vitre du salon de beauté. Je regarde à travers pour voir s'il est là. Ne sois pas stupide, Wendy ! Tu lui as dit 19h. Le temps passe avec une lenteur incommensurable. De mémoire, je ne crois pas avoir vu les aiguilles de ma montre bouger avec une telle lenteur depuis les cours de Menayas, ma prof de maths au lycée. Nous sommes le 21 juin, et je me rappelle que petite, lorsque ma mère me disait que le solstice d'été était le jour le plus long de l'année, je pensais que les minutes de cette journée étaient plus longues que les autres jours. Peut-être n'avais-je pas tort, finalement ? J'enchaîne les clientes avec une désinvolture pas très professionnelle. Mon esprit est ailleurs et la chaleur suffocante d'un début d'été n'aide pas à la concentration. J'ai un peu honte. J'espère qu'elles ne m'en tiendront pas rigueur. Heureusement, Chantal n'est pas là aujourd'hui. Mon comportement l'aurait mise hors d'elle, une nouvelle fois. Mais la vie est faite de priorités et, clairement, « bien faire mon boulot » n'est pas celle du jour.

– Je te sens ailleurs, m'interrompt Soraya, alors que j'ai une énième fois le regard tourné vers l'extérieur. Si tu as des soucis, on peut prendre tes derniers rendez-vous avec la stagiaire.

– Non, ne t'inquiète pas. De toute façon, j'attends quelqu'un.

– Ne me dis pas que...

– On se revoit pour faire le point.

– T'es sûre que...

J'interromps Soraya à mon tour en plaçant un index sur sa bouche. Je n'ai pas envie d'un avis extérieur et encore moins d'un conseil protecteur. Je vais revoir un mec qui m'a détruite, qui m'a fait vivre les pires semaines de ma vie, j'en suis parfaitement consciente. Mais ma décision est irrévocable. Ne pas le voir serait pire dorénavant. Soraya enlève mon doigt de sa bouche :

– Je dis ça, c'est pour toi, je n'aime pas te voir malheureuse.

– Merci, Soraya, mais aujourd'hui, je n'attends qu'une chose de mon amie : un câlin !

Aussitôt, Soraya me prend dans ses bras et me serre fort contre elle. Mes épaules se décontractent et, avec elles, mon corps entier se relâche. La peur qui me tient au ventre depuis des heures maintenant s'estompe quelque peu. Mais je n'ai pas le temps de prolonger cet instant de grâce amicale car le vrombissement d'un moteur me provoque une sueur froide. Je n'ai aucune compétence en mécanique mais ce bruit, je le reconnaîtrais entre mille. Une Porsche cabriolet. Je me relève et sèche rapidement mes larmes pour ne pas qu'il se rende compte de mes faiblesses. Soraya me recoiffe et me prend par les épaules, face à face.

– Vas-y et sois forte ! Je m'occupe de tout ici.

Je l'embrasse et l'enlace une dernière fois affectueusement. J'ôte ma tunique de masseuse dans les vestiaires pour laisser apparaître ma tenue de ville. Un coup d'œil dans mon miroir, un coup de rouge sur les lèvres et me voilà prête à l'affronter.

Il est sorti de la voiture et m'attend avec une boîte de chocolats à la main. Je ne sais pas si je dois lui sourire ou si je dois faire la gueule. Je reste neutre. Je ne sais pas si je dois l'embrasser sur la bouche ou lui faire la bise. Un simple salut de la main suffit pour l'instant. Je m'approche de lui, il est aussi mal à l'aise que moi. Je ne sais pas quoi lui dire, par où commencer.

– Tiens, c'est pour toi, anticipe-t-il en m'offrant les chocolats. J'ai pensé que ça changerait des fleurs.

– Des chocolats avant l'été, tu veux que je ressemble à une grosse vache sur la plage.

– Chocolats ou pas, tu resteras la plus belle.

J'esquisse un léger sourire. Il n'aura rien de plus, ni pour le cadeau ni pour le compliment. Camille contourne sa Porsche pour m'ouvrir la portière droite, comme la dernière fois. Il me touche la cuisse innocemment en mettant le contact, comme la dernière fois. Il ne me dit pas où l'on va et, de toute façon, je ne veux pas le savoir, comme la dernière fois. Avant de passer la première, il me regarde et me sourit mais n'ose pas s'aventurer à poser ses lèvres sur les miennes. Je ne lui aurais pas permis de toute façon, je ne suis plus la Wendy crédule et insouciante de la dernière fois. L'ambiance est pesante durant les premiers kilomètres où nous réempruntons les mêmes routes provençales que lors de notre pique-nique érotique. Mais les paysages n'ont plus la même couleur ni la même odeur et encore moins la même saveur. Peut-être parce qu'aujourd'hui sa main reste fermement accrochée au levier de vitesse et que je ne désire pas qu'elle s'aventure sous ma jupe. Les kilomètres défilent encore et toujours dans un silence pesant. Où veut-il en venir au juste ? Il ne va pas me ramener au même endroit pour me présenter des excuses bidon en pensant que la mémoire du lieu suffira à me faire oublier tout le reste ! Il ne va pas gâcher le seul et dernier beau souvenir qui me reste de lui. Je me suis peut-être trompée sur toute la ligne. C'est un vrai blaireau, ce type ! Comment as-tu pu tomber amoureuse d'un tel nul ? Au moins, maintenant, tu sais à quoi t'en tenir et sa pathétique intention de remonter le temps t'aidera à mieux tourner la page.

Je veux désormais abréger ce moment pénible. Je me dis que j'aurais mieux fait d'écouter Soraya. J'aurais mieux fait de jeter sa lettre. J'aurais mieux fait de ne jamais aller à ce vernissage.

– On va peut-être s'arrêter pour discuter, non ? dis-je avec une pointe d'agacement.

– Attends, je veux t'emmener quelque part.

Un ange passe.

– Écoute, je ne tiens pas spécialement à refaire la route de l'autre jour. Je suis fatiguée en ce moment. Je ne veux pas me coucher tard.

– Ce n'est plus très loin.

Je lâche un soupir qui en dit long sur mon humeur et tourne la tête du côté droit, pour regarder le paysage. Le soleil commence à se coucher, la chaleur à devenir plus clémente. Nous traversons de petits villages du Vaucluse dont la couleur ocre n'est jamais aussi resplendissante que lorsque le soleil se couche sur les façades des maisons. Les routes sinueuses se succèdent à travers les vignes jusqu'à la sortie de l'une d'elles où nous entrons dans Châteauneuf-du-Pape, un village qui n'était pour moi jusqu'à présent qu'une étiquette de vin.

Camille, apparemment familier du lieu, emprunte sans hésitation les ruelles escarpées qui montent vers le haut du village, pendant que les voitures des touristes zigzaguent en hésitant d'une cave à vin à l'autre. Les pierres patinées par le temps donnent un cachet fou au village, avec ses fontaines au centre des placettes où les gamins essouflés viennent se rafraîchir avant de reprendre leurs parties de cache-cache. Plus nous montons, plus les ruelles rétrécissent, plus les passants se font rares. Après un dernier virage, nous arrivons au château – ou plutôt ce qu'il en reste – qui domine les vignobles et les plaines alentour. Des ruines de cette forteresse médiévale surgissent les fantômes de son histoire. Les façades imposantes et lumineuses donnent autant de force que de douceur à un lieu qui fut autrefois le théâtre de guerres de religion sanglantes et qui m'apparaît si paisible en cette fin de journée.

Camille se gare au plus près. Il vient m'ouvrir la portière et me guide jusqu'au pied de la tour étonnamment bien conservée par rapport au reste du château qui surplombe fièrement le village. En m'approchant, un panorama dégagé s'ouvre à moi à 360°. Un léger vent soulève ma jupe et insuffle en moi un sentiment étrange de liberté. Je prends une profonde inspiration avant de descendre les larges escaliers en pierre qui mènent à une dalle en plein air, qui devait être la salle des banquets à en croire sa forme rectangulaire et les vestiges des cheminées sur les quelques murs pas encore écroulés. Je suis si fascinée par le lieu que j'en ai oublié la raison pour laquelle je suis ici lorsque Camille se rappelle à mon bon souvenir en me saisissant par la taille.

– Au cours de notre dernière promenade, je n'ai pas eu le temps de te montrer ce château, me murmure-t-il dans l'oreille.

– Et alors ? je réponds sèchement.

– C'est ici que le ciel a le plus d'étoiles au monde et c'est ici que je veux qu'on se marie.

Je sursaute, surprise par cette déclaration impromptue, et tente d'ôter ses mains de mes hanches pour me retourner. Mais Camille ne cède pas.

– Non, attends avant de m'engueuler et imagine. Imagine chaque pierre de ces ruines ornée d'une bougie, imagine cette tour éclairée par des projecteurs qui dessineraient nos initiales W&C liées l'une à l'autre pour toujours et les projetteraient sur l'ensemble de la vallée. Imagine un orchestre, au pied de la tour, jouant les plus belles chansons d'amour.

Dans un mouvement de valse, Camille me tourne vers la partie la plus endommagée du château mais pas la moins romantique. Il poursuit :

– Imagine un mur reconstitué de fleurs et de rubans. Imagine en dessous un buffet qui n'aurait rien à envier à ses prédécesseurs, installés au même endroit au temps des papes. Et imagine-toi descendant ces quelques marches dans ta magnifique robe blanche, suivie de tes demoiselles d'honneur, venant me rejoindre au milieu de cette salle pour ouvrir le bal. Accordez-moi au moins une danse.

Autre mouvement de valse, Camille me fait pivoter sur moi-même, attrape ma main gauche qu'il enserre dans sa main droite. Il commence à me faire danser. Je n'arrive pas à riposter. Il ne m'en laisse pas le temps et, à dire vrai, je n'en ai plus vraiment envie.

– Et tu n'as pas tout vu...

Camille penche son visage en arrière pour regarder le ciel et me somme de faire la même chose, tout en continuant de valser.

– Imagine le ciel brillant de mille étoiles et éclairé de feux d'artifice. Je te jure, Wendy, le ciel a ici plus d'étoiles que nulle part ailleurs. C'est pour ça que je veux me marier ici... avec toi !

– C'est une vraie demande ?

– Bien sûr ! Je te ferai ma demande officielle, à genoux avec un gros caillou, plus tard. Mais je veux que tu saches ici, aujourd'hui, que tu es la femme de ma vie, que je n'ai jamais été aussi heureux qu'avec toi, jamais aussi bien que dans tes bras et jamais aussi désespéré quand tu n'es pas avec moi.

– Et comment je peux croire en toi à nouveau ? Tu es un beau parleur, Camille... un homme comme les autres, pire peut-être.

Camille mène la valse jusqu'au flanc du château qui n'est plus qu'un éboulis de pierres. Il s'arrête pour en prendre une à sa portée, sur le dessus du tas, et me la tend. Je la saisis machinalement.

– Vas-y, frappe mon visage avec. Détruis mon nez, ce que j'avais de plus cher au monde jusqu'à présent. Vas-y, si tu as besoin de preuves, je ne peux pas t'en apporter une plus sérieuse.

Je fais mine de lui obéir en prenant de l'élan de ma main droite, celle qui tient fermement la pierre. Camille ferme les yeux. Mais quelques millimètres avant l'impact, je laisse la pierre tomber et se briser en mille morceaux. Au lieu de le lui démolir, j'embrasse son nez, avant de redescendre jusqu'à ses lèvres.

Les lèvres de Camille bouillonnent. Elles sont puissantes, rugueuses, viriles. Elles m'emportent dans un baiser passionné, que seule la crainte qu'il prenne fin rend aussi succulent. Ses lèvres m'embrassent fougueusement, écrasent les miennes jusqu'à ce que nos nez se heurtent. Avec ma langue, je goûte ses lèvres sucrées qui ont une saveur inédite, celle du renouveau. Nos corps se retrouvent alors qu'ils avaient fait le deuil l'un de l'autre. Ils deviennent incontrôlables. Ils s'aiment.

La cloche de l'église sonne 21h30. Les hauteurs de Chateauneuf-du-Pape se sont vidées de toute présence humaine. Nous dominons les tuiles des maisons, la verdoyante vallée du Rhône et les autres villages perchés sur les hauteurs. J'ai l'impression d'être une reine qui trône sur son royaume en surveillant de possibles invasions, ce qui me procure une agréable sensation de puissance. Et mon roi dans tout ça ? Mes sentiments envers lui se sont renversés de manière spectaculaire. De la répulsion au désir brûlant, je suis passée par tous les états en quelques heures. Et ce n'est qu'un début : j'ai de plus en plus soif de son corps, un féroce appétit sexuel me saisit l'estomac et me pousse à donner au conte de fées une tournure immorale.

En continuant à m'embrasser, Camille me guide jusqu'à la meurtrière du château endommagée par le temps et à travers laquelle j'ai une vue magnifique sur l'immensité de l'horizon. Je me place face au soleil couchant d'un rouge écarlate qui consume les quelques nuages tentant de lui résister, face à ces vignes à perte de vue qui ont la couleur enivrante d'un début de soirée, face à ces champs d'oliviers avec leurs ombres bien plus imposantes et terrifiantes qu'eux, face à ces parterres de lavandes ébouriffées qui semblent prendre feu lorsque le cramoisi des derniers rayons du soleil attise leur mauve naturel. Tout un poème. Le village a une saveur torride. À l'image de ce que je ressens.

Un léger courant d'air dans la meurtrière soulève mes cheveux. Camille en profite pour poser ses lèvres sur ma clavicule et descendre par des baisers sur des zones bien choisies, le long de mon épaule. Il effleure la bretelle de ma robe d'été qui glisse le long de mon bras. Dans un parfait mimétisme, il réitère l'opération de l'autre côté et ma robe descend pour révéler mon soutien-gorge de dentelle blanche Implicite, la fameuse marque de lingerie que j'affectionne et dont je prends le plus grand soin. Un long frisson me parcourt. Les doigts de Camille le suivent jusqu'à l'agrafe qu'il fait sauter avec une agilité déconcertante. Quel expert ! Ma poitrine s'offre à l'immensité du paysage et à la vue de tous en contrebas. La situation est terriblement excitante. Encore plus quand Camille s'empare fermement de mes seins et les pétrit avec ardeur.

– Je te veux, me glisse-t-il à l'oreille.

– Je suis à toi ! Fais-moi l'amour.

En bon chevalier servant, Camille s'exécute. Il soulève ma robe et pose sa main sur ma culotte, déjà humide d'impatience. Sans scrupule, il engouffre ses doigts dans la dentelle et la déchire. L'élastique cisaille ma cuisse, j'ai l'impression que ma peau va céder. Et j'aime follement ça ! L'élastique finit par perdre son combat et ma culotte tombe à mes pieds, comme une feuille morte. La voie est libre pour Camille qui s'empare de moi à l'aide de ses doigts. En me suçant la nuque. En me malaxant le sein droit. Délicieux ! Son majeur joue avec mon clitoris qui se durcit savoureusement. Mon regard se perd dans le vague, je n'entends plus les bruits provenant du village, toute ma concentration converge vers mon pubis qui produit une chaleur et une énergie insoupçonnables.

J'en veux plus, toujours plus et plus vite.

– Baise-moi, j'ordonne à Camille comme si je trouvais qu'il n'allait pas assez vite.

Camille ne riposte pas. En continuant à me pincer le clitoris, il libère mon sein pour se débarrasser de son short bohème. Comme une intuition, je ressens dans mon dos le bouton de sa ceinture se défaire, sa braguette descendre, son short tomber au sol, son boxer glisser le long de ses cuisses puis choir à son tour. Camille enjambe ses vêtements. Je l'imagine les fesses à l'air et ne peut résister à la tentation de tendre une main vers l'arrière pour les tâter. Ses fesses sont fermes et contractées comme je les aime. J'y enfonce mes doigts le plus profondément possible. J'aimerais les croquer. Machinalement, Camille se colle à moi, sa verge durcit en essayant de se faire une place tandis que sa peau réchauffe la mienne. Je garde ses fesses au bout de mes ongles et maintenant que Camille est prisonnier, qu'il n'y a plus d'espace disponible entre lui et moi, je griffe sauvagement sa fesse.

– Ah tu veux la jouer comme ça ?! meugle-t-il.

– Ta gueule ! Baise-moi !

Camille s'énerve. Je le perçois à ses mouvements soudain brusques. Il retire ses doigts de ma chatte pour saisir fermement mes hanches de ses deux mains et me tirer en arrière. Mon corps se soulève. J'ai juste les temps de m'agripper aux barreaux de la meurtrière pour me retenir. Mes genoux tremblent. Camille malaxe furieusement mes fesses avant de les fesser. Le claquement résonne dans les ruines du château à ciel ouvert comme un fantôme du passé. J'imagine alors les jeux sexuels secrets qu'il a dû y avoir dans ce lieu qui se veut une ancienne résidence papale mais qui a des relents de luxure. Les esprits des femmes libertines dénudées prises comme moi, à la hâte, par de rustres chevaliers, m'accompagnent dans la montée de mon climax.

Mon chevalier, lui, continue de m'attirer à lui, me soulevant et me faisant courber l'échine et lorsque mon corps redescend, je sens qu'un corps étranger me pénètre. Il s'enfonce en moi de la façon la plus directe possible. J'en laisse échapper un soupir de délectation. Dans l'incapacité de lâcher une main agrippée à la meurtrière, je frotte ma bouche sur mon bras et en profite pour me mordre vigoureusement. Je ne m'étais jamais maltraitée comme ça, je laisse exploser une rage accumulée depuis des semaines. Je lui en veux à lui, je m'en veux à moi de m'être privée de ce délice. Un mal pour un bien. Je découvre aujourd'hui d'autres sources de plaisir, de nouveaux chemins sexuels, et j'en sors gagnante. L'ambiance médiévale stimule encore mon imagination et éclaire dans mon cerveau des zones de fantasmes inexplorées jusqu'à présent. Camille m'agrippe toujours plus fort, fait monter et descendre mes hanches, me pénètre avec une très grande souplesse en explorant tous les recoins de mon vagin. Encore !

Mon prince se penche sur moi pour atteindre le creux de mon épaule et planter ses crocs dans ma chair. Il m'enserre de ses bras qu'il croise pour attraper mes seins, et se penche pour mieux me baiser en accélérant le tempo. Les barreaux que je serre dans mes mains vibrent sous ses impulsions, les verrous menacent de céder comme lorsque un prisonnier tentait autrefois de se faire la malle. Sauf que je n'ai aucune intention de m'évader. Des rires résonnent en moi, ceux des marquises, des ducs et barons qui nous regardent en avalant goulûment des grappes de raisin sur une peau de bête jetée au pied de la cheminée, envieux de notre position sexuelle interdite en leur temps. Camille, lui, ne pense pas, il s'exécute encore et toujours comme une bête. Il s'empare de mon genou qu'il force à se plier et le place sur le rebord de la meurtrière. Je m'ouvre encore plus, son sexe si dur, si chaud, me transperce aussi profondément qu'il le peut. Des suées annonciatrices de mon orgasme commencent à perler sur mon visage. Dieu que c'est bon !

La sensation commence à devenir renversante. Ses coups de hanches ont quasiment coincé ma tête dans les barreaux d'où je pousse de longs râles relayés par l'écho de la vallée. J'imagine les villageois se retourner en cherchant d'où peuvent provenir ces cris voluptueux qui se propagent le long des ruelles. Les spectres du passé ? Camille lâche aussi de longs gémissements. À entendre comme il est essoufflé, alors que ses bourses frappent mes fesses, je sens qu'il n'en peut plus mais il ne se contentera pas d'une jouissance en demi-teinte. Pas après une telle baise. Dans un dernier effort, il s'empare de ma chevelure qu'il attrape comme un cavalier attrape les rênes de son cheval. Ma nuque bascule en arrière, une vague de chaleur partant du bas de mon corps me submerge.

– Répète-le, répète que tu veux que je te baise.

– Baise-moi ! Baise moi !

– Baise moi, qui ?

– Baise-moi, Camille.

Camille accompagne chaque parole prononcée d'une dernière pénétration aussi profonde que délicieuse. Mes yeux se ferment, mes lèvres se relâchent, mon corps vient d'imploser, il me semble. Comme un vase communicant, mon orgasme gagne Camille qui, après un dernier « putain, Bébé », s'écroule sur mon dos et m'enlace avec la délicatesse d'un petit garçon. Il pose la tête sur mon épaule pour que je caresse ses cheveux et m'embrasse de baisers à peine perceptibles. La transition est brutale. De la férocité du fauve, nous sommes passés à la douceur de l'agneau. Il en viendrait presque à s'excuser. Mais s'excuser de quoi ? De m'avoir amenée aussi haut ? Son corps, encore marqué par l'effort, repose sur mon dos et les battements de son pouls tintent dans l'ensemble du mien. Lentement, Camille tend les bras vers l'horizon et joint les pouces et les index pour former un ovale qu'il transforme minutieusement en un cœur. Le mien n'a jamais battu aussi fort.

– Wendy, je t'aime, ponctue-t-il.

Je regarde le ciel à l'intérieur du cœur. Camille ne m'a pas menti, il brille de mille étoiles sans que je sache si ce sont les étoiles du ciel qui se reflètent dans mes yeux ou les étoiles dans mes yeux qui se reflètent dans le ciel. Le jour le plus long de l'année est, finalement, le plus beau de ma vie.

CHAPITRE XXIV

Camille

Guéri ! Je me réveille ce matin avec cette impression de bien-être, cet appétit féroce, ce goût de la vie retrouvé. Dans ces cas-là, j'ai envie d'un artichaut. Je ne saurais dire exactement pourquoi mais certainement que ce légume me rappelle de doux moments de mon enfance, des repas familiaux heureux, de bons moments partagés et la blague empruntée à Coluche que mon père me répétait chaque fois que l'artichaut était au menu : « Tu sais pourquoi l'artichaut est le plat du pauvre ? C'est le seul plat où, quand tu as fini de manger, tu en as plus dans ton assiette que quand tu as commencé. » Je me souviens qu'enfant déjà, après avoir été malade, je réclamais toujours un artichaut à ma mère. Comme un arc-en-ciel après la pluie, il annonçait le retour d'une éclaircie dans mon corps. Et si aujourd'hui, j'ai cette envie folle de ses feuilles, de son cœur, pour les saucer dans la vinaigrette, c'est que je suis totalement guéri de mon côté volage qui me ronge depuis des années, de ces incertitudes sentimentales qui m'ont fait faire tant de mauvais choix dans ma vie jusqu'ici. Aujourd'hui, je ne pense qu'à elle.

Wendy est allongée à mes côtés, dans mon lit. Elle dort. Ses paupières sont lourdement fermées. Son cœur bat avec la régularité d'une pendule. Aucune agitation ne vient perturber son sommeil. Je m'inquiéterais presque si je ne sentais pas ce léger souffle chaud effleurer agréablement ma poitrine et me combler de bonheur. Je l'observe comme un père surveille son nouveau-né endormi avec, dans le regard, la fierté de se dire que ce petit ange, si cher, lui appartient, et cette pointe d'angoisse qui l'amène à toujours vérifier que son petit ange respire. Car que serais-je sans mon petit ange ? Plus rien. Comment ai-je pu douter que tu étais la femme de ma vie, Wendy ? Comment ai-je pu douter que je n'étais pas Peter Pan, moi l'éternel gamin ? Dans quelques minutes, je vais te préparer ton petit déjeuner que j'accompagnerai de roses Centifolia, porteuses de souvenirs, et de milliers de baisers. Je veux te traiter comme une princesse. Mais pour l'instant, je te laisse dormir sans faire de bruit.

Malheureusement, nous sommes au XXIe siècle et la quiétude est devenue une denrée rare. La sonnerie de mon portable vient interrompre le silence de la chambre. Je me lève précipitamment mais avec la plus grande attention pour décrocher sans que Wendy ne soit emportée par la vague du matelas. Ouf ! Elle n'a pas moufté. Je peux répondre dans la pièce voisine. C'est mon boss. Aucune envie de lui parler. Pourtant :

– Allô Camille ? demande-t-il d'une voix hésitante.

– Oui, je réponds en levant les yeux au ciel et en regrettant déjà d'avoir décroché.

– Je ne sais pas par où commencer...

– Si ce sont des excuses que vous êtes venu chercher, vous pouvez raccrocher.

– Non, non... même si je n'ai pas trop aimé le ton avec lequel vous m'avez parlé l'autre jour, je ne vous appelle pas pour vous faire des remontrances. C'est l'inverse même. Sur le fond, vous n'aviez pas tout à fait tort et votre envolée lyrique, si elle m'a fortement déplu sur le coup, a eu au moins le mérite de me faire réfléchir.

– C'est déjà ça !

– Ne me prenez pas de haut, Camille. N'oubliez pas ce que Valgrances vous a apporté et a fait pour votre carrière.

– Pffff... une perte de temps ! Je me cantonne à une carrière régionale alors que j'ai un talent qui mérite de s'internationaliser, je continue, avec un aplomb qui n'a d'égale que mon arrogance.

– Je n'en doute pas. Et c'est pour ça que je vous appelle. J'ai une proposition à vous faire.

– Laquelle ?

– Je me suis permis de faire sentir le flacon que vous avez déposé hier matin devant ma porte à des experts les plus fiables et les plus compétents qui soient, et ils sont tous d'accord pour admettre qu'il y a un potentiel énorme pour Flagrance W. Je les ai interrogés les uns après les autres sans qu'ils puissent se consulter et confronter leurs opinions. Leurs bilans convergeaient tous vers la même conclusion. C'est très prometteur ! Les premières notes de votre parfum reflètent selon eux parfaitement la femme du XXIe siècle. Avec une très grande facilité, ils ont pu se projeter sur ce parfum et en deviner la senteur finale. Ils sont persuadés que le parfum représente à la fois une montagne d'amour mais aussi d'insatisfaction, de regret, de désir, avec une pointe de tristesse. Une puissance se dégage de ce baume. Ma femme aussi l'adore déjà alors que je ne lui ai même pas dit que vous en étiez l'inventeur.

– Très bien. J'en suis ravi. Et après ?

– Ah, Camille l'impatient ! On ne se refait pas... Je veux qu'on vende ce parfum dans le monde entier. Je veux que vous ouvriez et dirigiez un bureau de Valgrances à New-York.

– Un bureau à New York ?

Je réagis comme un enfant à qui on vient de promettre le jouet qu'il convoitait depuis des années.

– Oui, je suis trop vieux pour le faire moi-même. Mais vous... je veux que vous gériez la création, la commercialisation, le marketing et tout le tralala sur le continent américain. J'ai des contacts là-bas pour que les choses aillent au plus vite.

– Au plus vite ? C'est-à-dire ?

– J'ai trouvé des locaux pour Valgrances New York que vous allez visiter mardi. Christian, un ami américain influent, sera à New-York la semaine prochaine. Il vous attend sur place pour vous faciliter les démarches administratives. Il m'a même promis de vous obtenir à terme une Carte Verte mais, de toute façon, vous pouvez commencer à travailler sans, en tant qu'expat. Nous verrons par la suite pour les statuts de l'entreprise. Et comme la chance est de notre côté, Christian a un appartement à louer à Manhattan qui sera très bien pour vous dans un premier temps. Je prends le loyer en charge. Et je ne vous parle même pas du salaire par téléphone, il est indécent. Ma secrétaire a booké votre vol pour lundi.

J'ai du mal à digérer ce flot d'informations. Je ne sais pas quoi répondre.

– Allô, poursuit Balidran. Vous êtes là ?

– Euh... oui mais... ce lundi ? Demain ? Vous voulez dire qu'il faut que je parte demain ?

– Bah oui. Christian n'est à New York que jusqu'à la fin de la semaine prochaine. Après, il s'envole pour un mois en Asie. Et on ne peut pas se permettre de perdre un mois dans mon rétroplanning pour une sortie de Flagrance W en 2006...

– 2006 ? Mais on avait tablé sur une sortie en 2007 !

– Je vous parle d'une sortie mondiale ! Nous ne sommes plus sur le même marché, nous n'avons pas besoin du laps de temps habituel entre deux parfums. Je ne suis plus tout jeune vous savez, je veux aller vite. Ne me dites pas que vous hésitez ?

– C'est que c'est un peu précipité !

– Je crois rêver ! Ça fait dix ans que vous m'en parlez, et le jour où la conquête mondiale de Valgrances vous tend les bras, on fait sa mijaurée ! Ah ça, pour donner des leçons, il y a du monde, mais pour prendre des risques !

– Non, non, c'est bon ! Vous avez raison ! J'accepte. J'accepte. J'ACCEPTE, je hurle dans le micro de mon portable avec un enthousiasme soudain et sonore.

– Quand est-ce que vous êtes allé aux États-Unis pour la dernière fois ?

– Pour les fêtes de fin d'année avec votre fille !

– Ah oui, c'est vrai ! Ma mémoire me joue des tours. Alors, c'est bon pour les formalités administratives, vous pouvez vous envoler dès demain. Préparez vos affaires, ma secrétaire vous envoie par mail tous les éléments qu'il vous faut sur place. On s'appelle demain de l'aéroport pour que je vous donne mes dernières consignes.

The American dream, baby ! conclut Balidran avec un accent anglais très approximatif.

– Ok ! je réponds simplement alors que des milliers de pensées me traversent l'esprit.

– Alors, à demain ! Ne me décevez pas, Camille.

– Non, promis, je ne vous décevrai pas.

Balidran raccroche. Je jette mon téléphone sur le canapé et entame une série de sauts de cabri aussi impressionnantes que bruyantes. Je me précipite dans la chambre où Wendy a ouvert les yeux, réveillée certainement par le vacarme provoqué par mon enthousiasme. Je me jette sur le lit et l'embrasse avec une passion débordante. Wendy est interloquée. Elle me sourit sans comprendre l'origine de cet excès de folie. Mais elle partage mon euphorie. Nous roulons sur le lit, enlacés, comme deux ados. Avant de tomber du lit, Wendy m'arrête en plaquant mon dos sur le bord du matelas et en m'immobilisant les bras.

– Que me vaut ce réveil de fou ?

– Je pars vivre à New-York ! Et tu viens avec moi !

– Quoi ?

– Je viens d'avoir Balidran. Il créé un poste à New-York pour MOI, pour commercialiser MON parfum dans la ville que JE préfère, Wendy. Je décolle demain. Je vis un rêve éveillé !

Wendy n'ose pas ternir ma joie démesurée, mais je vois dans son regard qu'elle a des doutes, la peur d'être abandonnée, la certitude qu'une fois encore j'ai oublié de penser à elle avant de prendre une décision. Je me rue sur elle et attrape son visage entre mes mains pour la rassurer. Pour lui ôter tous ses doutes.

– Tu viens avec moi, Wendy. J'ai besoin de toi là-bas, j'ai besoin de toi partout dans le monde. Je veux tout partager avec toi ! Tu viens et tu monteras ton propre salon d'esthétisme avec ta *French Touch*. Les Américains vont adorer.

– Je ne sais pas, balbutie-t-elle sans chercher à cacher son hésitation.

– On peut commencer par faire des allers-retours Marseille-New-York à tour de rôle si ça te rassure. Même si j'ai très envie que tu décolles dès demain avec moi...

– Demain ? C'est une blague ?

– Non, on est obligés d'aller vite. Je t'épargne les détails mais je dois rencontrer un mec sur place qui n'est à New-York que la semaine prochaine.

Wendy est préoccupée, dépassée par les événements. Je tente de la rassurer :

– Mon cœur, il suffit que tu me dises « je ne le sens pas » et je refuse le poste immédiatement. Je ne prendrai aucun risque avec toi, tu es la seule chose qui compte dans ma vie.

J'attrape mon téléphone en montrant à Wendy le contact de Balidran, d'un air de dire qu'il lui suffit d'un « non » de la tête pour que j'appelle mon patron et arrête tout le processus. Wendy hésite. Elle fait des va-et-vient dans la chambre en se mordant l'intérieur des joues. Elle baisse les yeux en se massant les tempes, avant de relever doucement le visage avec un air mélancolique qui ne laisse rien présager de bon.

– J'ai toujours rêvé de faire « un abandon de poste » et de planter cette gourde de Chantal, lâche-t-elle innocemment avant de laisser éclater sa joie en levant les bras au ciel.

Je me précipite sur elle et la prends dans mes bras en la faisant voler et tournoyer dans les airs. Soulagé, je lâche :

– Putain, que tu m'as fait peur. Je t'aime. Tellement. Tellement, tellement, tellement...

Nous nous embrassons à en perdre le souffle. Puis je la repousse délicatement en lui déposant des dizaines de baisers sur les lèvres, les doigts, en descendant le long de son cou et de son bras.

– Vite, cours faire ta valise. N'oublie pas ton passeport. Je vais réserver ton billet. Et reviens, reviens vite.

Wendy enfile ses vêtements laissées en vrac la veille, se recoiffe d'un coup de brosse mal contrôlé et met à la hâte ses chaussures. Elle ouvre la porte, appelle l'ascenseur et en profite, en attendant, pour revenir déposer sur mes lèvres un long baiser qui vaut tous les « je t'aime » du monde.

Deux heures sont passées depuis son départ. Le beau soleil estival qui, ce matin, inondait l'appartement et éclairait nos visages radieux a laissé place à des nuages annonciateurs d'un orage. Un mauvais présage ? Je suis en train de réserver le billet d'avion de Wendy quand, au moment de remplir les champs de son identité, je réalise que Wendy doit faire une demande d'entrée sur le territoire américain qui peut prendre trois jours avant d'être approuvée. J'ai peu d'espoir qu'elle ait déjà fait cette demande par le passé, vu qu'elle m'a plusieurs fois avoué très peu voyager et qu'elle ne m'a jamais parlé des États-Unis. Zut ! Première ombre au tableau. Wendy va devoir me rejoindre et l'idée qu'on voyage séparément me contrarie. Je regarde par la fenêtre la pluie qui commence à tomber dru. Je vais finalement attendre le retour de ma belle pour finaliser son vol. À peine ai-je le temps de refermer l'écran de mon ordinateur portable que j'entends le bruit de sa valise qui roule dans le couloir. Je rallume l'ordinateur pour gagner du temps et anticipe son arrivée en lui ouvrant la porte d'entrée avant qu'elle ait eu le temps de sonner. J'ai un large sourire et une serviette dans la main au cas où elle serait mouillée. Coup de tonnerre ! Au sens propre comme au figuré. Mon sourire disparaît en une fraction de seconde :

– Valérie ? je m'étonne, effrayé comme si le diable était à ma porte.

– Laisse-moi entrer !

Valérie pose son parapluie et me pousse pour entrer dans l'appartement, en me roulant presque sur les pieds avec sa valise. La situation est on ne peut plus perturbante. J'ai beau chercher, je ne comprends pas ce qu'elle fait ici. La première idée qui me vient en tête est la possibilité qu'elle vienne récupérer des affaires qu'elle aurait oubliées chez moi. À cause de la valise. Mais il n'y a plus rien à elle ici, sauf peut-être une ou deux fringues égarées mais qui ne justifient nullement qu'elle vienne les récupérer avec une aussi grosse valise. Je suis perplexe et comme ahuri. Je reste immobile, sans réaction. Je ne pense même pas à me fâcher.

– Tu te demandes ce que je fais là, c'est ça ? intervient Valérie face à mon désarroi et en devançant mes questions.

– Oui, c'est le moins qu'on puisse dire, je réagis enfin.

– Je pars avec toi à New-York !

Tout s'éclaircit alors. Je comprends que son père lui a parlé de notre entretien téléphonique, de la proposition qu'il m'a faite et de mon départ vers l'Amérique. La colère monte en moi de façon spectaculaire. Mon visage se noircit, se confondant avec le ciel chargé d'électricité qui surplombe Aix. Non seulement Valérie ne veut toujours pas comprendre – ça, à la limite, j'en ai pris l'habitude – mais surtout je réalise que ce poste à New-York n'est sans doute qu'un piège de Balidran pour m'obliger à rester en couple avec sa fille. Je saisis violemment Valérie par le bras et la plaque contre le mur, mon avant-bras au niveau de sa gorge. Sa valise tombe bruyamment à la renverse.

– Arrête chéri ! Tu me fais mal !

– Ne m'appelle plus jamais chéri, c'est bien compris! Vous vous êtes bien foutus de ma gueule avec ton père.

Je hurle à m'en décrocher la mâchoire, sans me soucier de la porte d'entrée restée ouverte et des voisins qui pourraient nous entendre. Le grondement du ciel n'est pas assez puissant pour couvrir le mien. D'un geste brusque, Valérie se défait de mon emprise et s'échappe de quelques mètres. Je la sens hésitante, un peu effrayée par ma violence inhabituelle, même si nous avons essuyé de nombreuses disputes par le passé. Elle tente de me calmer :

– Mais non, mon père n'est au courant de rien ! Il m'a juste parlé de la proposition qu'il t'a faite. Personne n'est au courant de ma visite, pas même Kevin. J'ai pris cette décision toute seule. Camille, je veux disparaître de ma vie de merde et te suivre à New-York. Tu es la seule chose qui compte pour moi. Sans toi, je ne peux et je ne veux plus vivre !

– Wendy avait raison, tu es complètement folle, ma pauvre. Tu ne veux rien comprendre.

– On sera tellement heureux à New-York. C'est une ville parfaite pour un nouveau départ. Elle nous correspond tellement bien.

– Mais tu es sourde, ma parole ?

– Je te demande juste de réfléchir à ma proposition. Posons-nous cinq minutes pour en discuter.

Tu pèses le pour et le contre. Et si je ne te convaincs pas, je m'en vais, promis, je ne me mettrai plus jamais entre vous.

Je reste impassible. Suis-je réellement en train de vivre cette situation surréaliste ? Les nombreux éclairs me ramènent à la réalité. Je la regarde avec des yeux pleins de dégoût, mais Valérie ne comprend pas, elle n'en démord pas. Elle s'approche timidement de moi comme un dompteur s'approche d'une bête sauvage qu'il tente de maîtriser, sans savoir si celle-ci va se laisser caresser ou si elle va rugir et le dévorer. Elle m'attrape doucement la main. Je me contrôle pour ne pas la lui broyer. Valérie a les yeux rouges, des larmes naissantes, elle tremble, mais sa détermination est sans faille. Elle ne semble pas dans son état normal. Je me raisonne en me disant que c'est le chagrin qui la fait agir ainsi, qu'elle n'est plus elle-même mais un être qui a perdu toute dignité. Dans un geste de désespoir, Valérie tente de m'amadouer :

– Je t'aime si fort, Camille !

Le tonnerre gronde de plus en plus fort. Un courant d'air traverse l'appartement, de la fenêtre ouverte sur la rue au couloir du palier, en faisant voler mes papiers posés sur la table basse. Pour être sûre de bien se faire entendre, Valérie élève la voix et répète inlassablement la même chose :

– Je t'aime, Camille !

La porte d'entrée claque violemment. Je ne me retourne pas en pensant que c'est l'effet du courant d'air, mais une ombre derrière moi se dessine dans les yeux de Valérie. Une ombre qui m'est familière. Une ombre qui fait battre mon cœur deux fois plus vite, deux fois plus fort. Je me retourne. Elle est là avec sa valise, mouillée jusqu'aux os, dégoulinante de pluie, ses cheveux plaqués sur le crâne, ses habits gorgés d'eau forment une flaque qui grossit à ses pieds. Ses yeux aussi sont trempés. Mais ce ne sont pas des gouttes de pluie.

– Ça ne s'arrêtera donc jamais, balbutie Wendy, la gorge nouée et le regard plein de tristesse et de mépris.

Je me détache de Valérie en une fraction de seconde et accours vers Wendy en faisant non de la tête. J'enjambe la valise couchée de Valérie et marche sur les feuilles dispersées au sol. Mon appartement n'a jamais été aussi sombre, autant en bordel. La tension est palpable. Des grêlons frappent aux carreaux et donnent à la scène une atmosphère d'apocalypse.

Je tente de convaincre Wendy en lui attrapant les mains et en les embrassant :

– Ce n'est pas ce que tu crois, mon cœur. Elle est passée à l'improviste, je croyais que c'était toi, c'est pour ça que je lui ai ouvert.

Les mains de Wendy sont frigorifiées. Je continue de les presser contre moi, d'essayer de les réchauffer, mais rien n'y fait. Elle fond en larmes. Je la supplie du regard de me faire confiance. Je lui embrasse les mains de tout mon amour.

Elle ne me croit pas, elle ne me croit plus.

Profitant de ce moment de fébrilité entre nous, Valérie s'approche de moi, comme un vautour autour d'une bête blessée. Elle me prend la main en tentant de m'attirer à elle. Je la rejette violemment en ne quittant pas Wendy des yeux. Valérie insiste :

– Laisse-la partir ! Elle n'a pas les épaules assez solides. Vous ne ferez rien de bon ensemble à New-York. Comment veux-tu qu'elle s'en sorte ? Elle n'aura jamais de permis de travail. Je suis sûre qu'elle ne parle pas un mot d'anglais. Elle va faire quoi là-bas ? T'attendre toute la journée à l'appartement. On n'est plus au siècle dernier. Vous allez être tous les deux malheureux.

– Ta gueule ! Ferme-la et casse-toi, Val !

Je lui hurle dessus sans lui adresser un regard. La tempête monte en moi. Je me contrôle tant bien que mal pour ne pas effrayer davantage Wendy et la garder auprès moi. J'en deviens schizophrène. Une partie de moi est d'une douceur réconfortante et l'autre a des élans meurtriers. Revigorée et sentant qu'elle peut profiter de la situation, Valérie ne semble pas avoir l'intention de partir. Pas maintenant. Elle a retrouvé sa sérénité et s'exprime avec un détachement déconcertant, affolant. Elle enchaîne les attaques sur Wendy sans hausser le ton avec une diction lente et parfaite, comme si sa victime n'était pas présente. Wendy encaisse mal. Elle pleure, frissonne de froid ou d'effroi. Peut-être même des deux. Son visage est recouvert de sueur comme si la fièvre montait en elle. Elle a mal. Ses mains glissent entre les miennes. Elle veut partir. Je les retiens plus fermement. De l'autre côté, Valérie ne s'arrête pas de parler et revient à la charge en me prenant à nouveau la main :

– On sera heureux, Camille, à New-York. On sera riches, on mènera une vie folle. Je serai une femme irréprochable.

– Tu es sourde ou quoi ? C'est avec Wendy que je veux faire ma vie !

– Tu n'y arriveras pas. Et, de toute façon, je ne vous en laisserai pas la possibilité. Je continuerai à vous pourrir la vie, même de l'autre côté de l'Atlantique. J'arriverai toujours à corrompre une Chantal ou une autre en lui proposant le poste dont elle rêve et qu'elle ne pourrait plus avoir sans un coup de pouce.

Et là, je vois que Wendy comprend tout à coup que Valérie a acheté sa patronne. Les accusations de prostitution, la volte-face de Chantal devant Soraya et tout le reste étaient prémédités. Tout a été manigancé derrière son dos, sans qu'elle s'en rende compte. Wendy se métamorphose alors. Elle est saisie à son tour d'une agressivité proche de la mienne, que je ne lui connaissais pas. Fière de son effet, Valérie continue et s'adresse pour la première fois directement à Wendy :

– Ne me dis pas que t'as pas reconnu l'écriture de ta patronne au rouge à lèvres. Tu es vraiment d'une naïveté qui dépasse l'entendement !

C'en est trop pour Wendy. Je n'ai pas le temps de la retenir. De rage, elle jette sa valise au sol et s'avance, les poings en avant, vers Valérie qui n'attendait que ce moment. Les deux femmes se jettent l'une sur l'autre, à coups de griffures, de morsures et de hurlements qui n'ont plus rien de féminin. Elles s'attrapent les cheveux qu'elles tirent de toute la haine qu'elles ont l'une pour l'autre. Je n'arrive pas à les séparer, encore moins à les raisonner. Elles ont perdu leur capacité de réflexion et ne répondent plus qu'à leurs plus bas instincts. Je m'efforce de ne pas les imiter, même si la tentation est grande. J'ai du mal à les séparer. Quand enfin j'y parviens, les deux femmes de ma vie semblent reprendre leurs esprits et retrouver un peu de quiétude. Malheureusement, l'une va démontrer une fois encore et à ses propres dépens sa plus grande duplicité.

Alors qu'elles sont à distance respectable l'une de l'autre, et moi entre les deux, Valérie, dans un dernier accès de colère, lève la main sur sa rivale qui ne s'y attendait pas et la gifle avec une violence inouïe. Le claquement me glace le sang autant qu'il heurte Wendy. Par réflexe et par compassion envers elle, je riposte à la place de Wendy contre Valérie. Avec la même hargne. Avec la même volonté de faire mal. Mais avec la puissance d'un homme.

Sous le coup de ma gifle, Valérie tombe à la renverse et se cogne sur le coin de la table basse en fer forgé où nous avons tellement fait l'amour ensemble, où j'ai pris tant de plaisir en les mettant à quatre pattes, elle, Wendy et les autres. Cette table qui symbolisait l'autel de mes fantasmes vient de se transformer en bûcher de mes cauchemars. La tête de Valérie rebondit sur la table dans un bruit sourd avant d'entraîner son corps à terre, comme un poids mort. Valérie ne bouge plus. La pièce, si bruyante depuis de longues minutes, est frappée soudain d'un silence effroyable. La pluie a cessé. Le ciel s'éclaircit, le soleil perce à nouveau et laisse apparaître un arc-en-ciel. Au sol, un filet de sang coule sous la tête de Valérie. Je me précipite à ses côtés et tente de relever son corps inerte. Je suis sous le choc :

– Putain, qu'est-ce que j'ai fait, Val ? Pardon !

Je lui susurre des mots qu'elle n'entend pas. Je me mets à pleurer à mon tour. Je me retourne vers Wendy qui tient encore sa main sur sa joue rougie. Mais elle ne semble plus avoir mal, ou plutôt a oublié sa douleur. Elle est médusée et ne semble pas réaliser ce à quoi elle vient d'assister. Elle ne bouge pas. Ne sait pas quoi faire. Moi non plus. Nous nous regardons, impuissants. Nous nous questionnons du regard. Les secondes passent, mais le temps semble s'être arrêté. Je serre le corps de Valérie dans mes bras, l'embrasse sur son front froid quand Wendy, la première, dégaine son téléphone, certainement pour appeler le SAMU. Le déclic pour moi. Je réfléchis à nouveau et hurle à Wendy :

– Ne fais pas ça ! Raccroche tout de suite.

Wendy ne m'obéit pas, persuadée d'adopter le comportement qu'il faut. Son oreille reste collée à son portable. Je m'énerve qu'elle ne m'écoute pas et emploie un ton rude qu'elle n'a jamais entendu dans ma bouche à son encontre.

– Putain Wendy, raccroche tout de suite. T'es vraiment trop conne !

Surprise par la violence de mes propos, elle en lâche son portable qui se fracasse au sol. Wendy le ramasse, les yeux fixés sur Valérie et moi. Elle balbutie quelques mots, mais je ne lui laisse pas l'opportunité d'aller plus loin. Le temps presse.

– Il faut que tu t'en ailles, Wendy ! Tu ne dois pas être impliquée dans tout ça. Va-t'en tout de suite.

Wendy ne veut toujours pas m'obéir. Au lieu de quitter l'appartement, elle s'avance vers moi. Elle veut me prendre dans ses bras, ou m'embrasser peut-être.

– Mais tu es sourde ou quoi ? Va-t'en, je te dis ! Dégage de cet appartement ! Dégage de ma vie !

Wendy pleure. Elle me fait non de la tête. Elle a mal. Mais elle continue de s'avancer vers moi, tout doucement.

– Wendy, je ne veux plus jamais te revoir. Je ne veux plus que tu m'appelles. Je veux que tu disparaisses de ma vie. Ne parle à personne de ce que tu as vu. Refais ta vie.

Wendy s'arrête à quelques centimètres de moi.

Elle tente encore de dire quelque chose, mais je ne la laisse pas faire. Je frappe ma main au sol à m'en casser les doigts. Wendy ferme les yeux, apeurée. Elle frissonne. Je n'ai qu'une peur, qu'elle s'évanouisse. Il faut absolument qu'elle déguerpisse d'ici.

Je crache mon désespoir à son visage apeuré, en mobilisant les dernières forces qui me restent.

– Dégage ! Je ne t'aime pas ! C'est elle que j'aime !

Je dépose des dizaines de baisers sur le front de Valérie pour tenter de la convaincre. Wendy se tient le cœur comme si je venais de le lui arracher. Elle tente de reprendre son souffle entre deux sanglots qui ressemblent davantage à des convulsions. Puis elle fait demi-tour et court vers la sortie, en attrapant sa valise au vol et en empruntant l'escalier de l'immeuble.

Et je reste seul. Avec le corps inanimé de Valérie.

CHAPITRE XXVI

Wendy

– Bonsoir, j'aimerais aller à Cassis, s'il vous plaît !

– C'est pas la porte à côté ! Mais bon, ok ! Montez...

Je m'installe sur la banquette arrière du taxi en laissant ma fidèle Titine garée à côté de la borne de taxis. Après une soirée bien arrosée comme celle que je viens de passer, je préfère ne pas prendre le volant. D'autant que la soirée est loin d'être finie.

– Comme vous êtes charmante, je ne mets pas le compteur et je vous fais la course à 30 euros, sans le tarif de nuit.

Le chauffeur a la cinquantaine grisonnante. Il est loin d'être beau et me dévisage dans son rétroviseur depuis que je suis montée à bord de sa voiture. Je m'apprête à répondre que je peux payer pour qu'il ne se croie pas permis de me draguer durant tout le trajet entre Marseille et Cassis. Mais je ne roule pas sur l'or en ce moment et je me convaincs d'accepter sans riposter le geste commercial et le compliment. D'autant que j'ai une autre faveur à lui demander :

– Est-ce qu'on peut passer par le quartier de Saint-Just ?

– C'est pas vraiment le chemin...

– Oui, mais j'aimerais passer dans une rue où j'ai travaillé pour voir ce que la boutique est devenue. J'y tiens vraiment.

Le chauffeur marmonne dans sa barbe des mots désagréables mais que son accent chantant rend plus chaleureux. Il regrette déjà sa faveur. Mais j'insiste :

– S'il vous plaît, c'est important pour moi !

– Bon ok, vous avez vraiment de la chance d'être tombé sur un bon gars comme moi. Je connais peu de collègues qui auraient accepté.

– Merci infiniment !

Presqu'une année s'est écoulée depuis le drame. Ma vie a radicalement changé depuis ce 22 juin 2005 qui, comme mon anniversaire, le jour de mon mariage ou celui la naissance de mes enfants un jour peut-être, restera à jamais gravé dans ma mémoire. Pourtant, j'aimerais tant l'oublier. J'ai tout fait pour l'oublier d'ailleurs et pour oublier ma vie d'avant. J'ai abandonné mon poste à l'institut Beautés Phocéennes, comme prévu, mais finalement pas pour les mêmes raisons. J'ai coupé définitivement les ponts avec Jonathan et j'ai déménagé dans le quartier du Panier où j'ai retrouvé un job dans un salon d'esthétisme près de l'endroit où j'habite. Rien de fou, simplement un contrat qui m'a permis de passer à autre chose et de ne pas m'écrouler. Depuis le 22 juin 2005, je ne suis jamais repassée à Saint-Just.

– Vous pouvez ralentir, s'il vous plaît ?

– C'est là que vous travailliez ?

– Oui, au n°53 !

Le taxi s'avance doucement dans la rue en profitant du fait qu'il n'y ait pas de circulation derrière lui. Je reconnais le salon de coiffure de Marie, mais le reste a bien changé.

– Vous bossiez au Royal Kebab ? s'étonne le chauffeur.

– Non, c'était un institut de beauté à l'époque. Il a dû être racheté depuis. Tant pis pour les souvenirs. C'est pas grave, on peut aller à Cassis maintenant.

Le chauffeur semble dubitatif. Peu importe. Une vague de nostalgie me submerge en passant devant la vitrine du Kebab où un agneau tournant sur lui-même et des autocollants en forme de frites ont remplacé les élégantes initiales de Beautés Phocéennes. J'ai appris par Soraya que Chantal avait vendu le fonds de commerce en fin d'année dernière pour un poste à Paris, sans que je sache si c'était le poste promis par Valérie ou autre chose. Je ne veux pas le savoir de toute façon. Soraya a profité elle aussi de la fermeture du salon pour déménager avec Bastien et les enfants dans les environs d'Orange et tenter de redonner un second souffle à son couple. D'après les quelques nouvelles que j'ai d'elle de temps en temps par mail ou sur le nouveau réseau social à la mode, elle a l'air heureuse. Même si derrière les photos de façade se cache peut-être une autre vérité. Qui sait ? Depuis le 22 juin 2005, notre amitié a pris du plomb dans l'aile. Je n'ai jamais voulu lui raconter ce qui s'était passé ce jour-là et je lui ai demandé de ne jamais plus me poser de questions sur Camille. Elle a respecté mon choix, mais j'ai bien senti qu'elle n'avait pas apprécié mon silence qu'elle a interprété comme un manque de confiance. Elle m'en a voulu. Et, peu à peu, nous nous sommes éloignées. J'ai juste su par son intermédiaire que quelques jours après le drame, des flics étaient passés voir Chantal au salon. Mais j'ai coupé court à la conversation, pour me protéger et pour oublier. Pour toujours.

– Vous pouvez ralentir, s'il vous plaît ? je demande à nouveau.

– Pourquoi ? Vous ne vous sentez pas bien ?

– Non, je veux voir la pancarte publicitaire là-bas, au-dessus du tunnel avant de prendre l'autoroute.

Le chauffeur me regarde d'un air interrogateur. Il hésite entre me prendre pour une détraquée ou pour une femme paumée et complètement bourrée. Il ne pense même plus à me draguer. Il s'exécute en se rangeant sur la voie de droite et en décélérant un peu.

– Quelle pub ? Celle du parfum ?

– Oui ! Flagrance W. Vous savez quoi ? Ce parfum, il a été créé pour moi.

Le chauffeur ne me répond pas et change de station de radio en montant le volume pour masquer sa gêne. Il passe sous la pub avant d'accélérer à nouveau avec la ferme intention d'arriver au plus vite à Cassis.

– Vous ne me croyez pas ?

– Euh... si... enfin, je sais pas. Je pensais qu'il avait été créé pour l'actrice américaine qui le tient dans sa main.

– Eh non, pour moi ! Il a été créé pour moi, pas pour elle.

Je m'amuse à jouer à la femme ivre et à regarder ensuite le visage du chauffeur dans le rétro. Il lève les yeux au ciel en masquant de plus en plus mal son mépris pour sa cliente. Par peur qu'il m'arrête avant d'arriver à Cassis, je fouille dans mon sac et sors bruyamment les 30 euros pour qu'il se rende compte que j'ai de quoi le payer au cas où il en douterait. Nous arrivons enfin à Cassis, j'évite de lui donner l'adresse de ma destination finale et le guide dans les rues pavées de cette charmante ville. Devant le Club Satin, je le somme de s'arrêter devant les lampes rouges et la silhouette d'un couple nu, l'emblème du lieu. Je lui tends l'argent.

– Vous descendez là ? me demande-t-il.

– Oui, je vais dans ce club, je réponds en le provoquant.

– Ah ! fallait me dire, on aurait pu trouver un arrangement.

– Merci ! Mais j'ai tout ce qu'il me faut à l'intérieur.

Je plaque les billets dans la paume de sa main et referme ses doigts par-dessus. Je sors du taxi en claquant la porte avec fermeté. Le chauffeur s'en va en criant lâchement quelque chose qui doit ressembler à « salope » ou un truc dans le genre.

Je m'avance vers le club qui, lui, n'a pas changé d'une ampoule depuis l'année dernière. Je salue le videur et dépose mes affaires au vestiaire, comme une habituée. Je ne suis plus vêtue que d'une robe courte léopard, sans mes sous-vêtements que j'ai rangés dans mon sac à main avant de le donner à Blanca. J'emprunte un couloir qui me rappelle lui aussi des souvenirs, en évitant la forêt de mains d'hommes trop pressés qui tentent de m'attraper pour m'attirer dans leur recoin. Je n'ai pas de temps à perdre. Je sais très bien où je vais. Je monte l'escalier en colimaçon, non sans avoir pris le temps d'enlever mes inconfortables talons. Je m'avance dans le couloir du premier étage, mes chaussures à la main et, sur le visage, un large sourire espiègle et une certaine assurance qui semblent ravir les hommes qui croisent mon chemin. Mais, encore une fois, je les repousse tous du bras, sans leur dire un mot, sans les regarder. Je ne suis pas encore arrivée où je veux. L'exercice m'amuse, autant qu'il m'excite.

Depuis le 22 juin 2005, je ne suis jamais plus retombée amoureuse. Je n'ai eu que des amants de passage qui n'ont pas réussi à faire redémarrer mon cœur brisé. Je n'ai pas fait de croix sur l'amour, j'ai simplement remis tout cela à plus tard. On guérit d'une belle histoire d'amour au bout d'un an, a-t-on coutume de dire. Pour Camille, je pense qu'il m'en faudra trois au minimum. Du coup, j'ai opté pour des rapports sexuels les plus charnels possible, sans jamais les encombrer de sentiments inutiles. J'ai appris à assouvir mes besoins de façon mécanique. J'ai pour objectif de pousser la machine à un niveau de perfection telle qu'elle m'offrira un orgasme chaque fois que je le désire. Quel que soit l'homme. Pour peu qu'il soit un peu performant.

J'y suis. Mon regard s'attarde sur le miroir Louis XV. Je me décoiffe dans un mouvement de tête et je termine en me passant une main dans les cheveux. Je me déshabille pour me retrouver nue devant mon reflet. Je détaille alors mes formes en m'attardant sur mes atouts vantés par les hommes : mes lèvres pulpeuses, ma poitrine généreuse, mes hanches bien dessinées. Je m'admire, je me trouve belle et, pour la première fois, je ressens une confiance en moi que je n'avais jamais éprouvée jusqu'ici. Je me délecte de voir ma main parcourir minutieusement mon corps. Sans me préoccuper du regard des autres. Sans me préoccuper des autres. Je me sens libre.

Je finis par jeter un œil par-dessus mon épaule pour apercevoir ce salon privé qui a été à l'origine de tant de cauchemars cette année mais que je suis prête à affronter à nouveau. Sans doute le meilleur moyen et le bon moment pour prendre un second départ. Au loin, je devine les ombres confuses de Valérie et de Camille qui s'entremêlent, s'embrassent puis s'évaporent comme des fantômes. Que sont-ils devenus ? Est-elle toujours de ce monde ? Je n'en sais rien. Je n'ai jamais cherché à savoir. Longtemps, j'ai eu peur que la police vienne m'embarquer en pleine nuit. Et puis, un beau matin, une affiche publicitaire de Flagrance W m'a fait réaliser que Camille s'en était certainement sorti et que je ne risquais plus rien. Ce fameux matin, j'ai compris qu'il fallait que je continue à vivre, ou plutôt que je réapprenne à vivre.

Je rentre dans le salon privé qui, cette fois, m'émerveille. Je découvre, stupéfaite, le décor que je n'avais pas vu la première fois, foudroyée à l'époque par la vision d'horreur de Valérie nue, de Kevin tatoué et de Camille qui m'abandonnait. J'en oublie de saluer les personnes présentes, de les regarder même, jusqu'à ce que mon inconscient soit interpellé par une tête connue. Mathieu. Il m'a reconnue lui aussi. Je devine de manière limpide les sentiments qui le traversent. Il a tout d'abord reconnu un visage sans savoir d'où il le connaissait. Il a tenté d'attraper mon regard pour me draguer, pour se rappeler si c'est dans ce salon que l'on s'est connus, si l'on a déjà fait l'amour ensemble dans ce club. Puis, en s'avançant vers moi, il m'a remise. Des flashs de ses traques à l'institut de beauté, au restaurant et certainement dans d'autres endroits que j'ignore, ont dû lui revenir en mémoire. Il a eu un mouvement de recul, la gêne s'est emparée de lui, il a rougi et a baissé les yeux.

Il tente de m'éviter maintenant, mais le salon est trop petit pour qu'il puisse m'échapper. Je ne lui en laisserai pas la possibilité de toute façon. Je m'approche, écarte gentiment la femme qui l'embrasse, qui s'en va sans la moindre résistance vers d'autres bras. Je l'attrape par le col de sa chemise ouverte. Il a cet air enfantin, fuyant et innocent qui me fait comprendre pourquoi Camille pensait de lui qu'il était puceau. Mathieu est bientôt obligé de m'affronter. Il fait semblant, d'un air très maladroit, de ne me reconnaître que maintenant et me demande comment je vais. Je ne réponds rien. J'éprouve une grande satisfaction à le voir paniquer et à essayer de trouver ses mots. Mon mutisme le laisse perplexe. Comme un gamin pris la main dans le pot de confiture, Mathieu tente de se justifier et revient sur des faits pourtant prescrits maintenant. Il tente de me parler de Camille, mais je lui pince fermement les lèvres pour l'en empêcher. Je le trouve charmant. Son côté victime me donne envie de lui. Me donne envie de le posséder.

Je l'embrasse en ne lui laissant pas le choix. Surpris, il ne réagit pas, se laisse faire. Il n'ose pas se révolter. Je ne sais pas si je lui plais, s'il me désire, s'il se laisse faire seulement pour se faire pardonner de m'avoir un jour espionnée à la demande de Camille, son ancien patron. Je m'en fiche. Je me colle à lui pour qu'il sente mes formes épouser les siennes. Je l'attrape par les cheveux et décoiffe cette coiffure de bon élève qui m'horripile. Je tire sa tête en arrière pour le décoller de mes lèvres auxquelles il a pris goût, puis l'entraîne sans ménagement vers le bas. Mathieu obéit. Il se met à mes genoux. J'avance mes hanches qu'il saisit instinctivement, comprenant parfaitement ce que j'attends de lui. Mon sexe se colle à son visage, à lui de sortir sa langue pour caresser avec douceur l'intérieur de mes cuisses. Je garde ma main fermement accrochée à ses cheveux pour le guider dans cet exercice dont je ne sais pas encore s'il en maîtrise bien les codes. Ses timides incursions de sa bouche sur mes lèvres, son nez qui frôle mon clitoris, sa barbe naissante qui caresse mes cuisses, produisent leurs premiers effets.

– Oh merde ! je souffle entre deux gémissements de plaisir.

Mathieu a entendu et s'éloigne de ma zone érogène pour regarder l'expression de mon visage. Crétin ! Je lui tire les cheveux sans pitié et le ramène à sa place initiale, entre mes jambes.

– Ne fais plus jamais ça, je lui ordonne en serrant mes cuisses sur son visage comme pour le punir.

Mathieu a compris le message. Il s'applique à des mouvements de langue plus précis, plus profonds, plus efficaces. Je le tiens fermement par les cheveux en faisant de langoureux mouvements de hanches contre sa bouche. Sa désobéissance m'a énervée et je n'ai plus aucune clémence. Je pose ma jambe par-dessus son épaule pour le sentir plus profond en moi, quitte à l'étrangler, quitte à l'étouffer. La sensation de domination est puissante et savoureuse. J'en perds quelque peu l'équilibre. Je me laisse tomber contre le mur derrière moi auquel je me frotte dans un mouvement similaire à celui avec lequel je bouge la tête de Mathieu de la main droite, à celui avec lequel je me masse le sein de la main gauche. J'aime ce moment. Et compte le faire durer jusqu'au bout :

– Ne t'arrête pas, ne t'arrête jamais. Continue tant que je ne t'ai pas dit t'arrêter !

Mes jambes tremblent de plus en plus. Je mouille.

Mathieu salive. Le mélange de nos fluides me procure une succession de bouffées de chaleur que j'accueille avec la plus grande satisfaction. Mathieu se prend au jeu. Il s'enivre de mon odeur et gagne en confiance en constatant la jouissance qu'il me procure. Il se libère. Sa langue prend goût à mon clitoris qu'il suce avec agilité et habileté. Il gémit en réponse à mes cris orgasmiques. Je m'aperçois de son excitation en frottant ma jambe contre son boxer, gonflé comme une baudruche. Y voit-il un moyen de se faire pardonner ? Peut-être. Aime-t-il se faire dominer ? Certainement. Mais je ne me soucie pas de lui, je ne veux penser qu'à moi. Qu'à mon plaisir.

ROMANS À PARAÎTRE
DANS LA COLLECTION
HUGO NEW ROMANCE

De Maya Banks
Série Slow Burn : *Keep me safe*
août 2015

De Laurelin Paige
Série You : *Fixed on you*
septembre 2015

De Jay Crownover
Série Marked Men : *Rule*
octobre 2015

De Kay Bromberg
Série Driven
octobre 2015

De Colleen Hoover
Ugly Love
novembre 2015

Hugo Roman

Romans parus et à paraître
dans la collection « Hugo New Romance »

Du même auteur, Christina Lauren :

The Beautiful Series

Beautiful Bastard

Beautiful Stranger

Beautiful Bitch

Beautiful Sex Bomb

Beautiful Player

Beautiful Beginning

Beautiful Beloved

Beautiful Secret

Série Wild Seasons

Wild Seasons - tome 1 *Sweet Filthy Boy*

Wild Seasons - tome 2 *Dirty Rowdy Thing* : mai 2015

Wild Seasons - tome 3 *Dark Wild Night* : septembre 2015

De Anna Todd :

After - saison 1 : janvier 2015

After we collided - saison 2 : février 2015

After we fell - saison 3 : mars 2015

After we rise - saison 4 : printemps 2015

After ever happy - saison 5 : avril 2015

De Lexi Ryan :

Unbreak Me - tome 1

Unbreak Me - tome 2 *Si seulement...*

Unbreak Me - tome 3 *Rêves volés*

De Emma Chase :

Love Game - tome 1 [*Tangled*]

Love Game - tome 2 [*Twisted*]

Love Game - tome 3 [*Tamed*] : janvier 2015
Love Game - tome 4 [*Holy Frigging Matrimony*] : avril 2015

De C.S. Stephens :
Thoughtless - tome 1 *Indécise*
Thoughtless - tome 2 *Insatiable*
Thoughtless - tome 3 *Intrépide*

De Katy Evans :
Fight for Love - tome 1 *Real*
Fight for Love - tome 2 *Mine* : janvier 2015
Fight for Love - tome 3 *Remy* : mars 2015
Fight for Love - tome 4 *Rogue* : mai 2015
Fight for Love - tome 5 *Ripped* : juillet 2015

De Maya Banks :
Slow Burn - 2 tomes : mai, août, novembre 2015

De Laura Trompette :
Ladies' Taste - 2 tomes : avril, juillet 2015

De Jay Crownover :
Marked Men - 2 tomes : août, octobre 2015

De Laurelin Paige :
Fixed - 2 tomes : septembre, novembre 2015

De Kay Bromberg :
Driven - 2 tomes : octobre, novembre 2015

De Colleen Hoover :
Maybe Someday : 2015
Ugly Love : 2015

Retrouvez l'univers Implicite :
www.implicite-lingerie.fr

Toutes les infos du feuilleton sur le site officiel
www.plusbellelavie.fr et sur les réseaux sociaux :
facebook.com/plusbellelavie et @PBLVofficiel sur Twitter

Retrouvez toute l'actualité du roman
Plus belle la vie/La Tentation de Wendy de Camille Saint-Just
et des autres titres de la collection « New Romance »
sur notre page Facebook :
www.facebook.com/HugoNewRomance

www.hugoetcie.fr